U0135963

Vinum Selectum

Notes on Picky Wines

謹以本書敬獻給德國柏林自由大學熱克教授（Prof.Dr.Dr.Franz Jürgen Säcker），以誌共賞美酒的回憶。

This Book Is Decicated To Professor F.J.Säcker Of The Freie Universität Berlin As A Memory Of The Good Wines We Shared Together.

推薦序——

葡萄酒煉金術

楊子葆

新民兄出版了他的第三本葡萄酒著作。接續前兩本《稀世珍釀》與《酒緣彙述》為本地葡萄酒愛好者所開展的新視野，以及引申出來的新境界。前兩本書後經大陸浙江科技出版社發行簡體字版，獲得了二〇〇七年「馬德里世界美食美酒圖書展」（2007 Gourmand World Cookbook Awards, Madrid）「世界葡萄酒書類」之首獎（Best Wine Book in the World），這些著作皆已獲得世界級的肯定，真值得為新民兄祝賀。

而這本他自嘲「挑挑揀揀而飲，零零落落而記」的新作，更進一步地帶著我們倘佯葡萄酒精緻文化，就像一位鍊金術士一樣引領我們進入一個陌生、玄妙、深刻而又處處充滿驚喜的神祕國度。

是的，昇華了的葡萄酒就像鍊金術一樣。法國哲學家羅蘭・巴特（Roland Barthes）曾有過類似的說法，他認為：「葡萄酒是一種轉換物質，能夠逆轉情勢與狀況，從物體中萃取出它們的對立特質——例如讓一個柔弱的男人變得剛強，或是讓一個沉默的人喋喋不休。這是鍊金術的古老傳承，是葡萄酒變化與無中生有的哲學力量。」

新民兄是留學德國的法學博士，而在德國文學中，最知名的鍊金術士就是偉大作家歌德作品中的浮士德博士。浮士德是一位鑽研學問而忘卻時間流逝的哲學家、科學家以及廣義的鍊金術士，他為求能夠追回過去，竟與魔鬼交易，而以靈魂換取青春肉體。且不論浮士德的悲劇意義，但透過一種人為努力，居然能抗拒、甚至逆轉自然歲月，應該可以說是鍊金術的最高極致了。

在我看來，《揀飲錄》的鍊金術雖然沒有浮士德傳奇那麼不可思議，卻的確有融合與提昇本地葡萄酒文化兩種「文化撕裂」的可能。有趣的是，這兩種可能正好呼應兩位傑出德國學者在二十一世紀所提出來的獨特美學觀。

其一，是施密茨（Hermann Schmitz）所闡述的「身體現象學」。這位德國哲學家提出「肉體」不等於「身體」的精闢論點：肉體固然有味覺、嗅覺、觸覺等等形而下的感官知覺，但身體卻還能感受情感、想像、欲望等等形而上的抽象經驗，這是將傳統認為虛無飄渺心靈拉入身體感知範圍的新嘗試。施密茨當然反對生理決定論，卻也不掉入心靈決定論的窠臼陷阱，他將外物與整合感官、情感的身體交會相遇之狀態稱為「震顫」，是奠基於肉體，而更超越肉體的整體感知，突破過去傳統哲學身心二元對立論的慣性限制。

新民兄在欣賞葡萄酒時所強調，以文化知識為基礎的「跨界聯想」與「時空神遊」，其實正是踏穿本地僅以肉體感官欣賞葡萄酒「鐵門限」的一種突破，以及融會身心經驗的一種啟蒙。

其二，則是伯梅（Gernot Böhme）所倡議的「氣氛美學」：「氣氛並非獨立飄搖於空中，反而是從物或人，以及兩者的各種組合發生開來而形成的」；因此，「氣氛是一種空間，也就是受到物與人的在場及其外射作用所薰染的空間」。真正的美，是物我交織、一大片整體式的感知，絕不可拘泥於物我二元對立論的框架，更不能淪落到一切物化、消費主義的窘境。

《揀飲錄》珠璣文字裡所呈現對於葡萄酒的熱愛，以及對於葡萄酒文化情緣的珍惜，令人印象深刻，纏綿深處，物我兩忘，借用作者對於境界的期待：「那人正在燈火闌珊處」，本地罕見的氣氛美感於焉出現……

新民兄出版了他的第三本葡萄酒著作，我很樂意推薦這本獨特、鍊金術似的、他在中央研究院研究空檔的「揀飲」產出。尤其這位葡萄酒鍊金術士在承接大法官重擔之後，再不見這類精采文字，下一本書不知道要等到什麼時候，愈發顯得眼前這本書的珍貴。嘆息之餘，讓我們一起為這本難得的好書舉杯，祝大家能夠體會縫合撕裂、靈肉合一、物我相融的葡萄酒之美，祝大家身心健康。

Santé à tous ！

自序

挑挑揀揀而飲，零零落落而記

陳新民

國慶過後不久的一個午後，豔陽高照，研究室內也感受到熱浪逼入，令人神消意散，沒有工作的興致。適時，資深的影評人，也是台北最受歡迎的葡萄酒講師呼喜雨兄，給我攜來日本大導演山田洋次的「武士三部曲」的錄影帶，以及一瓶冰鎮過、且是我最喜歡的德國萊茵溝地區的約翰尼斯堡遲摘酒（Schloss Johannisberg, 2007, Spätlese）。喝著這杯二〇〇七年份，屬於近年來最好年份的德國遲摘酒，一面聊聊山田洋次這位我們當學生時心目中的「叛逆英雄」（畢業於日本東京大學法律系，卻投身到電影行業當個「法界逃兵」）的作品，著實再愜意也不過。

看到研究室內到處是一堆堆的法律與葡萄酒的書籍，以及成箱打包的資料，知道我正為告別研究院的職務而忙碌著。呼兄遂建議我：何不將近年來所寫的酒文也一併出書，作個「出清」，譜成一部〈酒譚三部曲〉？我掂了掂手邊文章，居然累積有近十五萬字之多，足夠出一本小集子了，遂採納了呼兄的雅教。恰巧不久之後，積木文化前總編輯蔣豐雯及前副總編劉美欽兩位女士，也來訪邀我加入出版行列，於是乎敲定了本書的出版計畫。

本小集之所以取名為：「揀飲錄」，乃是想到「揀飲挑食」這句成語。這句話本是古人期許君子養身處事之道，寓有：「有所飲、有所食；有所不飲、不食」。處事做人亦可寓及「有所為，有所不為」之衍意。但不知何時何故，這句話卻被誤解為「偏食」的不良飲食習慣。

但是，年過半百後，中年毛病一一上身，原來為「攝取多方營養」考量的「不可挑食」，早已不管用矣。醫生一再勸誡的「忌口令」，正是要我等「謹慎挑食」。而品賞任何一瓶葡萄酒，不正是需要挑剔杯子、溫度、搭配的食物，以及相關（愈多愈好）的資訊？我又想到，這幾篇文章都是「挑挑揀揀而飲」，而後「零零落落而記」的小文，何不就以「揀飲錄」名之？

名經濟學家高希均教授曾有一句名言：「本行要內行，非本行要不外行」，實行起來恐怕並不容易。就以鑑賞美酒而言，我的本行是公法學，入這行已滿三十年，也只能夠說剛跨進門檻，尚未能達到通徹瞭解其「堂奧」的程度；至於業餘嗜好的「酒學」，大概就只能徘徊在「似懂非懂」之間吧！

研究公法學是一段孤寂與深奧的旅程，往往摸索了好一陣子，始終無法覓得國學大師王國維所稱：「那人正在燈火闌珊處」之情境。神疲力乏之際，一杯美酒，幾頁介紹美酒典故的資訊，立刻可將我的思緒拉到千里外的古堡與田園之中，果真是一場「異國神遊」。「神遊」歸來後，我隨即雪泥鴻爪般地記述一二。本書也因此難免沒有一定的體系與格式，謹敢聊供美酒同好者與我分享若干共同神遊的經驗吧！所以這本「零落之作」，自然不能滿足酒國英豪與品酒大家的法眼，如有未符尊意之處，還望不吝多予指教為盼。

本書承蒙鄉前輩 歐豪年大師慨為賜題書名，積木文化的熱心安排，輔仁大學教授楊子葆兄賜寫序言，精美照片多出自藝術鑑賞家王飛雄兄之手。有了他們的協助，才使本書能夠順利出版。本人理應在此由衷致謝。

揀飲錄——

目次

推薦序　葡萄酒鍊金術　　楊子葆

自序　挑挑揀揀而飲，零零落落而記

012　01 法國布根地的神酒與酒神

024　02 法國北隆河「永不褪色的傳奇」：傳承六百年的夏芙酒莊

038　03 聖杯騎士的良伴：大作曲家李察．華格納與聖裴瑞酒

045　04 笑傲公卿的美酒：布根地「七十二變」的伏舊酒

053　05 山居歲月的真與幻：普羅旺斯的兩天與佩高酒莊卡波酒

069　06 鐵幕之花：沙皇、史達林、瑪桑德拉與喬治亞傳奇酒

082　07 有思想的「聰明酒」：美國稻草人酒莊

088　08 美國黑皮諾酒的「雙雄爭霸」：奇斯樂vs.馬卡桑

098　09 果園轉型酒園最成功的例子：加州阿羅哈酒莊

104　10 交響樂中的定音鼓：難得一見的西班牙安達魯斯之純「小維多」酒

112　11 澳洲巴羅沙河谷的八顆大、小「黑鑽石」

128　12 具泱泱大園氣派的澳洲太陽神酒

136　13 義大利托斯卡尼升起的一顆明星：歌雅酒園的最新傑作

144　14 美國加州「蒙大維帝國」崩潰後的復興希望：麥可．蒙大維的「M」酒

151 15 安地斯山奔白馬：阿根廷酒的「四駿圖」
163 16 引我入美酒世界的「敲門酒」：九百歲歷史的德國約翰尼斯堡酒園
171 17 也是信差成就的名酒：義大利的「三有」白酒
176 18 羅曼蒂克大道的明珠酒園：侯斯特・紹爾園及米勒・土高葡萄酒
185 19 神祕修道院的神祕白酒：德國史坦貝克園葡萄酒
192 20 莫塞河的珍珠：弗利茲・哈格酒園
202 21 夏多內酒的「麥加聖地」：蒙哈榭酒區行走
215 22 蒙哈榭家族的「小姐妹」：普里妮一級酒的「三朵花」
224 23 匈牙利酒莊行旅：黴菌的天堂
237 24 進入香檳的綺麗世界：克魯格的奇妙香檳
245 25 徽菜嘗新：黃山石雞佐酒記
257 26 中國大陸頂級葡萄酒的希望之光：波龍堡
266 27「櫻吹雪」夜談酒錄
274 28 酒畔談茶錄

1

法國布根地的神酒與酒神

有位學術界的朋友，最近終於想開了，不再終日埋首於法律條文之中。也難怪，年甫超過四十，已有輕微的心血管疾病，醫生建議可酌量喝些紅酒。他向我請教可以喝哪種紅酒開始進入美酒世界？這位仁兄素以美國名牌學府出身的「脾氣」聞名——自視甚高、品味不凡。我遂建議由黑皮諾酒（Pinot Noir）開始。

八月份布根地的黑皮諾葡萄，仍紅綠相間，美麗極了。攝於布根地的「帝王酒園」——羅曼尼．康帝酒園。

的確，黑皮諾酒有令人不可抗拒的魔力。特別是法國布根地已經成熟的黑皮諾，那股熟透的烏梅、杏子，甚至可聞出淡淡中藥氣味，如當歸的芬芳，會使人回味無窮。

要成為頂級布根地酒（Bourgogne）的鑑賞者，一定是已遍嘗過各種美酒後，才樂而為之、獨鍾此味。如果比起陳年的波爾多與布根地，仍然可以明顯地分出波爾多(Bordeaux)的濃郁，與布根地的淡雅。喜歡布根地的也不乏是由喜歡波爾多酒，轉來欣賞布根地。我經常有此感觸：如同欣賞古典音樂，隨著年齡的增長，逐漸會將興趣由氣勢磅礴的交響樂、協奏曲，轉向室內樂，特別是巴哈的作品，品酒亦然。

布根地酒成為「曲高和寡」的代名詞。小園制的布根地，加重了市場的炒作，美酒圈（例如香港《酒經月刊》雜誌社劉致新社長）也給布根地酒冠上一個「地雷陣」的警語：一不小心，會遭到不測之後果！但是，布根地究竟是布根地。在這塊黑皮諾及夏多內(Chardonnay)的故鄉，幾百年來都存在著一批批「固守泥土」的酒農與果農。就是他們釀出一代代的「神酒」，也讓他們當中出現了一個個名聲響亮的名號——「酒神」。

近年來，聲名最噪的「酒神」，當公推是亨利．薩耶（Henri Jayer）。此位二○○六年才過世的大師，早年十餘歲時，就在酒園內苦幹學到了基本的釀酒技術，而後才到弟戎（Dijon）大學學釀酒，也練就一身科學式的釀酒手法。他一輩子堅守自己釀酒的原則，自己既沒有耀人的家世，也沒有長袖善舞的公關本事（波爾多各大名園的看家本領，例如木桐堡〔Château Mouton Rothschild〕的菲麗蘋女爵〔Baroness Philippine de Rothschild〕，還有她著名的爸爸，都是最典型的代表），卻是埋頭苦幹地釀酒，很早就獲得了各方的推崇，直到老死為止。薩耶老先生的名言是：「太濃了！」，他主張布根地的酒

法國作家Jacky Rigaux在二○○三年出版的《讚頌布根地葡萄酒》一書，便以薩耶先生為封面人物。

之迴異於波爾多，便是在於「淡」、「雅」。釀造與調配黑皮諾葡萄酒的技巧，他力主不在乎酒體強勁有力，以及果香撲鼻，而在於細膩、雋永的高雅氣質。

老先生過世後，他在一九八九年宣布退休前（實際上他釀酒直到一九九七年）所親自釀造的酒，成為萬方收購的對象。特別在日本經過亞樹直的著名漫畫作品《神之雫》的吹捧，價格已如天價。

我手邊剛好有二〇〇七年九月十二日倫敦蘇富比拍賣的資料。薩耶釀造的李其堡（Richebourg），公認是布根地的李其堡代表作，超過羅曼尼・康帝（La Romanee Conti）的李其堡。果然，四瓶一九八五年份的薩耶的李其堡，預估價為八千至一萬英鎊，拍出了一萬零九百二十五英鎊的佳績。平均每瓶為兩千七百三十英鎊（折合新台幣約十四萬元）。而當時出廠價不過數十美元，不屬於頂級、而是一級酒的克羅・帕蘭圖園（Cros Parantoux）——正是《神之雫》一再強調的「神酒」——此次拍賣會出現的一九八五年份的一套標八瓶，預估價竟然高達三萬五千至四萬四千英鎊，為李其堡的一倍。其理由大概是認為日、台等「神之雫迷」會搶標這八瓶酒。落槌結果「只」拍出了兩萬五千三百的低價，平均每瓶近三千一百六十二英鎊（折合新台幣近十六萬元）。雖然沒有達到拍賣公司的設想天價，卻也超過了薩耶老先生的代表作李其堡達百分之二十以上。

同次拍賣會，同樣是一九八五年份的薩耶酒，還有六瓶頂級的艾雪索（Echézeaux），拍出價一萬四千三百七十五英鎊（每瓶折合新台幣為近七萬五千元）；兩瓶馮・羅曼

號稱為「神酒」的薩耶大師所釀製的一九九一年份的克羅．帕蘭圖園。背景為旅法油畫大師陳英德之〈豐收〉。

尼（Vosne Romanee）的一級酒拍出價為兩千五百三十英鎊（每瓶折合新台幣為十二萬元），另外六瓶夜-聖喬治（Nuits-St-Georges）的一級酒，拍出和兩瓶馮．羅曼尼一樣的價錢，每瓶折合新台幣為兩萬五千元，都高得令人吃驚。

杜卡-匹酒莊得意的二〇〇二年份，頂級的夏姆．香貝丹。

薩耶的成功，變成了布根地酒的神話。現在只要老牌且名氣鼎盛的釀酒師一有健康不妙的消息，其手釀的酒，特別是好年份的，必定造成搶購的風潮。就像是號稱「布根地鐵娘子」的樂花園（Leroy）園主拉魯貝奇女士（Lalou Bize-Leroy）身體目前尚稱硬朗，但終究年歲已高，樂花酒園自家產品的「紅頭酒」，在市面上已成為搶手貨；而「白頭貨」（收購他園之酒）也漸漸不見蹤影了。

台灣最近有個進口商也由法國引進了一批薩耶酒。一瓶一九九九年份的克羅．帕蘭圖園售價折合約二十萬元新台幣；二〇〇一年份則為十二萬新台幣，仍然供不應求。薩耶的魅力可見一斑外，台灣頂級酒的收藏圈實力及品味不可小覷。

隨著這些老布根地酒名莊酒的超高利潤，當然不法集團也不會放過。二〇〇八年四月下旬，美國某拍賣公司預計拍賣一批老字號彭壽園（Domain Ponsot）一九二九年份的羅西莊園酒（Clos de la Roche），莊主及時出面懷疑其真實性，拍賣公司不得不撤銷這些問題酒之拍賣。酒莊莊主此維護酒莊名譽及保護消費者權益的舉動，立即廣受到酒界的讚譽（見二〇〇八年九月三十日《酒觀察家》雜誌），反而成功地作了一次宣傳。可見得布根地老酒的假酒之猖狂，酒迷應提高警覺！

不久前，我有位同好翁兄，是台灣數一數二的大藏酒家，其八萬瓶的大酒窖中，日前收購到百餘瓶的薩耶酒，其中包括一九九一年份的克羅．帕蘭圖園，邀我與其家人一起品試。克羅．帕蘭圖園雖然被炒作到整個布根地一級酒的最高價位，也不少人認為薩耶最典型的代表即在此園，這種看法自然有誤，薩耶最得意的還是李其堡及艾雪索。不過，在這個位於李其堡上方不遠的克羅．帕蘭圖園，只有一點一公頃，薩耶有其中的七成，約為零點七公頃，每年只有三千餘瓶的產量，珍貴異常。

二〇〇五年份的杜卡-匹「王者之心」，背景為清朝木雕的〈麒麟望月〉。

一九九一年份，不算是薩耶最拿手的年份（一九八〇年代以後，最好的為一九八五、一九八七及一九八八年），但薩耶就是有本事把每年的品質都調得差不多。當我看到已經醒了兩個鐘頭的克羅．帕蘭圖園，顏色是淡蘋果紅，雖然沒有經過裝瓶前之再過濾程序，但酒質十分清澈。已經有十八年的歲月，淡紅色的色澤沒有轉成淡紅磚及橙色，顯示這款酒還沒有達到最成熟的階段，至少還可以再陳放十年以上無虞。聞不出太強烈的果香或花香，好封閉與沉悶的嗅覺！我有一點點擔心會否因單薄的酒體，引發氣味的薄弱與單調。漸漸十餘、二十分鐘後，當杯中酒液只剩下原來的三分之一時，「掛杯」的醒酒作用加倍進行，這款酒完全甦醒過來。我建議大家用左手蓋住杯口，逆時針輕輕搖晃十至十五次後，在努力地吸聞一下，哇！不可思議的香氣直衝腦門，好優雅的花香、紫羅蘭……夾雜著淡淡漿果及青草，不得了的動人氣息。口感中本有淡淡的鹹味與酸味也消失，絲綢般的結構，毫不令人有知覺的丹寧滑入舌尖、舌根與喉嚨。回甘可以隱約感覺到有乾龍眼、蜜餞的絲絲甜味。薩耶的手法，真不是凡人所及，應當稱為是一個「神人」。

夕陽真是無限好！每個杯子最後只留下約一公分高的酒液，卻可以「滿杯生香」，香氣環繞著杯內，直到我們吃完甜點，喝完咖啡的三十分鐘後，仍然環聚不散，讓我們捨不得讓侍者「撤杯」。我不禁想起距離上次品嘗八字頭的薩耶酒「夜-聖喬治」已超過十年。那時較年輕時的味蕾口感，不免較鍾意於激昂澎湃的酒體與香氣，對這種「曖曖內含光」的「柔型」絕活，沒有沁入內心的感觸，以及回味。但這次真正「動了心」，我對薩耶也只有一句話：頂禮膜拜了！

然而，畢竟布根地「江山如此多嬌」，代代皆有英豪出。繼薩耶之後，最近又出現了一個小酒神，便是「杜卡-匹」酒園（Dugat-Py）的貝納（Bernard）。

這是一個成園只有三十多年的小酒園。一九七三年，一位在此釀酒已經算是第四代的皮耶·杜卡先生在布根地有名的哲維瑞-香貝丹地區（Gevrey-Chambertin），給他十五歲的兒子貝納買一片小小的果園，讓他開始釀酒。兩年後貝納釀出了新酒，在父親的協助下，貝納再一步、一步地收購若干小園，而後才形成了現在的規模：只不過八公頃而已，卻分散在二十餘處，絕大多數果園都沒超過半公頃。所以，每年雖然推出十二款酒，都在幾百瓶的規模。所以光是在歐洲（特別是法國及瑞士頂級餐廳）就銷售不夠，在一九九〇年以前幾乎沒有賣到歐洲以外的地方。

結婚後，太太娘家姓「匹」（Py）。這樣也好，便可以和貝納的堂兄克勞德·杜卡（Claude Dugat）所擁有的同名酒莊有所區別。克勞德·杜卡酒莊只有三公頃，也在鄰近不遠，由四十歲以上老藤釀產的頂級及一級香貝丹，都用全新橡木桶醇化，工藝也和杜卡-匹接

杜卡-匹最簡單的二〇〇四年份的村莊酒，一樣會令人感動！

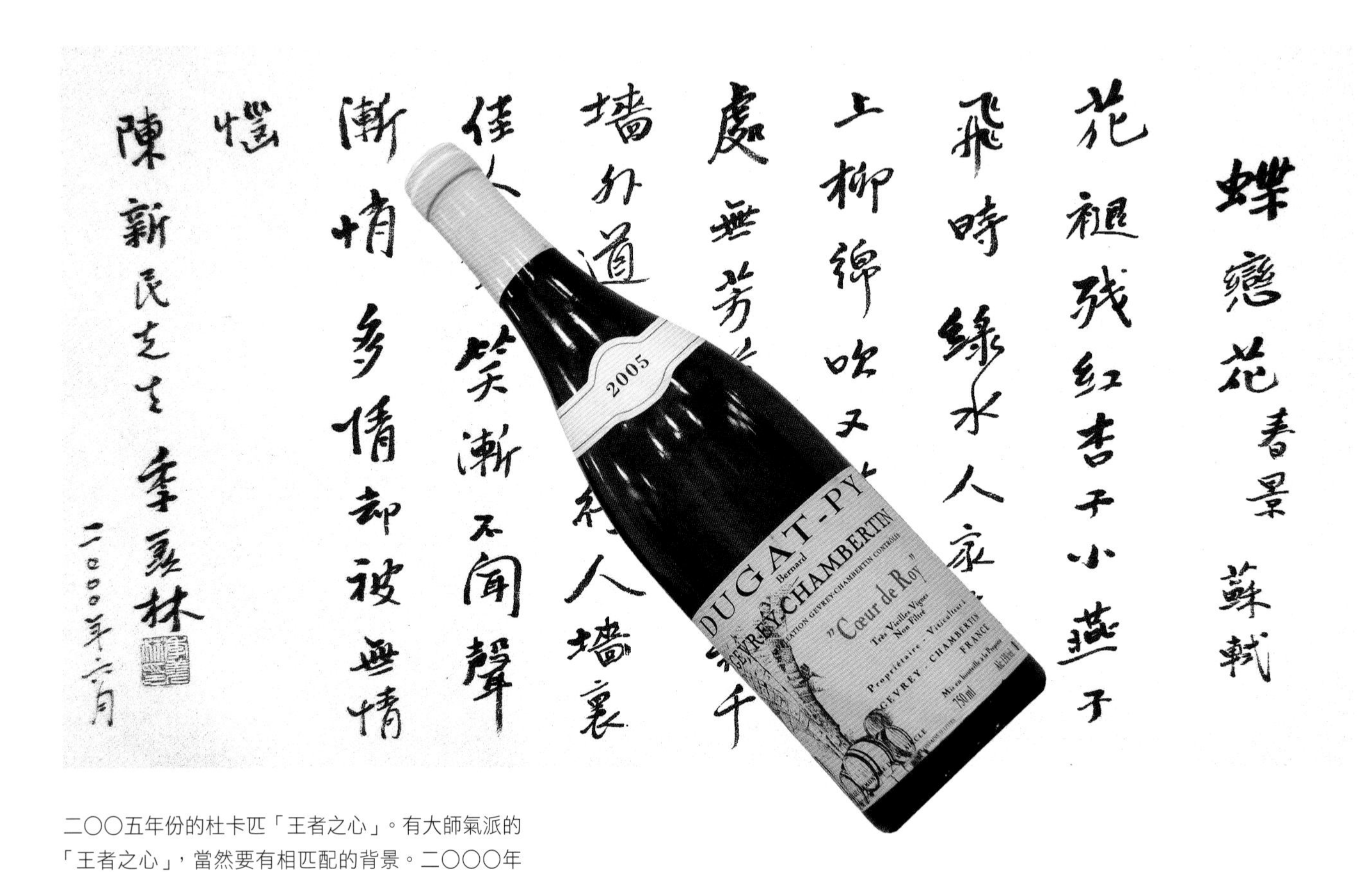

二〇〇五年份的杜卡匹「王者之心」。有大師氣派的「王者之心」，當然要有相匹配的背景。二〇〇〇年我收到北京大學季羨林教授的墨寶〈蝶戀花〉，季老是留德的老前輩，治學嚴謹與專注，博學又熱情，是我從留德時期就最敬仰、也是我一生最取法的對象。

近，所以也被承認是極精彩的酒莊，便能幾乎和杜卡-匹相去不遠也。

杜卡-匹酒莊男、女主人這對酒園的神仙俠侶，便乾脆將酒園改為「兩姓共治」的「杜卡-匹」。他們終日埋首在酒園中，看管著他們分散在各處的小酒園，也貼心地照顧這些甚至高達八十、九十歲的葡萄老藤。所以，儘管他所釀出的各款香貝丹，產量都極稀少，例如：看家的頂級香貝丹，年產只有兩百七十瓶至三百瓶；夏姆-香貝丹（Charmes-Chambertin），年產兩千瓶；而馬立-香貝丹（Mazis-Chambertin）則祇有九百瓶上下，都不是可容易一親芳澤者。而出廠價最貴的當屬香貝丹，至少四百美金，例如本園有兩款頂級香貝丹，一為葡萄樹齡已達八十歲的「王者之心」（Coeur du Roy），每公頃採收三千五百公升，在全新的橡木桶醇化一年半。另一款為近六十歲老藤的Les Epointure，程序與「王者之心」相同，都由貝納一手全程製作；最便宜者，則為夏姆-香貝丹，也要兩百美金以上，至於到市面的售價，以台北而論，二〇〇二年的夏姆-香貝丹，派克大師給了九十七分的高分，台北市價剛好為一千美金一瓶；至於難得一見的同年份香貝丹，售價高達一瓶一千五百美金。

在一九八九年以前杜卡-匹的香貝丹都是由樂花酒園收購，以樂花招牌出售，現在則是由本園自行銷售。

如此昂貴的杜卡-匹酒，當然不是隨便就能喝得到的。不久前在一個老友的聚會，一位同高中及大學的小學弟聽到我久矣未嘗其味，便邀我擇日品嘗他所收藏的兩款杜卡-匹酒。一週後我品嘗了兩款不同等級的杜卡-匹酒。

以二〇〇二年份的夏姆-香貝丹

而論，雖然杜卡-匹酒是以耐藏為優勢、好的年份且須十年以上才成熟，但一級酒則在五至八年內便成熟。這瓶頂級酒顏色呈現淡淡的磚紅色，已屬於標準的成熟黑皮諾。一開瓶後，果香滿溢而出，連隔桌的酒客都頻頻回頭詢問，到底我們開了哪款好酒。尤其是細嫩如絲綢般的酒質，在奧地利Riedl的手工酒杯（Sommelier級）的襯托下，把纖細的果香及酒體發揮得無懈可擊。在杜卡-匹的頂級酒外，次一等的一級酒也不同凡響，甚至被評為杜卡-匹酒園的「闖天下」絕活！園方使用極高的新的橡木桶比例（五成至全部）來醇化這些一級酒。

其次我們品嘗了杜卡-匹最基本的「村莊級」，稱為布根地酒。這是酒莊由好幾個小園區（共一點一三公頃），平均二十五歲樹齡的葡萄所釀成。雖然是屬於一般的日用酒，但杜卡-匹一樣地嚴謹釀製。發酵後只用兩成是全新的橡木桶來醇化，裝瓶前也沒有經過過濾。這瓶剛運到台灣不久的二〇〇四年份的村莊酒，顏色亮麗桃紅色、濃郁漿果、加州李之果味卻是極度澎湃，絲毫不令人感到有扎口的丹寧，真是出乎意料的高雅與平衡！試了一口後，我立刻打通電話給進口商，只能訂購到一箱。多年來，我對布根地——甚至其他法國各地的村莊酒——常視為一般佐餐酒，從沒有感動過，此次之所以破例，之所以如此的感動和激動，是因為：太可口了！年產量大約在六千瓶上下，而且一瓶索價不過六十美元而已。

布根地果然是名家輩出。老、少兩個酒神都是腳上沾滿著泥土，雙手長滿了厚繭，這些是令我們最尊敬的人物，他們也真是上帝派遣到世界的天使與聖人！

後記

當我把這篇小文發表後，接到老友賀兄的來電，約我小酌，並要給我帶來一個「小驚喜」。原來他剛入藏幾瓶二〇〇五年份杜卡-匹的「王者之心」。這豈止是「小驚喜」，而是「大驚奇」，難得一見的珍品也！

酒標上面註明：這是由「非常老藤」所釀造（Tres Vieilles Vignes），而且未經過濾。我們這時開瓶試飲，不無可惜。不過，體會到人生苦短，實在很難再抽出個十年、二十年來等待這瓶酒成熟。何況「好奇心」豈非人生最大的「誘惑力」？所以，我們決定一試！

深紫色、雖標榜未曾過濾，但酒質極為清澈，不見絲毫浮游物，而且油亮晃動，彷彿見光生影。入口後有如絲綢般的酒體，一點都沒有沉滯丹寧的感覺，十分平順。稍微帶一點果酸，有濃厚的漿果與熱帶水果的口感，整個結構十分紮實。尤其是喝完酒杯會散發出一股極香的花香味，這是我常在拉菲堡及其他波爾多頂級酒會發現到優雅香味。為了找出這種花香的名稱，我特地到台北一家頗具規模的花店中找尋香氣，終於嗅到一種白色的小花，有此香氣，賣花人稱之為「非洲茉莉」（拉丁學名為stepharatis floribunda）。台灣路邊小販常有賣車內用之玉蘭花，其中便有一點淡淡的這種香氣。愛品酒的朋友下次不妨細心嗅覺之。

這瓶杜卡-匹酒園的代表作，果然魅力無窮，套一句清朝乾隆皇帝給中意的絕妙古代書畫，喜歡題上「神品」的讚譽，我想，這一款「王者之心」，也可冠上「神品」之譽，而可問心無愧吧！

2

法國北隆河「永不褪色的傳奇」

傳承六百年的夏芙酒莊

聽到我即將告別工作二十五年之久的學術研究單位，也恰逢我的生日，一位學界的老友，也是葡萄酒狂熱愛好者的李訓民兄，問我要攜哪一瓶較為稀罕的好酒來小酌慶祝一番。剛巧我看到書桌上擱著一封新寄到、尚未拆開的美國《酒觀察家》雜誌（二〇〇八年十一月三十日）封面故事是講希哈酒（Syrah），特別是法國隆河地區的希哈酒。

我匆匆一閱，看到當期評審北隆河谷各酒莊的名單，第一名是二〇〇三年夏芙酒莊（Jean-Louis Chave）的艾米達吉（Hermitage）紅酒，也是「鎮園之寶」的「凱薩琳精選級」（Cuvee Cathelin），獲得了接近滿分的九十九分。而同園的一般等級的艾米達吉紅酒，也獲得了九十八分，與北隆河另一個名園夏坡地酒莊（M.Chapoutier）的兩款艾米達吉紅酒（L'Ermite及Le Meal）並列為第二名，我想起了去年曾經去北隆河瞻仰這一個法國可以和布根地、波爾多齊名的酒區，特別是名園匯集的艾米達吉山區（也稱為「隱居地山區」），曾經攜回台灣一瓶一九九四年夏芙酒莊的艾米達吉紅

艾米達吉的葡萄酒園，園地內佈滿了礫石。時至七月下旬，葡萄依然掛綠，直到八月中旬以後希哈葡萄才開始轉紅。

酒，正要找一個機會來品嘗。沒想到李兄家藏兩千瓶的酒窖中，還藏有若干瓶一九九八年的夏芙酒莊艾米達吉白酒，何不來一個「夏芙園紅白會」？於是乎酒單便敲定了。

提到夏芙酒莊，正是一個相當富傳奇色彩的酒園。話說在國外一般酒客先迷上波爾多美酒後，波爾多的濃郁口感、香氣特別是花香集中均衡，是令酒客傾倒的主因，假以時日後，才會逐步愛上較為清淡、也更難瞭解那麼多小園區、又那麼複雜小酒農與產量稀少的布根地酒，當然價錢也不比波爾多頂級酒實惠。至於第三個選擇的隆河酒，特別是北隆河酒，便是以強勁酒體、特殊的酒香，這種酒香與其說果香，或是夾雜著青草或橡木、乾草等氣息。是以個性，而非「媚俗」見長。也因此，很容易召集了一批終生忠貞不渝的支持者。派克大師即是其中的一員。

北隆河谷地的重心在於艾米達吉紅酒。這一個在十三世紀開始成名酒區，共有一百二十五公頃，由於成名得早，逐漸被財力雄厚的酒商搜刮殆盡，例如：年產一百五十萬瓶的安內園（Paul Jaboulet Aine）、夏坡地園（Chapoutier）及Cave de Tain l'Hermitage。

除這三個大酒商外，面積占第四位便是夏芙酒莊。能夠在這個寸土寸金的寶山掙得一席之地，都要歸功於這個酒莊的悠久歷史，以及先人獨到的眼光。

在夏芙酒莊的酒瓶，近頸部正中間有一個小標籤，上面註明本酒莊乃「自一四八一年由父傳子」而來。好一個神氣的標記！的確，這家族在十五世紀末葉，便在隆河的隱居地山區對面西南的山區落腳，這地方也是酒區，目前稱為「聖約瑟夫」酒區（St-Joseph）。這裡與隱居地山坡僅一河之隔，相距不過十米上下。除了土質與排水功能較不同外，其他風土條件應當差距不遠，同樣以希哈葡萄為主。

夏芙家族在此地落地生根三百年後，直到十九世紀末，法國各地流行的葡萄根蚜蟲病肆虐，也傳來這裡。於是夏芙家族便遷到北隆河東岸的隱居地山坡，開始種植果樹及建造房舍，然後一步步擴張家產，至今終於擁有了十五公頃的寶貴園產。

夏芙酒莊共有八個小園區，其中有四個小園區栽種白葡萄，也就是當

艾米達古酒區中難得一見的小酒村——位於艾米達吉南端的克羅采‧艾米達吉（Crozes-Hermitage）。

地出名的馬姍（Marsanne）以及羅沙內（Roussanne）葡萄，這些白葡萄都已經高達六十年的高壽。另外，本園四分之三的產能，則是有接近四十年的希哈紅葡萄樹。夏芙酒園在二次世界大戰前後，屬於平凡的酒莊，但是在七〇年代初由老莊主吉拉德（Gerard Chave）接手，以純粹傳統、一絲不苟的手法釀製，開始打造出本酒莊的金字招牌。

本酒莊最大的特色是堅持傳統。在八〇年代世界經濟繁榮，追求頂級酒者眾，各酒莊莫不挖空心思，來釀製果味強勁、果體豐富的頂級酒，除

三款夏芙酒莊的艾米達吉紅、白酒。背景為已故台灣現代水墨大師席德進的〈少女〉素描。

了在醇化過程強調使用昂貴全新的橡木桶外，也在葡萄栽種過程強調「疏果」的手續。

一般頂級酒園每株葡萄分成左右兩支，各結四至六串外，其餘果實皆剪棄不用，以求果體的結實。我個人前兩年在五月葡萄結果時，途經布根地夏桑蒙哈榭酒區，都可以看到每株葡萄樹下散落一地的果實，真有暴殄天物之憾。而若干加州那帕酒谷的酒園，甚至宣稱其每株葡萄最多只留兩串葡萄而已，那豈不是「令人髮指」的浪費與噱頭？

但是夏芙酒莊的吉拉德老先生便反對這種作法，他認為只要施肥得宜，由好土地、健康的葡萄樹結出來的健康果實，便具備釀酒的天然條件。如果土地不好，種不出好葡萄，再有怎麼高明的釀酒技巧也沒有用。例如：夏芙酒莊雖有八個小園區，但其中便有一個這種不出好葡萄的園區，只能夠作為種植其他蔬果之類的雜園之用。

夏芙酒莊強調了「混園」的功夫。希哈紅葡萄產自七個不同的小酒園，經手工仔細採收後，會分別壓榨與陳年，其中新舊桶互用，經過近兩年左右的醇化後，再由釀酒師來混合各園區的成分，這頗類似XO白蘭地的調和過程，所以夏芙酒園每年的味道自然會不同。

吉拉德老先生目前已經開始退隱，園務交給兒子傑．路易斯（Jean-Louis）來經營。說起來也真諷刺，這位小當家早年是在美國加州大學戴維斯（Davids）分校釀酒系就讀，該校釀酒系造就出不少釀酒人才，尤其是美國加州各酒廠的釀酒師幾乎沒有不出自該系者。加大戴維斯分校釀酒系是科技與創新出名，長年來對於葡萄新品種的研發與釀酒設備的鑽研，和波爾多釀酒大學以及德國萊茵河畔的蓋森漢（Geisenheim）釀酒學院鼎足而三，成為世界釀酒學的三大重鎮。

但加大戴維斯分校釀酒系和德、法兩個釀酒學院稍有不同的是：「野心」。美國加大釀酒系心中有一個願望，便是讓美國取代法國，成為葡萄酒產量與質量世界重心。

想想在兩百年前，法國酒本來不比義大利酒或西班牙酒來得高明。但法國酒農懂得用科技——包括重視酒窖的清潔與耕種的科技，才將法國酒的質量遠遠提昇，將各國拋在後面。所以戴維斯分校強調科技，一切向科技看齊，也因此，對創造出「新世界酒旋風」功不可沒。

沒想到遠赴加州學藝歸來的夏芙小莊小少東，沒有染上這一股「科技風」，反而比老爸更注重傳統，除了使用馬匹來耕地外，也開始使用有機種植法，在釀造工藝方面，除了引進控溫設備外，並沒有引進太多革命性的科技，看來這筆留學費是白花的。

其實不然，小少東第一個學位是MBA，當然知道物以稀為貴的道理。一九八二年跟隨父親釀酒後，累積了許多經驗，尤其成功了利用品質控管的方式，很快地在八〇年代之後聲譽鵲起。

夏芙酒莊的白酒年產只有一千五百箱（近兩萬瓶），以二〇〇四年份為例，二〇〇七年的《酒觀察家》雜誌評了九十七分，美國市價為兩百一十美元；而次年二〇〇五年份表現更好，二〇〇八年的《酒觀察家》雜誌評了九十八分之高，僅次於夏坡地隱居地白酒的九十九分。

而價錢方面，為兩百四十五美元，評分第一名為二〇〇六年份夏坡

要找一個背景來搭配夏芙酒莊的「凱薩琳級」艾米達吉，並不容易。後來我想到夏芙酒莊成立於一四八一年，相當於我國明代成化年間。剛好我最近收藏到一張明代一品文官仙鶴（雙鶴祥飛）章補，乃出土文物，珍貴異常。自從我開始收藏清朝章補達二十五年以來，第一次遇到出土明朝補子，得之欣喜萬分。收藏之樂也就樂在此一剎那，有「接近天堂」的醺醺然感覺。遂將這兩個淵源於同時代的「產物」——一個已成歷史，另一個仍生生不息並列一起，也令人慨嘆：明代典章制度何其輝煌燦爛，明代「成化瓷」成為至今世界的「瓷寶」，但主其事者都已灰飛湮滅。反而，當時遠在偏僻落後的法蘭西隆河一隅，還有一脈相承的家族葡萄園，延綿至今。法國的布根地、德國萊因河谷、義大利……都所在多有。我們看出了歐洲「物資文明」的偉大，就是偉大在這些平凡百姓對於「謀生之資」與工藝的傳承與堅持。

地白酒為兩百一十美元，但還是輸於評分只有九十四分，居第十名，也是二〇〇六年份的安內園小教堂（Paul Jaboulet Ainé La Chapelle）的白酒，售價為三百四十五美元。我個人的解讀是小教堂的紅酒太有名了，且是北隆河紅酒最有名的一款，難免影響到白酒的價錢。而當年份的安內園小教堂白酒，是該園第一次釀製白酒，當然會引起酒界的高度興趣，人人想一試也。

另外，比二〇〇五年年份較差的二〇〇四年份夏芙酒莊的白酒，在二〇〇九年夏天德國的市價已高到一百三十歐元，折合美金約兩百美元，算是極為昂貴的白酒。

至於夏芙酒莊的艾米達吉紅酒，年產則在兩千五百箱至三千箱之間，易言之，只在三萬至三萬五千瓶之間，的確是十分稀少，也因此二〇〇五年份一瓶在美國的售價為兩百四十五美元。

依二〇〇九年五月份拍賣的資料顯示：一九七八年份為七百八十美元；一九八九年份為兩百四十一美元；一九九〇年為五百二十九美元；一九九五年為一百五十八美元；一九九九年為一百七十一美元；二〇〇〇年為一百六十一美元。

相形之下，廣受歡迎的北隆河積架酒園（E.Guigal）著名的慕林酒（La Mouline），一九七八年為一千七百九十二美元；一九八九年為四百六十八美元；一九九〇年為六百五十一美元；一九九六年為兩百二十美元；一九九八年為三百六十三美元；一九九九年為六百四十美元，似乎還有一段距離。

但是真正讓酒迷們動心的是，一九九〇年才初次釀造的「凱薩琳精選級」(Cuvee Cathelin),這是夏芙酒莊從各個小酒園的產品,加以調配。很有個性的小少東不管外在「年份」好壞評定,獨立判斷。那一年只要他發現葡萄長得特別好,酒也釀製特別好時,他選擇取最滿意的幾桶出來——即凱薩琳級。至今僅有一九九〇年、一九九一年、一九九五年、一九九八年、二〇〇〇年及二〇〇三年,才有釀製,二〇〇五年是不錯的年份,似乎沒有釀製的消息。

由於每次僅有兩百箱上下,共兩千五百瓶至三千瓶的產量,真的不知道要如何才有辦法購得一瓶?除了鍥而不捨的精神加上運氣外,大筆鈔票是免不了的!美國二〇〇八年十一月十五日《酒觀察家》雜誌對二〇〇三年份的凱薩琳,給了九十九分的高分,年產量為兩百四十箱(兩千八百八十瓶),定價為一千三百美元。

一九九五年份一出,美國的派克大師馬上給予九十七分的高分,並說此酒可以陳放三十年以上。價錢方面(以二〇〇九年五月份的美國定價而論)一九九〇年份為一千零八十美元、一九九五年份為一千三百九十五美元;一九九八年份為一千一百二十五美元至一千五百美元;二〇〇〇年份為九百九十五美元,至於最新的二〇〇三年份,則為一千三百美元。顯然已經是整個隆河區最昂貴的紅酒了。

上述關於夏芙酒莊紅白酒的價錢,只是媒體上的「市價」,與消費者實際上的市場購買價往往還有多三成至一倍的差異,所以都是偏低的估算,應當注意。例如二〇〇〇年份的「凱薩琳精選級」,雖然在二〇〇九年的市價訂為九百九十五美元,但在實際的拍賣場上標得此年份一瓶至少已達一千五百美元以上，這還是最不看好年份的售價了。

在瞭解夏芙酒莊紅、白酒的基本行情後，李兄也另外多攜來一瓶二〇〇二年的艾米達吉紅酒，我也發現酒窖裡還有一瓶較老的一九八三年艾米達吉紅酒還未品試。這瓶已經充滿了沉澱的老酒不知滋味如何，何妨一試？而夏芙酒莊的習慣也最不喜歡沉澱酒質。因此，我們期待沉澱過多，不至於減損該酒的芬芳度。

以下我還彷彿記得這四款的滋味大致如下：

一開始試一九九八年艾米達吉白酒，顏色淡黃偏綠，有點油光的膠質感覺。夏芙酒莊對白酒的釀造是經過緩慢的程序，完全由天然酵母菌發酵，據說有些年份還會在長達一年的時間來完成發酵的程序，這種情形和匈牙利托凱（Tokaj）酒區釀製極其珍貴的「艾森西雅」（Essencia）的寶黴酒極為類似。此款艾米達吉白酒不似蒙哈榭白酒的酒體渾厚強壯、以及強烈的太妃糖及橡木桶味，反而有幽雅的花香，及隱約的漿果味，我也覺得有一點點的青草味，可說是一瓶雋永生津、令人回味的好酒。記得當時我們是佐以鐵板燒的清蒸鱈魚，鱈魚上面雖然鋪著嫩薑，浸上料理用的一般葡萄酒，以及若干的花椒及胡麻，但是並不奪味。反而襯托出艾米達吉白酒清新的味覺。

其次登場的二〇〇二年艾米達吉紅酒，被派克評了九十一到九十四分，一九九九年份美國《酒觀察家》雜誌還評了九十六的高分。接著二〇〇〇年竟跌到八十八分，二〇〇一年稍好（八十九分），但二〇〇二年慘跌到八十二分，二〇〇三及二〇〇五年份表現最好，各為九十四分，二〇〇四年及二〇〇七年，普通，均為九十分上下。所以這瓶最差年份的二〇〇二年份艾米達吉紅酒，可檢驗夏芙酒莊在最嚴苛年代的表現。

在開瓶僅一個鐘頭左右，紫紅色、中等丹寧的酒液，入口後，馬上感覺到一股淡鹹味。這個鹹味一直延續到三個鐘頭後，仍然存在。感覺不到濃烈的花香、只有漿果、皮革及礦石味，但不明顯。除了淡鹹味外，還有若干酸味及甜味，口感堪稱複雜。大致上是屬於均衡、綿密與細緻的好酒，酒體並不澎湃。派克雖然形容本酒在二〇〇六年會達到高峰，直到二〇一五年。不過，我們頗為懷疑，因為開瓶兩個鐘頭後，本酒已經相當疲弱不堪，溫順而不突出。

接著上場的是一九九四年艾米達吉紅酒，雖然已經有十五年的歷史，但仍然可以發覺在酒緣邊上還有淡淡的紫色。頂級紅酒經過十年以上，理應「汰盡紅紫」而進入到「全紅」的「色界」，但顯然這瓶紅酒的醇化還在緩慢進行。入口後，濃厚的漿果、花香以及橡木桶香撲鼻而至。但也可感覺到酸梅式的淡淡酸味，這款酒還有陳年實力。我特別喜歡它的丹寧感覺，明顯存在而不突兀，時隱時現。果然令人印象深刻。

一九八三年的艾米達吉紅酒，屬於中等年份，但看到瓶底有半吋高的沉澱，我知道至少得醒酒五個小時以上。果然經過這五個小時後澄清的酒液，已經轉換成橙色帶點微紅，像極了老的義大利巴洛洛（Balolo）紅酒。撲鼻而來則有一股皮革、礦石土味、青草，當然也不免有濃厚的花香。口感則是頂級老酒常帶有的淡甜味、不可思議的老黑皮諾酒常見的梅子味，也屢屢顯現，令人捨不得入嚥。可能

〔藝術與美酒〕
餐桌之一角：這是法國印象派大師方登·拉圖（Henri Fantin-Latour）一八七二年的名作。當時大畫家德拉瓦（Delacroix）、馬內（Manet）及畫家本身（最右）都在畫中。圖中桌上漂亮的醒酒瓶，仍是目前最受歡迎的醒酒瓶樣式之一。現藏於巴黎奧賽美術館。

是年份不好，這瓶經過了四分之一個世紀的二十五年歲月，已經走到了生命的盡頭。無怪乎我們試了一個鐘頭後，最後杯底殘剩的最後一輪，已經失去了強烈的酒體，只留下令人感傷的幽雅香氣。我想想「美人遲暮」的光景，大概也就是寫照吧！

夏芙酒莊果然已經成功地和積架酒莊、安內園酒莊與夏坡地酒莊共同組成北隆河四個最光輝燦爛的酒莊。夏芙酒莊當家父子的傑出成就，尤其是對傳統的堅持，相信公正的「歷史之神」會給予最大的庇護。夏芙酒莊的少東曾經講過一句話：「要讓家族譜寫的歷史，傳承下去」，我們相信，這段「北隆河的傳奇」正會如隆河水，由北向南，一路綿綿不絕、永遠長流不斷。

後記

本文完成後，恰巧一位生性瀟灑、熱情，且美酒收藏近萬瓶的酒友藍兄Jerry告訴我，剛剛由美國收集到近一箱二〇〇〇年份的「凱薩琳精選級」，尚未一試，約我及台北醫學大學的好友吳志雄院長一同小試，我自無拒絕之可能。紅色的酒標上繪有兩個暗色酒瓶，兩旁各立一個廣口杯及一串葡萄，右下角署名「凱薩琳」，原來這款酒是以這一個標籤的設計師為名。

酒標右角下註明二〇〇〇年份總共產釀兩千四百五十瓶，本瓶編號為一九四六。知道這種「大酒」絕對需要至少五個鐘頭的醒酒。醒酒過後，深桃紅色十分亮麗，入鼻後可以嗅到明顯的檀香、甘草、淡淡中藥味，還有淺淺乾燥花香。比較精彩是入口的感覺，丹寧十分輕柔，中度酒體，平衡感甚佳。起初有輕微的鹹味、礦石味夾雜著絲絲苦味與酸味，隨後轉為甜味，十分優雅。最後，薄荷增強，一直到開瓶後兩個鐘頭，仍然沒有消褪的跡象，同樣是浸淫美酒美食甚久的吳教授伉儷幾乎為此優雅的餘韻而陶醉。整體而言，由於二〇〇〇年只是普通年份，但「凱薩琳精選級」既然是夏芙酒莊的力作，自然代表了莊主的自信，以及挑戰「大自然」(the Mother of Nature)的雄心。不過，人力終究很難勝天。我在這款好酒上，已經看出了酒體的「疲態」。我相信，這款酒已經步上了高峰，我因此建議在十年內快樂的享用也。

有「紅」不可無「白」。為了試試這款「凱薩琳精選級」，Jerry也特別準備一瓶一九九〇年的艾米達吉白酒，來作為開頭酒，我也樂為和已嘗過的一九九八年份的白酒作一個比較。

白酒究竟無法和歲月之神相抗衡。這款已有十八年歲月的白酒，出現的深稻草黃色，顯示出已達到顛峰後期的階段。果然，入口有些微氧化的氣味，像極了老蒙哈榭酒，中度的焦糖、乾草，以及乾果類味道，也有淡淡的蜜餞香氣。回味甚長，開瓶一個鐘頭後，會慢慢失去優雅的吸引力，香氣也散去。又是一種「美人遲暮」的惆悵！但是這款酒給我們帶來一個鐘頭的期待與快樂，正是這款酒日後不會被我們遺忘的因素。

3

聖杯騎士的良伴

大作曲家李察·華格納與聖裴瑞酒

在上篇記述北隆河夏芙酒莊曾提到該酒莊的老家，在隆河對面的聖約瑟夫酒區（St-Joseph）。我曾在兩年前趁著拜訪隱居地（艾米達吉）酒村的機會，渡河到這個歷史悠久的酒區去逛逛走走。但我主要的目的，是要到緊接著此酒區向南的聖裴瑞酒區（St-Péray）去找幾瓶本地著名的白葡萄酒。

聖裴瑞是一個僅有七千人的小酒村，早在羅馬時代就已經有駐軍與移民帶來葡萄的種苗。由於地理位置之重要，山坡上還建有一個堡壘，稱為「克魯索」(Crussol)，至今此廢墟還俯瞰著山下綠綠蔥蔥的一片葡萄園。

中古時代十世紀左右，此地已經是葡萄園密佈的酒區，本來是以種植紅葡萄為主，後來發現土質不合，還是釀製白葡萄酒為宜。白葡萄種類和對岸的隱居地一樣，都是馬姍與羅沙內，總面積只有三十五公頃，每年總產量在三十萬瓶上下，而各酒莊面積都小，例如大名鼎鼎的安內園（Paul Jaboulet Ainè），在此處也只有不到兩公頃的園地也。

這裡盛行白葡萄酒還有一個原因。在中古世紀，本地原屬一個天主教會所有，長年來修道院修士們都以隆河中捕獲的魚鮮為食，白酒佐配鮮魚，自然成為不二選擇。而聖裴瑞之名稱，乃拉丁文「聖彼得」也，所以本酒區本為天主教的采邑，法國大革命時天主教教產遭充公，聖裴瑞酒一度被改名為「裴瑞酒」，大革命後，又被回復老名稱，一九三六年底開始，獲得官方法定AOC的名稱。

相對隆河右岸隱居地的白酒的濃郁、價昂，一河之隔的聖裴瑞酒在芬芳度、酒體的結實與陳年實力，都要來得輕薄。但口感雋永、花香與核桃等香氣的渾然一體，更重要的是價格合宜，一直是品酒會時作為「隆河左右岸」的對比項目。

我在聖裴瑞區中心點北方名叫科納（Cornas）之處，曾經找到一瓶由弗吉酒莊（Domaine Alain Voge）所釀造的聖裴瑞酒「克魯索之花」（Fleur de Crussol ），索價不過二十歐元。余願已足矣！為何我特別鍾情此酒？答案是：這是德國十九世紀大音樂家李察．華格納（Richard Wagner）最喜愛的法國酒。

我自年輕時代便崇拜華格納的歌劇，他簡直是我心中的神。我對他的所有作品，由《漂泊的荷蘭人》（*Der Fliegender Holländer*），到尼貝龍根的指環（*Der Ring des Nibelungen*），都聽了不下數十次到上百次。

李察．華格納的作品，不似義大利歌劇，如普契尼或威爾第，容易上耳；旋律也不比莫札特，馬上牽引著聽眾的心弦久久不放。華格納樂曲有一股深沉的張力，或是綿延不絕、或是熱血沸騰的激昂，使人昏眩入迷。所以古典音樂界的華格納迷，是很特殊的一群：絕對唯心論、絕對的崇拜，以及絕對的「忠貞不渝」。

所有華格納的作品，我至今仍然參透不解的便是他生平最後一部歌劇作品《帕希法爾》（*Parsifal*）。這一部描寫聖杯騎士帕希法爾的傳奇，將大師晚年基督教的救贖觀，以旋律激情地顯現出來。沒想到卻將其多年的粉絲，也就是最有名的大哲學家尼采，激怒得公開向其決裂；尼采還曾經引經據典，批判這位他當年心目中的偶像。

而樂史上非常清楚地記明：一八七七年，李察．華格納開始埋首譜寫帕希法爾時，還向聖裴瑞訂購一百瓶酒，並囑咐以「快件」送達到他位於德國巴伐利亞邦西北部的拜魯特小鎮（Bayreuth）住所去。看樣子大師沒有聖裴瑞酒的滋潤，無法文思泉湧地將聖杯武士帕希法爾——這位武士將護衛「最後晚餐中盛裝過耶穌聖血的聖杯」作為一生職志——的生平，化為五線譜上的精靈吧！

我馬上翻出帕希法爾歌劇的歌譜，在第一幕果然出現了下面的歌詞：

取用麵包吧！讓它果敢地變成你的生命之力與強健力量，

至死不渝地完成救世主的大業；

飲用葡萄酒吧！讓它重新的賦予你有如火焰般血液的生命，

以神聖地勇氣協同弟兄奮戰到底。

華格納筆下的聖杯騎士，顯然地也懷抱著「醉臥沙場君莫笑」的壯志豪情也。

聖裴瑞只釀造白葡萄酒，但自從一八二五年有一位香檳區的釀酒師來此地訪友，品嘗到本地白酒的美味，遂自告奮勇地把香檳區釀香檳的技巧，一股腦地傳授下來，三年後，本地區第一瓶氣泡酒終於面世。如今這款稱為「聖裴瑞氣泡酒」(St-Péray Mousseux)的「法國第二種香檳」，已經是超越了布根地、羅瓦爾河或其他地方的氣泡酒。除了李察・華格納是他的忠實客戶外，另外一個大名鼎鼎的客戶，是沙皇尼古拉二世。這位大獨裁者喜歡香檳是出了名的，不論是拙著《稀世珍釀》列入世界百大的侯德樂(Roederer)酒莊之水晶香檳(Cristal)或是凱歌香檳(可參見拙著:《酒緣彙述》內〈典雅富麗的歡樂之泉〉一文)，都是靠著尼古拉二世的賞識而揚名立萬；沙皇也經常飲用聖裴瑞氣泡酒。大概只有在官式的宴飲，才會端上前兩款極為昂貴的正牌香檳吧！

隨著法國香檳的價錢飆高，聖裴瑞氣泡酒也由配角的地位，驟升為要角。以最近兩年的統計，每年本地區三十萬瓶的產量，有接近六成是氣泡酒，一般白酒反而只佔四成而已。看來法國香檳區已經遇到了一個堅強的挑戰者。

除了價格因素外，傳統酒莊將香檳在木桶中發酵，而不在不鏽鋼桶中發酵，求其飽滿的氣息。在發酵過程，本地酒莊大都還堅持慢工出細活，以傳統香檳工藝法，讓酵母與醣份在酒瓶中作二度發酵；而不採用現在大多數酒莊迅速又省工的密閉大桶二度發酵法，這些都是聖裴瑞氣泡酒獲得名聲的重要因素。

回到台灣後，我到處找尋聖裴瑞酒，最近終於在專事進口隆河酒的「心世紀」發現有進口此款冷門酒。最近我試過一瓶克里昂酒莊(Yves Cuilleron)的「雄鹿」聖裴瑞酒(Les Cerfs)。這酒莊在整個北隆河區有五十二公頃大的園區，分佈在五個小產酒區，包括聖裴瑞的一個很小園地。雄鹿酒由幾十年的老馬姍葡萄釀

李察．華格納的銅版畫肖像，由馮．賀克默爵士所繪，時為一八七七年。旁為二〇〇七年份的「雄鹿」聖裴瑞酒。距離華格納訂購本酒與馮．賀克默繪畫此圖時，相隔正好一百三十年。

製而成，發酵程序到九個月的醇化，都在橡木桶中進行。年輕的莊主Yves是標準的酒農，除法語外，沒有任何一個語言可以和外國人溝通。每年雄鹿酒只有四千兩百瓶產量，基本上沒有外銷的配額。而「心世紀」神通廣大，每年進口本款酒的數字，只有兩箱，共二十四瓶。

我品嘗二〇〇七年份的雄鹿酒，淡綠偏黃的顏色，極為澄清；高度的花香還有入口後有明顯的甜味，回甘則夾雜著一絲絲鹹味，這是馬姍或羅沙內葡萄的特色，甚至整個隆河區的頂級紅酒，也會有這種明顯的鹹味。這恐怕是因為本地區在侏儸紀之前是海底的地形吧！這款酒在台北市的市價不過千元上下。喝膩了美國加州肥美與凝重口味的夏多內酒，或者不想瘦下荷包喝布根地蒙哈榭酒，聖裴瑞酒當是另一種選擇。

可惜，在絲毫沒有香檳文化的台灣，香檳酒的銷路一向奇慘無比，其他地區的氣泡酒更沒有酒商願意投石問路。我期待出現一位「氣泡酒伯樂」，勇敢地將聖裴瑞氣泡酒，甚至是羅瓦爾河，以白梢楠葡萄（Chenin Blanc）釀成的梧雷氣泡酒（Vouvray）（對了，這可是法國大文豪巴爾札克最喜歡的酒）引進台灣來，讓香檳文化在台灣有開始扎根的機會。

華格納既然是我心中佔有次於耶穌的神聖地位，理應不能沒有其畫像，我對收藏藝術品既然有興趣，自然在過去三十年到處留意有無華格納的真品肖像。皇天不負苦心人，一九八七年夏天，當我在美國波士頓哈佛大學法學院作博士後研究時，某日路過一個專賣古籍的書店，有幾張銅版畫待售。我一眼就看到一張華格納的肖像，畫家居然是當時著名的馮・賀克默（Hubert von Herkomer, 1849-1914）。賀克默也許已被現代人所遺忘。但在十九世紀末卻是有名的人物畫及銅版畫家。出身於德國巴伐利亞，中年以後入籍英國，成為皇家藝術院院士，獲頒為爵士。我讀書的慕尼黑市區內至今還有一個賀克默廣場（Herkomer Platz），所以對此號人物並不陌生。當我向店主「假裝」詢問此肖像為何人時？沒想到幹這行買賣的不少歲月的店主，居然回答：「一個不知名老紳士的畫像」。結果我當然是以自己都不敢相信、道德感也逼使我不得再還價的價錢，買下這幅我三十年收藏生涯中，最得意的「獵品」之一。

這是另一款在台灣難得一見的聖裴瑞酒，乃維拉酒莊（F.Villard）生產二〇〇七年份，全由瑪珊葡萄釀成，口感較為濃郁，香氣十足，單飲或佐餐皆宜。

這幅馮・賀克默爵士繪畫的作品，本是油畫。而後，同時繪成版畫。原畫本來送給華格納。華格納死後住居「夢幻之靜」（Wahnfried）改為華格納博物館，肖像油畫依然懸掛在內。不料，在一九四五年盟軍一場空襲，毀掉了本件作品，幸而還有若干銅版畫傳世。但一般美術館，甚至介紹華格納傳記內似乎都沒有典藏紀錄，我也早已決定有朝一日將本件銅版作品捐送給華格納博物館珍藏。

馮・賀克默的華格納肖像完成於一八七七年，正是華格納譜寫帕希法爾，向聖裴瑞訂購一百瓶美酒的同一時間。我遂將一瓶聖裴瑞酒與此幅傳世不易的華格納肖像一起留影，這可是多麼難得的歷史巧合啊！

4

笑傲公卿的美酒

布根地「七十二變」的頂級伏舊酒

話說在第一次世界大戰爆發後，法國前線某部隊得知前線潰逃來的一批法軍士兵中，混進幾名德國間諜。由於德國在鄰近法國阿爾薩斯及洛林等邦，人民都熟習法語，光憑語言口音，根本無法區分敵我。一個聰明的法國憲兵上尉心生一計，他召集這批法軍士兵，告訴他們今晚可在酒吧盡情飲酒—「國家請客」！眾士兵當然歡聲雷動、湧進酒吧內狂飲，這位上尉注意到只有兩個士兵只喝啤酒，便立即逮捕他們。果然抓到德國間諜了！這個似真似假的故事說明了：人是習慣的動物。不信的話，您觀察在自助餐檯前，每個人點菜都有習慣的「針對性」！收藏酒也一樣。就我而言，一旦我瞄到酒店店架上陳列法國布根地的「伏舊酒」(Clos de Vougeot)

八月下旬伏舊園的黑皮諾葡萄正由翠綠轉紅。

時，完全自動反應地會拿起來一瞧，同時也開始心動了。

儘管台灣頂級酒消費者的眼光大多仍只集中在波爾多地區，甚至只集中在美多區四大酒莊。但是，若是要強調特殊的品味，或是稀少性，恐怕就非布根地的頂級酒不可。一瓶「頂級中的頂級」的布根地酒，也就是出自在一個最著名年產不過一、兩千瓶的小酒莊，出自在哪個傳奇釀酒師手中的好酒，那麼這款頂級酒絕對是拍賣會或品酒會上的寵兒。這才是真正的夢幻酒。

近年來，布根地頂級酒也一再比上波爾多頂級酒的飆漲風，以致於過高地抬高了布根地酒的售價。香港最著名的《酒經》雜誌社長劉致新先生曾經以「闖地雷陣」的貼切術語，來形容收藏、購買布根地頂級酒的風險。這句話也可反映出外行人投資布根地頂級酒的失策。

而劉社長點名到這個「地雷陣」中，危險度最高的雷區，正是布根地酒區最著名的「伏舊酒園」，這也是最具有傳奇的布根地酒園，長年來代表了布根地釀酒人的尊嚴與驕傲。

伏舊園位於布根地的夜坡（Cote de Nuits）中段，在總共五十公頃的頂級酒園，樹立了一個一五五一年重新改建的城堡。位於一個以流經小河伏舊河為名的酒村，九世紀已建村；在十三世紀就已經成園，本來是天主教的一個教會所擁有。這個名為西托的教派在十一世紀已在此處，是法國天主教的重要支派，也是一種具有革命與反叛思想的宗教團體。中古世紀羅馬教會的奢華腐敗，引發了教會內不少有識之士的反省：耶穌一輩子不蓄私財，不營建華屋美室，也不衣綢戴玉，才能建立基督教的王國。為什麼教會不能夠回到當年耶穌傳教時代的「清貧」生活模式？我們在國中歷史課本中都讀過歐洲宗教革命的史實，但台灣沒有壯麗豪華的天主教及基督教堂，很難想像五、六百年前教會如何的腐化奢華。我出自天主教家庭，從小在紀律嚴明的義大利耶穌會神父主持的教堂環境長大。教堂神父生活堪稱儉樸。在德國讀書時，第一次到羅馬朝聖，終於目睹到衣著華麗、手指上戴著寶石戒指，身上抹擦名貴香水味，彷如明星式的樞機紅帽主教的「風采」，才開始想像出當年德國馬丁路德為何會發起宗教革命的動機與感觸了！

因此西托派主張「耕食苦修」，所有教士都必須下田工作，這和本書內之〈九百年歷史的德國約翰尼斯堡園〉掌園的教派，修士是宣揚同樣的教義，也是屬於同一支派。

伏舊園中唯一一幢酒莊「伏舊之塔」（Clos de la Tour）的酒窖，仍藏有數十年老酒。

伏舊園的歷代園主，都是釀酒行家，所產釀的精品，經常作為主教或大主教的供奉品，逐漸地成為布根地酒的頂級代表。

在拿破崙時代，本園達到了聲望的巔峰。當時流傳了一個插曲，在某次拿破崙領兵東征時，路過本區。好酒的拿破崙，當年正逢不惑之年，聞知本園藏有四十年的好酒，便差遣副

作者攝於伏舊園及伏舊之塔。

官前來本園索酒。誰知道本園的園主戈不理（Don Goblet）院長，竟給這個副官一個軟釘子：「陛下如果對本園老酒有興趣，請陛下親自來品嘗。」碰了一鼻子灰的副官就此回報拿破崙後，這位不可一世的皇帝，並沒有認為戈不理的頂撞是「大不敬」，或是「出師不吉」而加以問罪；而聽說拿破崙當時只笑笑地說聲：「好一位有骨氣的院長」。

這件發生在兩百年前的傳奇，讓我們看到了獨裁者拿破崙開明且人性化的一面。我們不可想像若是發生在我們大清，如乾隆時代，可能伏舊園會遭到「滿園抄斬」的厄運吧！

也可能因為連拿破崙都加以讚譽，以致於拿破崙麾下有一位比松將軍，有一次率隊行軍經過伏舊園，下令全軍向本園致敬。因此以後有好一陣子法國軍隊有路過此園，都形成敬禮的傳統。不過據我本人去年八月訪問本園時，詢問當地酒農，得知這個軍禮致敬的傳統，已隨著其他老傳統一樣，都已是昨日黃花矣！

伏舊園在整個十九世紀都是以釀製能輕易陳放二十年以上的品質好酒為著稱。整個五十公頃的伏舊園能年產近二十萬瓶，足敷法國頂級美酒消費圈子的需求。但是，伏舊園亦如同布根地各酒莊的缺憾一樣，透過繼

拉瑪史酒莊一九九〇年份伏舊酒。拉瑪史酒莊也是布根地有名的酒莊，共有八公頃的園地，其中一半都在明星級的頂級酒區，在伏舊園園區內有一點三公頃，年產量在四千瓶上下。背景為戚維義大師所繪之〈鍾馗醉酒〉。只見鍾馗虯髯賁張、醉眼半閉，好一副醺然醉態。

承、分割，使得酒園一再重組，時到今日，整個伏舊酒園只有兩百多位村民，但卻分割成將近七十二個酒莊，分別釀酒銷售或交由銷售商裝瓶出售。

伏舊酒莊五十公頃的頂級酒園，四周完全被一個高及胸部的磚牆所圍繞，這也是法國少數全部用圍牆圍起的酒區（波爾多的加農堡也是一例）。伏舊園在一個只有三到四度斜坡上，長約兩百四十至兩百六十五公尺，葡萄園品質則以坡頂（土層只有三十到四十公分）為佳，中坡為次，下坡最差。因此有人稱上坡為「教宗級」、中坡為「主教級」、下坡為「神父級」。本來在法國大革命，本園被拍賣前，教宗級伏舊園佳釀只用作餽贈國王、王公大臣及教會高階人士之用，一般富商巨賈只能花大錢購得主教級也。

樂花酒園的伏舊酒，是一種打破行情的代表作，其產區雖然是在伏舊園下方的最差地段，卻以最高價位賣出。

價錢及品質，大致上便做這三種區分。但是，如果碰到有心的園主，也會利用其他的釀酒方式，例如用新橡木桶醇化、嚴選葡萄，來改善品質。例如號稱布根地鐵娘子的拉魯女士擁有的「樂花酒莊」（Leroy），在本區主要是在下坡左方，理應是本園最差之角落，但拉魯女士卻能巧手地調配（她在上坡有一小片園地），也能夠釀出強勁風味但酒體飽滿的好酒，出廠價至少四百美元以上。樂花的成功，更打亂了伏舊園價格區分的定律。

近年來布根地頂級酒的飆漲，

也飆到了伏舊酒。伏舊酒因為名氣太大，一般酒商及消費者，也搞不清楚一款伏舊酒到底出自上坡還是下坡，也分不出是頂級或一級伏舊園（注意：標籤上標明：Clos Vougeot可能為一級酒；若是Vougeot絕對不是頂級伏舊酒）。而七十二個頂級伏舊酒莊平均年產不過兩百箱，三千瓶上下，有些小酒莊甚至年產不足千瓶，市面上也鮮少有介紹這些「小頂級伏舊酒莊」的資訊，所以伏舊酒的價錢極為混亂。但價錢混亂不是「低得混亂」，而是「高得混亂」。這便是劉致新社長所說的「地雷中的地雷」。

這裡是派克的十一款頂級伏舊酒的名單，可提供酒友們參考：C.Groffier；J.C-Contidot；Gros（F&S）；J.Gros；H-Jayer；Leroy；Meo-Camuzet；M-Mugneret；G.Mugneret；G.Roumier；J.Tardy。

然而，布根地酒，特別是已成熟的布根地酒，有一股特殊迷人的熟李子風味。我從小就喜歡喝酸梅湯，台灣素有水果王國之美稱，各式的蜜餞，都是我的零食首選。布根地老酒這種蜜餞幽香、花韻不絕，加上磚紅的迷人色澤，色與味都優雅至極。佐餐固佳，單飲更勝一籌。飲慣黑皮諾絲絨般的細緻，一下子撞到西部牛仔般強勁有力的加州純卡本內．蘇維濃酒、澳洲希哈

格厚斯兄妹園一九九一年份的伏舊酒，本酒莊也是布根地的頂級酒莊。

酒，或是不夠陳年的波爾多酒，頓時會有人感覺彷彿一身亮麗的走在街上，卻遭到一陣疾風暴雨般的不適與唐突。

我絕對體會得出布根地酒良莠不齊及價格偏高的缺點。不過我也絕對經常「勇於嘗試」。對於一瓶陌生的布根地紅、白酒，我都有一試的樂趣。尤其是充滿了歷史典故的伏舊園，許多藏酒家窮其一生也鮮少遍嘗所有各小酒莊。所以伏舊園頂級的「七十二酒莊」，正如同孫悟空有七十二變，每變技巧不同，也各有看頭，我們何不試試伏舊各酒園的「七十二變」？

卡木塞園的伏舊酒，絕對不是「地雷酒」。但若想一親伏舊酒的芳澤，本酒是不二選擇，但至少要付出同年份拉菲堡一至兩瓶的代價。

此外，我對伏舊園（Vougeot）的譯名，也想補綴一語。港、台有特將此園名譯為「梧玖」。雖然此譯音符合法語，但我總覺得像某種梧桐樹名。想想本酒曾以長壽著稱；而酒之所以為酒受人們喜愛，正是因為酒可忘憂（曹操之名詩：何以解憂，唯有杜康），解憂亦可長壽。所以我願意將Vougeot譯為「伏舊」，乃本酒可「降伏老舊」之意也。二〇〇四年時，本園公開品嘗一瓶窖藏之一八六五年份的「三坡混釀酒」（由頂中下坡混釀）依舊芬芳異常，沒有變質，向外界證明本莊的陳年實力，正如同本文將不畏權勢、「笑傲公卿」的老園長Don Goblet譯為「戈不理」，也是「譯以言志」之意。讀者朋友們，您可否贊同？

5

山居歲月的真與幻

普羅旺斯的兩天與佩高酒莊卡波酒

當十年前，英國的彼得．梅爾（Peter Mayle）的《山居歲月》在台灣上市時，造成搶購風潮。梅爾先生用輕鬆的筆法把十二月令的普羅旺斯山居生涯，描繪得五彩繽紛，讓每天忙於「早九夕五」、穿梭於擁擠車潮、人潮的台北上班族，心靈神馳於那塊地上佈滿著紫色薰衣草海、天上灑著寶藍陽光，觸目所及不是黃澄澄的柑橘樹，就是晶瑩可愛紅櫻桃的「法國版桃花源」。

當我一口氣看完該本書後，忙著把我的感想向一位來台灣作研究的法國女學者艾琳分享。沒想到這位出身在法國最頂尖學校——法國科技理工學院（Politechnique）的數學系高材生，卻以接近「嗤之以鼻」的口吻回答：「這是外國人寫給外國人看的東西。法國人，特別是有水準的巴黎人，不會有興趣到那個乾枯之地、產不出好酒的窮地方去。更何況，旅遊散文居然由最無生活情趣的英國人寫出來的，其水準可想而知」。

我的第一個反應：艾琳這個小妮子，又想起「英法世仇」的舊恨，她對普羅旺斯的貶視，恐怕未必真實吧！

教皇新堡氣勢如日中天的佩高酒莊卡波酒，酒瓶設計典雅莊重。背景為中台灣青壯派畫家白丰中的〈罌粟花〉油畫。丰中兄也是葡萄美酒的鑑賞家，此幅畫作讓人想起普羅旺斯的春、秋，當是五彩繽紛的美麗世界。

直到十年後，八月中，我趁著拜訪完布根地的酒莊的機會與空檔，順道南下普羅旺斯，希望以公正的態度來檢驗到底是梅爾先生的厚愛，還是艾琳的偏見。

普羅旺斯地處法國東南方，偏近地中海，是一個略成四方形的地區，包括了五個省。除了其中在十四世紀曾經作為天主教中心的亞維農（Avignon），是較具規模的城市外，其他都是小村莊、小鄉小鎮，旅遊與農業成為最大的經濟來源。

我買了一本普羅旺斯的導遊手冊，仔細按照書中所標示出來「必遊之處」，一一造訪。兩天下來，可以說整個地方逛得很透徹：因為我們曾經在山區迷過路，彎彎曲曲在山中盤旋了好幾個鐘頭，當然也領略到了旅遊手冊與梅爾先生大作沒有提到的其他普羅旺斯山區的特色。總歸一句：腦筋清楚、條理分明的經濟學家艾琳小姐的判斷沒錯，這是一個雖然沒有達到「窮山惡水」的程度，但也是個「相對貧窮」的小山區。

儘管此地沒有崇山峻嶺，沒有綠水環繞，更沒有旅遊刊物上所形容的「漫山遍野的薰衣草海」。山區居民看慣熙來攘往的各國旅客，商家們賺滿他們的荷包，對於這一批批提供他們每年百分之八十收入觀光客，理當「感恩」的普羅旺斯人，到處卻也毫不吝惜地顯露出對他們的厭惡，理由為「破壞自己生活品質」！儘管如此，這兩天的普羅旺斯之旅，仍留下一些美妙的回憶，可與大家分享。

首先是「橘子鎮」（Orange）的名稱令人好奇。這個以「橘子」為名的小鎮，我本以為這是一個以栽種橘子、生產橘子有關產品，例如橘子汁、橘子果醬，著名的城市，像西班牙南部安德魯斯地區一樣。原來普羅旺斯乃羅馬帝國在義大利本土外，所設立的第一個行省。行省的中心正是這一個小城，早在羅馬帝國時代就是軍政中心。城中心與周遭卻沒有任何橘子園，連空中飄來的氣息，也只是地中海氣息的橄欖樹。我本以為滿地綠果黃果的風景成了泡影，不禁想起我今年四月趁柳丁花開之際，到雲林古坑訪友時，被滿山柳丁花香陶醉的感動萬分！古坑才真的應易名為「橘子鎮」也！

競技場內部供音樂季使用的舞台。中間移來某位皇帝的雕像，造成視覺上畫蛇添足的不搭感！

幸好，兩千年前的羅馬帝國，卻在這裡留下了一個極為雄壯的競技場，以及一座典雅至極的凱旋門。這卻是一般觀光客少到之處。

競技場當然全部是塊塊巨石所堆起，規模雖然比不上羅馬競技場大，但它保持得更完整，屬於「小而美」的競技場所。夏天常舉辦音樂會，據說其迴音之美，足以媲美希臘馬拉松的圓形劇場。可惜我未能逢上音樂季，只能在競技場中，想像當年格鬥士們的無情殺戮，以及音樂季時，這裡的仙樂飄渺。

而凱旋門則令人無限瞻仰。羅馬人在每次戰役成功，都會妥善利用戰利品，包括戰俘，以及民眾的捐獻，建蓋凱旋門。流風所至，歐洲在

十八、十九世紀，幾乎每個大城市都會建造一個凱旋門。連我當年就讀德國的慕尼黑大學旁邊，也興建了一個長不過七、八公尺，高不過兩層樓的凱旋門。我當時很納悶，問一位德國教授：何以歷史上從來沒有打過勝仗的巴伐利亞軍隊，哪裡來的凱旋門？教授的答案妙極了：這個凱旋門是紀念一八七〇年普法戰爭勝利所建。在那次戰爭中，巴伐利亞軍隊「很勇敢」地追隨在普魯士軍隊之後，戰勝了法國。但是，就在四年前（一八六六年），普魯士軍隊才在巴伐利亞北部，幾乎大砲並未開打就輕易地「降服」了巴伐利亞軍隊。

羅馬也有一座歷史最久的凱旋門，但風化與破壞極為嚴重。橘子鎮的凱旋門，便更精美地保存了凱旋門上的雕刻，不論是盔甲、人物，都可以想見當時羅馬工匠們的高超技藝。

凱旋門全景。

相信巴黎建造凱旋門時，設計師們一定來此處取得靈感。

再者，來到普羅旺斯，也不免會到旅客匯集中心的亞維農，來逛逛教皇的老皇宮，觀賞街頭藝人的表演。這都只是一般遊客的旅遊點節目而已。尤其是街頭藝人，不少是「旅遊兼表演」賺點業餘零用錢的臨時演員；不然就是專門到各種市集、大城市巡迴表演的專業街頭藝人。例如一群五、六個身披安地斯山印地安人披

典型長在石頭堆中的教皇新堡的老希哈葡萄樹。

肩，口吹排簫表演的南美人，我曾經不只一次在巴黎、柏林以及倫敦的街道上，看過他們的演出。

除了粉紅酒的佐餐等級外，普羅旺斯找不到令人回憶的好酒。所以普羅旺斯酒是上不了正式檯面的。我在文集裡曾經多次引用日本每日新聞社駐巴黎支社社長的西川惠《艾麗榭宮的餐桌》這本書，就曾經提到：一九九四年五月初，日本羽田首相訪問法國，法國舉行的國宴，居然沒有提供布根地或波爾多的頂級酒，反而端出普羅旺斯的地方酒來。敏感的日本特派員便看出了端倪：「相信這並非法方偶然的失誤，而是出於精準與現實的政治考量。」因為，「羽田首相是在自民黨政權垮台後，出任聯合政府的首相，失去了執政優勢的資源，法國看穿他無力做出任何政治承諾的他，猶如一隻紙老虎。政治的現實與人情冷暖，自然也就赤裸裸的表現在了無新意的待客之道上。」

法國用普羅旺斯酒來招待羽田首相，久在政壇以及宴飲酬酢中打滾的羽田首相一定知道法方的失禮與現實。相信吃了這一頓國宴後，「羽田樣」不胃痛才怪！要是事情早發生在半個世紀前，「羽田武士」受此國格以降的屈辱，恐怕非要切腹不可，以謝天皇及國人！

倒是亞維農邊的「教皇新堡」吸引了我。教皇新堡周遭果然栽種了許多葡萄。這些葡萄樹都有一個特色：長得極矮、土地堆滿大小石礫，以及每棵果樹結果纍纍，沒有實施優質酒常用的「減果法」種植。

我到達教皇新堡時，已值中午。高達三十八度的熱浪，迎面襲來。我連忙躲進了附近一間看起來中規中矩的餐廳，經過侍者推薦，我們點了一份煎牛排、橄欖油煎魚，以及我們「非點不可」的煎雞肝。前兩道滋味頗佳，但是最後一道的煎雞肝，滋味更勝一籌。沒想到法國人和中國人一樣，對鮮嫩軟滑的雞肝，會知道佐上荷蘭豆、洋菇以及橘皮絲入味，在這裡我吃到了「中國味道」。

在熱浪侵襲中，絕不可能讓人有興趣品嘗口味濃厚、力道強勁的「教皇新堡酒」。我毫不猶豫地點了一瓶普羅旺斯的粉紅酒「Tavel」。經過冰鎮後的Tavel，配上細緻的牛排、魚排以及雞肝，搭配十分完美，暑氣全消。當然，另一個絕佳的選擇為教皇新堡的白酒。我在當地曾經試過一瓶，泰都‧羅蘭酒莊（Tardieu-Laurent）的老藤白酒。這瓶二〇〇七年份的白酒，淡青近無的色澤，喝不出任何葡萄品種的清澈口感，但甘冽、稍帶礦石味、毫無火氣地滑入喉嚨，我心裡不禁興起了一股波羅密心經裡「無色無

普羅旺斯風味的橄欖油煎海鱸魚。

相」的境界！

飯後走上教皇新堡村逛逛。教皇新堡本來只是釀產一些粗壯、獲得重口味酒客欣賞的酒，沒想到近幾年來卻交上了好運：受到美國酒評大師派克的青睞！只要派克喜歡，教皇

西餐中難得一見的香煎雞肝。

新堡酒動不動就被評上了九十，甚至九十五分以上。至少有二十個以上的酒莊都自此飛上了枝頭成鳳凰。此行我滿懷希望能夠找到三款我夢寐以求的教皇新堡的「三王」（Three Kings）：即佩高酒莊（Domaine du Pegau）的「卡波酒」（Cuvée da Capo）；布卡斯特堡（Chateau de Beaucastel）的「佩漢酒」（Jacques Perrin），以及泰都．羅蘭酒莊的「特選酒」（Cuvée Speciale）。

一進入教皇新堡村，是呈現一個Y字形的小村，只有兩條通道。小巧的村莊街上，一家家酒莊的門市，都提供試飲。我立刻看到了佩高酒莊門市，因為我在台灣早已有好幾個年份的本酒莊普通級，想選購一、兩瓶他們二〇〇三年或二〇〇〇年被評為一百分、且台灣經常缺貨的「卡波酒」帶回去。一位胖胖、已喝得醺醺然的老先生，招呼了我們。沒想到只有一般的佩高酒供應，沒有好年份的卡波酒。而更令我驚訝的是，居然這個門市的小酒窖沒有裝置冷氣，我在擔心這些美酒會否變質之虞，也培養不出多試幾款酒的興趣。

隨後，我又去了幾家酒莊門市，結果也是一樣，裝置空調者不到十分之一。看樣子，教皇新堡人果如其酒，不講究優雅，也不在意品酒的氣氛與環境，似乎只要濃烈，但不失芳醇的新堡酒一下肚，便足以令人解憂，人生似乎也只求此而已。至於佩漢酒及Tardieu-Laurent酒莊的特選酒，也不見蹤跡。好一個令人失望的教皇酒村之旅。

懷著失望與燥熱的心情，離開了教皇新堡，心中不免回味在教皇新堡的感想。心情突然興起一股釋放感：由美酒書上灌輸而來的浪漫訊息，所編織而成的幻影迷境已經雲消霧散！我突然頓悟：艾琳對，梅爾先生也對。艾琳對在物質層面上的觀察——普羅旺斯處處不見細緻與優雅。而梅爾先生則對在精神層面上欣賞——普羅旺斯的生活及美酒的美妙，不必在乎其優雅或細緻，而在乎真真實實「入口」的每一滴奇妙。也許真正安身立命在普羅旺斯山區，每天呼吸的、接觸的，莫非就是那一滴滴的「真實與勁道」？

教皇新堡村門市都裝飾得頗有藝術氣息。

再記一

卡波酒品賞筆記

由普羅旺斯返國後不久，老友黃煇宏兄得知我在普羅旺斯沒尋獲佩高酒莊的卡波酒，便很得意地告知我他已入藏一瓶二〇〇〇年份的卡波酒，一定約我品嘗。說起佩高酒莊這瓶夢幻級的珍品，透過日本漫畫《神之雫》將之納入「第三使徒」，頓時身價大漲，市面上久不見其蹤跡矣。

佩高酒莊是由一個在一六七〇年開始便在教皇新堡地區從事葡萄酒行業的斐洛（Feraud）家族所創立。目前總共有十八公頃的園區，上面種有令人欽羨的老格瑞納希（Grenache）老葡萄樹，最老的兩大片分別種植於一九〇二年及一九〇五年。斐洛家族一直都從事釀酒，當家的老主人保羅，在女兒蘿倫斯在一九八七年加入協助釀酒行業前，都是把酒賣給酒商。由於葡萄老藤一流的品質，以及園主毫不妥協的釀酒哲學，讓佩高酒莊（所謂的佩高pegau乃是十四世紀教皇新堡地區所盛行的陶土酒罐）的頂級酒成為教皇新堡的天王巨星。

佩高酒莊除了一些普通級數酒外，三款的頂級酒分別是：珍藏級（Cuvée Réservée，年產七萬五千瓶）、蘿倫斯級（Cuvée Laurence）以及卡波級。珍藏級及蘿倫斯級的評分與價錢都極為類似，只不過蘿倫斯級是放在大橡木桶時間更長（約四、五年），獲得更濃郁強烈的風味，產量則是珍藏級的十分之一而已。至於卡波酒則是在極好的年份，園主保羅對葡萄成熟狀況百分之百滿意時才會釀造。自一九九八年第一個年份問市至今，只有另外三個年份（二〇〇〇年、二〇〇三年及二〇〇七年）才釀製，市價一般都打破五百美元的大關，年產量約四千瓶上下。

佩高酒的酒精動輒高達十六度上下，

酒體極為濃稠，使用極少的硫磺殺菌，但卻能夠輕易陳放二十年以上。裝瓶前不再經過過濾與澄清手續，而濃烈酒體卻不夾雜著刺鼻與扎口的丹寧，能將剛烈與柔和融為一體，其釀酒手法可以以「玄妙」稱之。派克自然是不吝嗇的給予兩個滿分（一九九八年及二〇〇〇年）和九十六分至一百分（二〇〇三年）及九十八分至一百分（二〇〇七年）。

二〇〇九年離聖誕前兩天，我與黃兄品嘗了這一款「百分酒」，酒質果然極為濃稠、棕紅似墨的色澤令人望之生畏。開瓶兩個鐘頭後，仍然昏睡未醒。我們迫不及待地嘗試，皮革、漿果、西打以及乾草木的味道，忽隱忽現，但欠缺最頂級酒所令人期盼的花香等優雅氣韻。在場品嘗者幾乎眾口一致「聲討」派克。見多識廣的Jerry藍兄也云：今年年初在美國也品嘗過同一款酒，同樣令人嘆氣搖頭。可能此款酒還未達到試飲期吧！——儘管派克聲明要二〇一〇年才可以開始達到成熟期，我們只不過早開了一週罷了！

派克這種「百分烏龍」，對我而言早已不是第一次。猶記得三年前曾特別品嘗派克評為九十九分，但稱呼「萬歲」的澳洲克勒雷登山酒莊（Clarendon Hills）的二〇〇一年份的星光園（Astralis），情形簡直今晚的翻版。這兩次品酒會依大家的淺見，可以將派克的評分「酌減」個三、五分，大概也不會太冤枉派克大師吧！我個人認為派克估的最準的酒莊，應當是美國的「辛寬隆」（Sine Qua Non）酒莊，派克一向給予最高分的讚譽，我試過幾次，都給予附議的掌聲！

再記二

佩漢酒品賞筆記

今年六月中我在柏林自由大學參加好友熱克教授（Prof. Dr.Säcker）舉辦的國際學術研討會，三日的緊湊學術研討會結束後，已是週五下午四時。熱克教授塞給我一張火車票，每週往返柏林與漢堡的熱克教授忙碌異常，但每隔兩個月左右，都會邀集幾對摯友品賞美酒。因此，他在漢堡的家裡，特別為我安排一個品酒會。

教授的住家在離漢堡市中心東北方約二十公里的森林邊，正比鄰易北河。車行入了大門，觸眼皆是雙人合抱的百年老樹，原來此處曾為漢堡富商鉅賈的鄉間別墅，佔地居然接近四千坪！德國教授生活優渥，早已成為德國的傳統，但如熱克教授者，也恐怕千百中不得其一也。

看到由熱克教授事先準備好酒單，心頭不禁一震：居然為了六對夫婦準備了十八款的頂級好酒來品嘗，且幾乎都可以列入「世界百大葡萄酒」的行列。為了紀念此次晚宴，我特將酒單攜回，供作美好回憶之用。熱克教授特別聲明：當晚的品酒中心以法國南部隆河谷的希哈葡萄酒為主，故特別酒窖中挑選一九七八年、一九九〇年及二〇〇三年的希哈或類似品種的葡萄酒，幾乎已將全世界各酒區希哈葡萄酒的顛峰之作，包括美國的辛寬隆酒莊（Sine Qua Non）及澳洲彭福（Penfolds）的農莊酒（Grange）網羅殆盡。

我已經有了數次與熱克教授品酒的經驗，已經知道如果不採取「強烈自制」的手段——也就是每款酒「只嚥一口」，勢必不到一個鐘頭就會倒地陣亡。不論該瓶酒多麼珍貴與稀少，熱克教授便是如此品試。但這是一個絕對痛苦的過程，每一款我大多不能克制，而多少有越界行為。唯獨一款我只咪一小口，但實在嚥不下去，原來這瓶乃一九九〇年份的布卡斯特堡（Chateau de Beaucastel）的看家本領「向傑克．佩漢致敬酒」（Hommage à Jacques Perrin），簡稱為佩漢酒。布卡斯特堡酒莊可以稱為是教皇新堡的代表酒莊，成園於一六八七年。由於成名甚早，早年即獲得提倡美食著稱的路易十四之賞識。至今傳承了已超過三百五十年。凡是法國任何米其林餐廳，幾乎一定準備本酒園的各款佳釀，作為教皇新堡酒不可或缺的項目。在一九八九年開始，本園推出了最頂級佩漢酒，這是當今園主皮耶為了懷念其過世的父親傑克，而特別推出的精心傑作，也唯有在最佳的年份才會推出此款酒，十年內最多只有三、四個年份能夠釀製，也不過四百箱有餘（不過五千瓶）。葡萄則為口味較淡的慕維德爾葡萄（Mourvedre）為主，但也會參雜本地最流行格瑞納希與希哈葡萄，每年比例不同，可以由四成、四成、一成或六成、三成、一成不等。每年都獲得派克極高的分數，例如八九年份一上市即獲得滿分，而當晚品試的一九九〇年，同樣也獲得了一百分的評比。歷年來此款酒鮮有不接近滿分者，和佩高酒莊的卡波酒，可以並稱為教皇新堡的兩款「百分王」。

但這款酒卻讓我卻之不恭：有一股濃厚刺鼻的獸腥味（美其名可稱之為「皮革」味吧！）！這股頗像來自腐爛的蔬菜、長年不開門的地窖氣及臭抹布的阿摩尼亞味。我忍不住偏頭向隔鄰的Margaritoff夫人詢問其看法。Margaritoff的夫婿Alexander乃是德國最大葡萄酒進口商Hawesko控股公司主席，年銷售額達三億歐元。夫婦兩都是品酒經驗豐富的專業人士。這位像極了過去德國最有名女

Ein Abendessen
anlässlich des Besuchs
von Prof. Chen und seiner Ehefrau
am 12.06.2010

Datteln im Speckmantel
Ciabatta mit Parmesancreme

***

Wasabi - Mousse
mit Räucherlachs

***

Hausgemachte Spätzle
mit Morchelsauce

***

Coquilles St. Jaques
auf Kartoffelpuffer

***

Kräftiges Rindsgulasch
mit Fussili

***

… natürlich Käse zum Rotwein …

***

Italienische Mandeltarte

Gäste: Berger • Chen • Gehrckens •
Margaritoff • Montgomery •

Die Weine

Champagner

Roederer Cristal, 1999
Taittinger Collection, 1990

Die Weißen: Riesling vs. Chardonnay und Roussanne

Keller, Riesling G-Max, 2002
F.X. Pichler, Riesling Smaragd M., 2002
Faiveley, Corton Charlemagne Grand Cru, 2002
Domaine J.L. Chave, Hermitage blanc, 2002

Die Roten: Syrah - Grenache 1978 - 2003

2003 M. Chapoutier, Ermitage l'Ermite
2003 J.L. Chave, Hermitage
2003 Sine Qua Non, The Inaugural Eleven Confessions
2003 Grange
2003 Noon, Reserve Shiraz
1990 Château Rayas, Châteauneuf du Pape
1990 Beaucastel, Chateauneuf du Pape, Curée Perrin
1990 Bonneau, Châteuneuf du Pape Réserve du Célestins
1978 Jaboulet-Aîné, Hermitage La Chapelle
1978 J.L. Chave, Hermitage

Dessertweine: TBA vs. Sauternes

1989 Weil, Kiedrich Gräfenberg TBA
1989 Château d'Yquem

熱克教授晚宴的酒單與菜單。

明星羅美雪尼黛（Romy Schneider）的Margaritoff夫人，看法與我完全一致，這杯酒聞了一下，便和我獲得共同結論：可惜！可惜！

我當然也徵詢熱克教授與Alexander的意見，只見兩人愁眉深鎖，只說本酒差強人意，但還沒到壞掉的程度。這瓶酒似乎立刻被冷落一旁，乏人問津。除了此瓶佩漢酒外，其他各瓶都保持顛峰狀態，也因此，只有一瓶失敗，整個品酒會算是非常成功。

當酒會進行到一半時，突然一個碩大的陰影飄進眼界。我轉頭一看，居然一艘台灣陽明海運的貨櫃輪船，駛經熱克教授的庭園，距離只不過數十公尺之遙。船首黑底白字的「心明」，歷歷在目。當眾人知道此艘「心明」輪居然和我的名字發音完全一樣，全部舉杯向我致敬：德國人認為這種巧合乃會帶來幸運也！

一場品酒會直到次日凌晨一時，才接近尾聲。熱克教授突發奇想，認為不妨再試一試另一款美國酒，於是乎又轉身進入酒窖，找出一瓶美國加州利吉酒莊（Ridge）的蒙特貝羅酒（Montebello），居然是大名鼎鼎的一九七一年份。因為在二〇〇六年一個吸引世界酒壇的盛事，乃是在因為與美國兩地共同舉辦一場美法葡萄酒蒙瓶競賽，一九七六年舉辦的第一場為加州鹿躍酒窖（Stag's Leap）的「第二十三號桶」（Cask 23）奪冠，曾經廣被認為這是美國加州酒的好運氣而已。沒想到三十年後的第二場比賽，勇得首獎的仍是加州酒，但轉換為利吉酒莊的蒙特貝羅酒。自此，加州酒無疑可以進入到世界葡萄酒金字塔的俱樂部了。

這瓶蒙特貝羅酒儘管已經整整有近

四十年的歲月，但深黑還帶有鮮紅的色澤、漿果、薄荷及花香，依然不絕，在座眾人幾乎都已不勝酒力，仍然盡力一試，讚賞之聲四起。熱克教授不無得意地表示：卡本內．蘇維濃果然是經得起時間之神考驗的好葡萄也！

第二天，我遲近中午才由教授特別準備、由主屋旁一間二樓狩獵小屋所改裝而成的客房離開，來到餐廳一起吃早餐。乍然看到昨晚的十九款酒瓶中，佩漢酒還剩一大半。我決定再試給佩漢酒一次機會。

我仔細端詳了顏色：相當透明的深棕紅，一般慕維德爾葡萄的顏色和希哈葡萄一樣，都較深黑，但佩漢酒沒有此沈重色彩。而昨晚令人退避三舍的腐窖味，完全消散，取之而來的一股淡淡的香草、乾果、木材味，十分優雅。原來這瓶酒的醒酒，需要至少半天！

由德國返台不久，恰巧在一場歡迎日本《神之雫》作者與漫畫家的晚宴上，我品嘗到《品醇客》發行人林兄攜來的布卡斯特堡酒。雖不是佩漢酒，但卻同樣是一九九〇年份，我當急忙做個比較。結果仍有一股強烈的腥臊味，但比佩漢酒好得多了。我頓時領悟：原來外國酒評頗多認為此款路數的老教皇新堡酒應佐配「野味」，特別指明「野兔」，果然此堡老酒的「力道」才足以壓過充滿野臊之氣的炙烤兔肉也。

鐵幕之花

沙皇、史達林、瑪桑德拉與喬治亞傳奇酒

俄國，或正確地講，應當是喬治亞共和國籍的Alex教授，剛從喬治亞探親回來，帶了一瓶喬治亞「最好」的紅酒，邀我共賞。並且告訴我台北最近在安和路開了一家烏克蘭的「瑪桑德拉」（Massandra）酒專賣店，而且是亞洲唯一的專賣店。他也問我：知不知道瑪桑德拉酒？我很客氣地回答，剛在上週與朋友試了一瓶一九五七年份的白波特瑪桑德拉酒。Alex教授刹時恭喜我的酒運，以及對台灣美酒收藏圈的實力，表示佩服。

提到俄國，對我們生長在「反共抗俄」那個時代的那一代人，心裡總會產生一股掙扎：在政治宣傳及近代史的教育上，我們被灌輸：由沙俄到蘇聯，俄國對中國一直都伸出罪惡之手，從沒有任何一刻有「作好鄰居」應有的態度。而作為知識分子而言，俄國藝術與文學，不論音樂的柴可夫斯基、拉赫曼尼諾夫，文學家托爾斯泰、普希金、高爾基，到畫家列賓……都是如此地情感澎湃、牽引青年走進藝術、社會弱者的知性情懷之中。可以說近代很少有一個國家的思想家、藝術家，能夠感動中國這一百

一九五七年份的瑪桑德拉園白波特酒，左為日本明治時代銅雕〈拿著竹帚的老翁〉。

年來青年的內心，有比俄國多者。

我在留學德國時，曾經住在一個天主教宿舍，與一批東歐留學生相處兩年。在他們對蘇聯老大哥又痛恨、又不能擺脫其影響的飲酒文化中，初次嘗到各種俄國酒，如伏特加，以及克里米亞的紅氣泡酒。

克里米亞半島在一八五四年爆發十九世紀最重要的戰爭——克里米亞戰爭。這個由沙俄獨力對抗當時世界強權的英國、法國、奧圖曼土耳其帝國，以及奧匈帝國的大戰，雙方折損約五十萬人，使得克里米亞戰爭變成開啟「現代化戰爭」的第一戰。而第二次世界大戰結束前的雅爾達會議，做出了影響歐洲東西冷戰與中國分裂的決定，都使這個黑海旁的渡假勝地變得舉世聞名。

克里米亞半島也以產釀葡萄酒著名。其外銷到西歐的主力是氣泡酒

（習稱為蘇聯香檳）。和法國香檳高價位、且多半是白香檳不同，克里米亞氣泡酒雖然紅、白、甜、半甜及乾，皆有生產，但最特殊的是紅氣泡酒。這用紅葡萄釀製，浸皮取色，但不是利用傳統香檳製作法，而是工業大量生產的打入碳酸，所釀造出來的廉價氣泡酒，給手頭不寬的學生們，提供了相當不錯的Party用酒。

我初次品嘗到這種豔麗似血的鮮紅氣泡酒，入口有股舒適的甜味，然而氣泡極為粗糙強勁，喝多了打嗝不斷，好像喝太多的蘋果西打一樣。不過，當時年輕，喝酒水準不高，也不覺得這款酒有多麼差勁，我對克里米亞酒倒是留下頗好的回憶。

作為俄皇夏宮避暑聖地的克里米亞，俄皇在那裡蓋了漂亮的城堡：麗維迪雅（Livadia）。第一次世界大戰結束，沙皇尼古拉二世全家遭紅軍屠殺，後來在西歐冒出來一個號稱是劫後餘生的假公主安娜塔西亞（Anatasia），意圖繼承沙皇留在歐洲龐大的財產。這個被搬上螢幕好幾次的「真假公主」，有許多劇情就描述這位假公主在麗維迪雅夏宮的點點滴滴，包括劫難前拍的照片，來驗證公主是否為本尊。

建造於一八九四年瑪桑德拉酒莊，氣勢輝煌（照片由酒莊提供）。

有夏宮，就有御廚，以及提供皇室生活，不，是提供皇室奢華生活的御用酒窖，這便是瑪桑德拉酒窖最吸引人的故事。

克里米亞的雅爾達市東方約七公里的地方，早在一八一二年就成立一座尼其司基（Nikitsky）的植物園，栽植各種供研究用的植物，包括了各種葡萄樹。一八二八年該處成立了一個專門農業學校。而後，克里米亞各地開始成立許多大小不等的酒莊，每個豪門巨富也投資興建私人酒園。那時一位名叫作福倫索夫（Count Vorontsov）的伯爵，看中了南海岸陽光充足、氣候暖和，便開闢了一個十八公頃的葡萄園，即為瑪桑德拉酒園，除了引進各種歐洲的葡萄種苗外，還重金禮聘法國名釀酒專家，慢慢地，瑪桑德拉酒園已經成為本地最重要的酒園。

此外，沙皇皇室自然也喜歡上本園佳釀。一八八九年，福倫索夫伯爵把本園讓售予沙皇，沙皇旋將本園劃交給皇家地產管理處。這時候出現了一個傳奇性的人物——葛理欽王子（Prince Leo Golytzin），塑造了瑪桑德拉的傳奇。

葛理欽是沙皇宗親，世襲王子的爵位。他本業是法律，但嗜好品酒與釀酒。週末都花在酒園與酒窖之中。沙皇看中了他的志趣，一八九一年任命葛理欽王子為皇室地產管理處所屬各皇家酒園的總釀酒師。葛理欽王子就任時，沙皇在整個克里米亞及高加索地區，共有兩百六十六公頃的葡萄果園，算是全俄國最大規模的酒園。

有了沙皇的極力支持，葛理欽除了花下鉅資在葡萄的栽種與釀造外，也知道葡萄酒儲藏的重要性。沙皇鍾愛法國香檳，各香檳酒廠無不擁有規模龐大，氣勢壯觀的地下儲酒隧道，更令葛理欽王子動心。說服了沙皇後，葛理欽王子在一八九四年開始命人開鑿七條隧道，各一百五十公尺長，五公尺寬，隧道口在地下五公尺處展開，深入地下五十二公尺處。這個隧道全由人力鑿成，溫度保持極為恆定，長年維持在攝氏十至十二度，最適合葡萄酒的儲存，總儲藏量可達百萬瓶之多。

葛理欽擔任帝國皇家釀酒總管，不僅替沙皇釀酒，也替皇家到處蒐羅其他酒園佳釀，入藏於御窖之內。經過八年的努力，瑪桑德拉已規模初備，而葛理欽與沙皇的契約也已到期。葛理欽遂離開總管職位，繼續在他以前擁有、位於東海岸一個名叫「新世界」（Novy Svet）的酒園內釀酒。一九〇〇年在巴黎舉行的世界博覽會，葛理欽所釀出來的甜葡萄酒「七重天」（Seventh Heaven）獲得如雷掌聲，連法國波爾多索甸的專家們，都稱呼葛理欽為「餐後甜酒的專家之王」。一九一二年一月，葛理欽把新世界酒園的部分田產，以及酒莊酒窖

地窖的一景（照片由酒莊提供）。

內所有珍藏，呈獻給沙皇尼古拉二世。沙皇自然也將田產及珍藏劃歸給皇室地產管理處掌理。

第一次世界大戰結束後，沙俄皇室被推翻，帝產自然被共產政權充公。一九二〇至一九二一年，蘇聯政府將克里米亞所有公、私立葡萄園，

瑪桑德拉酒窖內，每瓶酒都深裹著歷史的塵跡（照片由酒莊提供）。

連同酒窖內的收藏，全部收歸到瑪桑德拉國家酒園之中。本來瑪桑德拉酒窖以沙皇的收藏，以及葛理欽王子來自新世界酒園的奉獻為主，現在那偌大一批貴族豪宅府邸的珍藏，送進了瑪桑德拉酒窖內。酒窖終於發揮了最大的收藏能量：一百萬瓶。

由於氣候、土壤等的各種關係，克里米亞的乾紅葡萄酒釀得一直不理想，葛理欽終於將精力投注在釀製甜酒，特別是波特酒、雪莉酒及馬德拉酒等的強化酒之上。同時也認為若是保存得宜，這些口味豐富，醣份較高的酒，都可以具有更優越的陳年實力，而克里米亞的氣泡酒，也開始誕生了！

蘇聯共產政權把這批沙皇葡萄酒珍藏，視為歷史遺產，一直當作類似聖彼得堡夏宮般的古蹟來予以維護。百萬瓶的珍藏品，唯有重要的國賓訪客，方有特權開瓶嘗試。葡萄酒都是以木塞封口，每瓶瓶口還上蠟來封緊，每十五年至二十年還會更換新的軟木塞，且全由葡萄牙最好的軟木塞公司進口。經過上百年的靜放，每瓶酒上都佈滿灰塵黴菌。由於這些遮蓋物可以遮擋陽光及保持溫度，故園方嚴格禁止酒窖工作人員有任何清除這些塵垢的行為。每個酒架、每個酒瓶滿佈塵垢，很難令人想像這些酒還可以飲用，沒有變質、變壞。

蘇俄的「新沙皇」史達林也是一個嗜酒之徒，當然，品味比尼古拉二世差得遠。而他也特別喜歡瑪桑德拉酒。史達林為了實踐共產社會主義的「與人民共享」原則，一九三六年在克里米亞地區建立起集體農場，釀製葡萄酒。這也是世界上第一個社會主義的葡萄酒集體農場。這個龐大的農場共有九個產區，總產量可達到一百萬箱，一千兩百萬瓶的規模。絕大部分都提供國內消費，極少部分供應到共產陣營的「兄弟國家」。

一直到一九八二年，整個蘇聯，包括瑪桑德拉酒園的財務急遽惡化，園方快付不出員工的薪水及龐大的酒園維持費。而且酒窖中一百萬瓶的儲存，有不少體質較弱的酒，已經達到生命的盡頭（三十年至五十年），再儲藏也無用。因此園方向政府力求允許外售若干存貨，以獲得寶貴的外匯。終於政府開竅了，許可園方每年賣給國內開放外國遊客的定點（以收取外匯為前提），配額為兩萬瓶。但是實施後，卻大失所望。因為到俄國旅遊的外國籍遊客，並沒有太多品酒專家，也因此一年銷售不到五千瓶。當然這也和蘇聯國營公司染上官僚習性，不善於推銷產品有關。

一九八九年東歐鐵幕崩潰後，蘇聯全民「向外看」，瑪桑德拉透過了英國蘇富比拍賣公司在倫敦舉辦兩場拍賣，把瑪桑德拉的「沙皇珍藏」展現在世界美酒界面前，第一場拍賣

兩場蘇富比拍賣的目錄。

（一九九〇年四月二日），共拍賣一萬三千餘瓶，總拍賣價超過一百萬美金；第二場拍賣（一九九一年十一月二十六日）雖然和第一場的瓶數一樣，但俄國人學精了，只提供較年輕的酒，多半只有二、三十年，拍賣結果只有第一場總拍賣價的二分之一。

為了籌備兩次拍賣，園方大方地讓蘇富比的專家進入酒窖作一次徹底的體檢，這是百年來首次讓西方專家審視這批珍藏。西方世界才真正驚訝到沙皇當年收藏的範圍之廣，例如酒窖中還可以發現到西班牙一七七五年份的雪莉酒，甚至來自非洲突尼西亞所釀製的白麝香（Muscat）甜酒。至於十九世紀的各個年份，都可以以千瓶、甚至萬瓶計。絕對可以穩居當今全世界「第一名」的老酒寶庫。

最近一次是在二〇〇一年十月十七日倫敦第三度拍賣會。這次拍賣會的高潮便是拍賣一瓶一七七五年年份的西班牙芳特拉（de la Fronterra）的雪莉酒。為了拍賣這一瓶酒窖中年代最久遠的酒（不要忘記這瓶酒是在美國獨立前一年及法國大革命爆發前十四年所釀製），園方還要特別呈請烏克蘭總統的批准，才可售出這一瓶酒。落槌結果，以五萬美元拍出。買主居然非常欣慰，因為是以其預定價錢的一半得標！

瑪桑德拉終於獲得了世界美酒市場的認可。雖然目前瑪桑德拉酒的外銷市場，還是以前蘇聯的各加盟國為大宗，佔所有外銷的九成以上，但是的西歐的頂級酒專賣店已經逐漸出現了瑪桑德拉的頂級酒，例如承襲至葛理欽王子的「七重天」麝香酒，以及為沙皇麗維迪雅夏宮專用、於一八九二年開始釀製的白麝香甜酒，都是葡萄酒愛好者最新的選項。

我很高興在台北居然能看到瑪桑德拉開設在亞洲唯一的一家專賣店，顯示出店主先知酌見台灣頂級美酒的潛力。在這個小小的店面裡，陳列了十六種各類的瑪桑德拉酒，而且最便宜的只需千餘元台幣即可購得。我幾乎全都品嘗了，令我印象最深刻的當是「南海岸粉紅麝香」，有迷人的粉紅色彩，突出之的葡萄乾果、蜂蜜、乾燥玫瑰花及龍眼的味道。十分誘人的雪莉酒，參雜一點波特酒的酒體。當然，葛理欽王子「七重天」的口味亦極芬芳，柑橘與檸檬、蜜餞味相互輝映，可以想像葛理欽百年前想釀造出可與西班牙雪莉酒相庭抗禮的雄心。

而這些酒的陳年實力，以我不久前品嘗到酒友藍兄Jerry由美國好萊塢拍賣購回的一九五七年份的白波特瑪桑德拉酒而論，顏色呈現淡淡的稻草黃色，葡萄乾的味道甚重，像極了義大利以風乾葡萄釀成的「聖酒」（Vin Santo）。我在《酒緣彙述》裡有一篇文章〈義大利的古早酒一聖酒〉介紹這款歷史悠久的義大利古酒。在東歐共產政權多事之秋的一九五七年（那一年東歐到處鬧起反俄革命風潮），那年釀出的白波特酒，居然還有保存五十年的實力，不能不佩服瑪桑德拉釀酒師傅們的功力。

安和專賣門市小小的店面，裡面還有一個兩坪大小的密室。俄籍店主慎而重之地打開厚門，邀我入內。牆壁上以磚石砌出一瓶瓶的橫格，躺上一瓶瓶數十年，上至百餘年的瑪桑德拉老酒，最老的年份且可上溯到一八三七年。店主大概與烏克蘭政府高層有良好關係（共有一千餘瓶之多），才有此廣大之神通也。

除了甜酒外，克里米亞的乾紅與乾白，就顯得失色。不過，上文也提

沙匹拉維葡萄樹，果粒碩大。

到在克里米亞東南方的高加索地區，沙皇也擁有葡萄園，由皇室地產管理處管理，葛理欽王子同樣也擔任過總管。蘇聯解體後，高加索地區成為喬治亞共和國的一部份。這裡是西方文化的發源地，距離兩河流域不遠，早在西元前五千年至七千年就有人類耕種的歷史。西元前六世紀開始有栽種葡萄釀酒的遺跡，被考古學家發掘出來。這些先民的釀酒是採陶罐釀造與儲藏方式，把巨大的陶甕埋藏在地下，可作陳年之用。這也和古埃及及古希臘的釀酒方式一樣。高加索直到現在還有使用這種陶甕（Kvevri）的方式釀酒，這和中國人習慣紹興陶罐釀酒、儲酒的方式同出一轍。

和瑪桑德拉主要是栽種外國種的葡萄不同，高加索地區有一種原始老種葡萄「沙匹拉維」(Saperavi)，這是一種早熟、色黑粒大的果實，由於皮較厚，可以獲得較堅實的丹寧。自古以來都被認為是高加索的葡萄之王。

沙匹拉維葡萄酒是史達林的「生活之酒」，每餐幾乎必備。因為史達林便是出自這個僅有七萬平方公里土地，以及五百萬人口不到的喬治亞共和國。直到現在，喬治亞人提到這位大獨裁者，頗多面有得色！也因此在史達林時代，西歐及西方世界的乾紅，無法輸入鐵幕，高加索出產的沙匹拉維葡萄酒，可以稱為「蘇俄紅朝第一紅」。

而所有釀製沙匹拉維葡萄酒，

最有名當是一九四八年成立的「喬治亞傳奇」（Georgian Legend）酒莊釀造的同名酒，這也是Alex博士邀約我品嘗之酒。這個酒莊位於喬治亞共和國東南方的卡西迪省（Kakhetia），在這個地廣人稀，只有五十萬人的山區，酒莊擁有一百多公頃的葡萄園區，包括了不少已栽種超過四百年的沙匹拉維葡萄樹的老園區，也都是標準的老藤。過去這個酒廠使用傳統釀造方式，在蘇聯時代，除各種葡萄酒外，也釀造白蘭地，甚至伏特加。現在開始注重國外頂級酒的市場，最頂級則為「喬治亞傳奇酒」。

喬治亞傳奇酒採用了先進的科技，除了葡萄為標準的沙匹拉維外，舉凡釀造、窖藏，都遵循頂級酒的模式。西方國家頂級酒強調的陳年方式，本酒廠也採用至少一半以上全新的高加索橡木桶，存放六至八個月，在裝瓶後儲放一年才上市。年產量僅有四千餘瓶，以二〇〇三年份為例，僅生產四千兩百瓶。

喬治亞傳奇酒在二〇〇五年大放異彩。其一，為當年布希總統訪問喬

二〇〇三年份的喬治亞傳奇酒。

瑪桑德拉的粉紅麝香葡萄酒「南海岸」。暗棗紅色的色澤，口感和陳年波特酒極為類似，只是甜度較低而已。用之取代波特酒佐配法國起士，尤其是藍黴起士，可為一頓美食譜上完美的句點。背景為清朝青緞彩繡祥雲錦雞二品文官章補。

治亞共和國，在國宴上品嘗了此款美酒後（二〇〇三年份），讚不絕口，隨後本酒莊便收到來自白宮的訂單；其二，位於倫敦的《品醇客》雜誌，評給了這款酒「年度銀牌獎」。高加索酒的名聲，也終於傳到西方社會。

在台北人數只有個位數的喬治亞共和國人士中，有位Nina小姐將此酒引進台北，我個人曾經品嘗過此二〇〇三年份的傳奇酒，顏色十分討喜，入口微酸，漿果香味非常突出，不像新世界的酒偏甜。而丹寧相當柔和，很容易被誤認為是由梅洛葡萄所釀成的法國聖特美濃酒。杯底回香十足，的確是啼聲小試，但是也足以驚人了！

這兩款甜酒與乾紅，可以稱為是「鐵幕雙花」，這兩款酒園同樣受到兩代獨裁者沙皇與史達林的垂愛，兩個酒莊一起經歷了俄羅斯百年命運的遽變，見證了繁華、動亂、苦難及復興，而這「鐵幕之花」目前分屬烏克蘭及喬治亞共和國，且和俄羅斯共和國分家獨立，關係也極嚴峻緊張，世事果然如白雲蒼狗，變幻無常矣！我十分欣悅的品嘗這兩款「飛入尋常百姓家」的帝王佳釀。寫這一篇品酒小文的過程，時時會把我的思緒拉到遠在天際的俄羅斯、克里米亞及高加索。若論寫文章可以令人擁有「異國神遊」之樂趣，我寫這篇文章時，已經體會到這點！

有思想的聰明酒

美國稻草人酒莊

去年聖誕節前後，我收到在加州大學洛杉磯分校攻讀醫學博士學位的小老弟Robin的來電，祝賀聖誕節。Robin與我初次見面是在五年前的夏天，在美國洛杉磯時，當一位學界朋友介紹他和我見面，沒想到一見面便很高興地拿出我的兩本酒書，要我簽名。在洛杉磯的兩天，我們到處找酒、找《酒觀察家》雜誌介紹的好餐廳。Robin對加州酒的了解，已有行家的架勢。

所以當我接到他的來電，也馬上問道：加州酒界有沒有出現哪一款了不起的傑作？他立刻推薦了：稻草人（Scarecrow）。

原來又是一支「膜拜酒」！而且同著名的頂級酒「魯必康」（Rubicon），乃出自大名鼎鼎的《教父》大導演—柯波拉（Francis Coppola）一九七五年設立的酒莊一樣，「稻草人」也出自柯波拉酒園所，在一個名叫爐角（Inglenook）的酒園的旁邊。而園主也來自影劇界，且來頭比柯波拉更早、更大，這位就是米高梅電影公司首席製片家柯恩（J. J. Cohn）。

柯恩是一八九五年出生於紐約

哈林區的俄國移民，從小在貧困中生活，一九二〇年代以後，轉往好萊塢發展，由最初的會計幹起，最後成為首席製片人。五〇年代以後，許多好萊塢的鉅作，例如過世不久的卻爾登・希斯頓（Charlton Heston）的經典作品《賓漢》、馬龍・白蘭度（Marlon Brando）的成名作《叛艦喋血記》、李絲莉・卡儂（Leslie Caron）的《金粉世家》，及最出名的《綠野仙蹤》……這些我們在台灣五、六〇年代都耳熟能詳的老片，全是柯恩的傑作。

柯恩在好萊塢的順利生涯，讓他有能力在一九四〇年前後，加州那帕河谷買下了一百八十公頃的葡萄園，爾後在一九四五年開始種上八十公頃的紅葡萄，其中以卡本內・蘇維濃為主。柯恩把這個鄉下果園當作度假的莊園，所產的葡萄全都提供給附近酒莊釀酒。

由於柯恩果園的葡萄太好了，葡萄許多都是在一九四五年所栽種的老株，使得頂級酒廠例如「第一號作品」（Opus One）及「徽章」（Insignia），這都是我列入《稀世珍釀》世界百大的酒廠，都採購自本園的葡萄。

了解「酒錢」比「果錢」賺得多，然後由「果農」轉為「酒農」，是酒界的常態。柯恩酒園也想通了這個道理。而酒園同時也遇到了一個貴人：作風獨特的獨立釀酒師馬雀斯琪小姐（Celia Masyczek）。

馬雀斯琪出生在一個美酒世家，一九八二年在加州大學戴維斯校區讀完釀酒系後，走遍美西，甚至遠自澳洲南部的巴羅莎產酒區實習釀酒技巧，回到加州後，也在十餘個酒廠擔任釀酒指導，累積了十分豐富的經驗。他和活了一百歲的柯恩孫女，也是現在當家的羅培茲一見如故，便擔下了釀酒的大任。

柯恩酒園的葡萄園頗大，甚至隔鄰，長年向其購買葡萄的柯波拉酒園在二〇〇二年也想「染指」本園，不過只買下十五公頃的園地。有了這筆入帳後，柯恩果園可以安心地轉型為酒園了。

柯恩酒園走的是「車庫酒」的模式，釀造哲學和其他膜拜酒無異，量少、香味集中濃郁、酒體澎湃雄壯，且以卡本內·蘇維濃佔八成以上為其特色。柯恩酒園把釀造的酒取名為「稻草人」，我本來以為他是以美國獨立戰爭時代一個民間流傳的「稻草人俠盜」為名，沒想到是取材自《綠野仙蹤》中，那位陪同小女主角桃樂斯（Dorothy）去冒險的稻草人也。

二〇〇四年份的稻草人酒莊。

二〇〇三年是稻草人第一個年份，共四百七十一箱，五千六百瓶；二〇〇四年：三百三十箱；二〇〇五年：四百箱。而評分甚高，例如美國酒評大師派克給〇三年份評到九十八分之高；〇四年份評為九十五分，派克稱呼〇四年的稻草人為「那帕的拉菲堡」。

價錢當然也追隨了派克的高分。本來「稻草人」也像「嘯鷹園」（Screaming Eagle）一樣，是用網路排隊訂購。三瓶一盒，每瓶售價一百美元，然而一旦進入市價，便立刻飆漲，例如二〇〇三年份上市後，零售價高達九百美元；二〇〇四年份，在二〇〇七年年底的市價，為一千一百五十美元，成為嘯鷹園以外，第二支最昂貴的「炒作寵兒」。

美國二〇〇八年十一月十五日的《酒觀察家》雜誌曾給二〇〇五年加州卡伯納紅酒作了「總體檢」，最高分為九十七分（五款），其中Colgin酒莊佔了兩款；九十六分（六款），「稻草人」

加州嘯鷹園幾乎已被公認為美國最頂峰的紅酒。正巧我家中珍藏一幅歐豪年大師之〈嘯鷹圖〉，但見嘯鷹展翅於蒼松之上，彷彿已聞鷹鳴透出畫面。大師筆墨功力真亦達顛峰之境界。另賦詩一首：「結念屬霄漢，回眸低眾峰；振翰千里外，巢向最高松」。此詩意境之高，既可言景頌物，亦可勸志修身。嘯鷹酒伴佐嘯鷹圖，堪稱：「兩絕」之遇也！

上榜了（訂價僅標註一百五十美元）。而眾所矚目的「嘯鷹」則緊追在後的九十五分（有九款）。

我有緣在年前五月初，與幾位醫學界朋友，在一場品酒會上，邂逅了二〇〇四年份的「稻草人」，以及獲得派克評為只差一分（九十四分）的一九九八年份嘯鷹園。看看這兩個「美國嬌娃」（恰巧兩位園主都是女士），口感有何差異？

嘯鷹園在開瓶兩個鐘頭後，才有甦醒的徵兆。色澤仍是桃紅色、丹寧仍強，極濃厚的桑椹、野漿果草莓味，入口後讓人不得不回想起一九九五或一九九六年份瑪歌堡的氣韻，果然優雅十足。由於沒有過濾，最後留有不少殘渣。我特別試了一下開瓶三個鐘頭後的瓶底殘渣，回香仍強，花香味不減，沒有弱化的現象。看來花上幾百美元購買一瓶嘯鷹園的朋友，並沒有花上冤枉錢！

我們懷著好奇心等待同樣醒了兩個鐘頭的後起之秀。新酒的稻草人，顏色呈現討喜的桃紅色，但香氣居然強過嘯鷹園，而口感也比嘯鷹園來得濃郁與強烈。果然是派克及美國加州的頂級口味：酒體澎湃！入口後有濃厚太妃糖的甜味，以及明顯的單寧與酒精，我們猜想酒精度一定超過百分之十五，果不其然，剛好十五度。比嘯鷹園的十四點二度，高了近一度左右，我心中懷疑派克評分之只差一分大概就是這一分吧！色素極強，事後杯子殘留一絲絲紅色色素。

整體評判下來，我個人還是認為嘯鷹園比較持重與均衡，它不像稻草人如此的新潮與外露，同時，芳香度的弱化速度也無疑地較為緩慢。把它稱為稻草人的「大哥」，我相信稻草人的園主也不會有異議！至於嘯鷹園是一九九八年份已經趨向成熟，稻草人則否，所以我認為兩款中哪款是伯，哪款是仲？還有待考驗！

欲罷不能，我們品了九十五分（稻草人）、九十四分（嘯鷹園）後，剛好還有一瓶被評為九十三分的一九九七年份的達拉．威爾（Dalla Valle）的卡本內．蘇維濃。這個在一九八六年才成立的加州家庭式小酒園，是以瑪雅酒（Maya）進入加州最貴紅酒的俱樂部。每年年產只有三百至四百箱的瑪雅酒，上市通常近二百塊美元。至於屬於普通級的第二款卡本內．蘇維濃年產可達八百箱，上市價也超過一百美元，但兩者的品質極為接近。一九九七年的卡本內．蘇維濃既然評到了九十三分，我們也把它加入品試行列。

這款一九九七年份的達拉．威爾，呈現暗桃紅色，由極為平和與中庸的果味，顯露出已經開始了成熟的黃金歲月。花香度不甚明顯。但落喉後，有殘留的丹寧及酒精度，並不太強烈。這是一款扎實的好酒。只不過放在已經「兩度獨領風騷」的嘯鷹園及稻草人後，本款酒沒有耀眼的吸引力，這也是想之當然的事！

稻草人上市至今不過兩個年份，要憑此進入「頂級酒俱樂部」，為時尚早。不過「初鳴」兩聲，已驚動了那帕河谷，恐怕不能被認為只是釀酒師的「好手氣」罷了。至少，看著本園有六十歲以上的老株，且仍能長出最頂級的葡萄，大概便是最有恃無恐的本錢了。

《綠野仙蹤》的稻草人，一心一意要獲得一顆頭腦，來變得聰明及有思想，才不枉為具有「人」的外型。「稻草人」酒莊是否正是要釀造出「具有思想」的「聰明酒」乎？

8

美國黑皮諾酒的「雙雄爭霸」

奇斯樂 vs.馬卡桑

大概是受到了一九七六年「巴黎評酒競賽」的鼓舞，四十年來，美國的酒農與酒市一片欣欣向榮。特別是加州的那帕谷，名園陸續建成，不論是品質或價格，都已經挑戰了法國酒原本無可動搖的地位。美國酒業普遍也信心滿滿，希望在三十年後，也就是千禧年之後，美國可以超過法國，成為世界第一大美酒生產國。

當然，邁進了千禧年將近十年，這一個「洋基之夢」還沒兌現。能否再寬限另一個三十年內達成這個夢想？美酒界普遍搖搖頭，這是有理由的。

先不論一九七六年的評比是否有充足的代表性？還是僅將法國波爾多幾個名酒廠的幾款酒拿來評比，從而最多只是卡本內．蘇維濃葡萄酒的評比，再加上夏多內白酒。至於布根地的黑皮諾、波爾多右岸的梅洛、以及隆河的希哈酒都不在評比範圍。

這個說法恐怕比較正確。不過，我個人倒是很願意正面看待這次評比。因為，這次評比很公正地給了一批花上一輩子功夫，把「釀出美酒」的人生夢想實踐出來的加州頂級酒莊一個熱情的掌聲。誰說「後發不可先至」？誰說「英雄只能出於豪門鉅室」？一九七六年的評比舉辦後，已經讓加州及奧瑞岡州等原本荒蕪的土地，栽起成畝成畝的葡萄園、蓋起一棟棟美輪美奐的酒莊，引來一車車嘻嘻哈哈的遊客，誰說這不是一件美妙的功德大事？

不過，美國酒要取代法國世界頂級酒出產國的地位，為時尚早。因為，美國酒仍然沒有釀出任何一丁點可以挑戰法國的香檳、飯後甜酒，以及紅酒中的黑皮諾酒。

法國紅酒的三大領域：波爾多、布根地及隆河，其中波爾多酒受到加州那帕酒的挑戰，如以「菁英對決」，例如：美國祭出嘯鷹園、哈蘭園來和木桐堡、彼得綠堡等對決，鹿死誰手，也許尚難下定論。但如要「大軍對決」，挑出幾個大酒莊，各拿出二、三十萬瓶來一決高下，波爾多隨意可找出二、三十家，組成雄兵百萬。但加州就只能祭出幾家帶著兩、三萬「遊騎兵」上陣，不戰已知勝敗矣。

隆河，尤其是北隆河的希哈，情形也是一樣。儘管美國最近有零星的酒莊，例如辛寬隆（Sine Qua Non）可以釀出第一流的希哈酒，例如我品嚐過二〇〇二年份的辛寬隆希哈酒「就是因為喜歡上它」（Just for the Love of It）便濃郁芬芳得無以復加，派克給了滿分；二〇〇三年份的「爸爸」（Papa），派克評九十八至一百分，也十分精彩，但數量仍無法與北隆河相較。

但在布根地的黑皮諾酒方面，美國完全不是對手，如同拳擊台上，一個初上陣的羽量級，碰到世界重量級拳王一擊，哪有不倒地的道理；所以，根本影響不到布根地酒的權威地位。

前兩年美國有一部賣座非常好的電影《杯酒人生》（*The Sideway*），

透過男主角對黑皮諾酒的憧憬，一下子使加州當年葡萄酒的產量增加了三成；全國同一時間使促銷了多百分之十六。片中女主角挑選出來的一家名不見經傳的Andrew Murray酒莊的「高線」黑皮諾（High Liner），居然一下銷路增加四倍，而造成「斷貨」奇觀，酒莊也變成觀光勝地，黑皮諾酒一下子變成加州酒園的新貴，有逐漸凌越卡本內酒的架勢。

在這個風潮之中，頂級的黑皮諾酒已經逐漸浮上檯面。有兩家美國黑皮諾酒莊已經悄悄引起布根地酒迷懷疑與興趣：可以號稱為美國「黑皮諾雙雄」的馬卡桑及奇斯樂。

美國加州在一九七八年出現了一位天才釀酒師奇斯樂（Steve Kistler）。這位當年僅三十歲的青年最欽佩法國布根地的白酒，特別醉心蒙哈榭，因此他在一九七九年加州的葡萄園中釀出了第一年份三千箱的夏多內，立刻獲得美國美酒界的讚賞。五萬瓶幾乎在半年內銷售一空，成為美國最熱門的夏多內。

奇斯樂事必躬親，對釀酒品質毫不退讓，且沒有聘請助理，完全一人擔綱。他行事保持低調，隱姓埋名，連酒莊大門都沒有名字。他也不交際、不出席品酒會，一切銷售都由搭檔Mark Bixler打理，可說是一個怪人。

奇斯樂酒莊主要在那帕河谷東北方的索羅馬（Sonoma）酒區。這裡溫度較低，較適合黑皮諾和夏多內的生長。目前共有十個小園區，產釀白夏多內，款款都獲得高分，售價都在七十美元以上。而且令人驚訝的是，奇斯樂也仿效布根地釀造黑皮諾紅酒，這個在九一年第一次上市，且只有兩百五十箱的黑皮諾，立刻打破美國是黑皮諾「禁地」的傳言。

紅酒的產量總園區只有十八英畝，約合七公頃上下。在嚴格控管下產量極低。以二〇〇七年為例，只採收二十二公噸，兩萬兩千公升，釀造起來只合三萬瓶上下。在最好的年份總產量也不會超過年產五千箱，共六萬瓶。但三款最頂級分別是「凱薩琳園」(Cuvee Cathleen)、納塔利園（Cuvee Natalie）以及「伊莉莎白園」(Cuvee Elizabeth)，年產各不過兩百五十箱至五百箱不等。新酒都會在全新的法國橡木桶中醇化十四個月之久。

而奇斯樂酒莊也使用了「凱薩琳園」的名稱，和北隆河最有名的夏芙酒莊頂級酒名稱十分相近。這恐怕不是無意的巧合，因為奇斯樂最崇拜法國布根地與隆河的幾個傳奇性釀酒師，也立志要向他們學習。是一個了不起、不會因目前成就迷昏了頭的釀酒大師，值得我們向他脫帽致敬。

我曾品嚐到二〇〇〇年份的伊莉莎白園。這款被派克先生評為九十九分的黑皮諾，顏色仍然有新黑皮諾酒的淡紫紅色，但入口香味十分集中，它沒有布根地黑皮諾那種明顯的烏梅、李子味道，但有更高雅的漿果、蜜餞，以及淡淡的花香，優雅高貴至極，這是我品嚐布根地以外，最了不起的一支黑皮諾酒。無怪乎喝完的奇斯樂空酒瓶，讓我在書桌上放了整整一年之久。這款酒也常常在美國的黑皮諾酒比賽中奪冠，無怪乎派克毫不保留地稱之為「美國第一黑皮諾」。

同樣座落在索羅馬酒區，也釀製

有「美國第一白葡萄酒」之稱的奇斯樂酒園。本酒園也可釀製一流的黑皮諾酒。不論紅酒或白酒，酒標格式都一樣，簡單醒目。

二〇〇二年馬卡桑園黑皮諾酒。

夏多內、黑皮諾酒，同樣獲得驚人的高分，但行事作風卻和奇斯樂完全不同的馬卡桑酒莊（Marcassin），一九九〇年由一位天才的釀酒師海倫・杜麗（Helen Turley）所創。身材高大、一頭亮麗金髮的杜麗，乍看之下會以為是來自北歐的漂亮影星。在加州大學戴維斯分校釀酒系畢業後，杜麗進入了羅伯・孟大維酒廠擔任釀酒師，很快發揮了釀酒的長才。經過幾年的磨練後，一九九〇年她創立了酒園，剛開始只有四公頃，一半種夏多內，一半種黑皮諾。兩年後，夏多內開始可以釀酒，沒想到九二年份的夏多內馬上獲得了美國加州最著名的James Laube給予九十四分的高分，同時，獲得了最高五顆星的評價，以後每一年基本上分數都很高。原因很簡單：杜麗完全採用布根地蒙哈榭的釀造水準，低溫發酵期很長，而醇化全在全新的法國橡木桶長達一年之久。每公頃產量在四千至六千公升之間。派克認為其夏多內可以挑戰法國最高等級的蒙哈榭，也是世界級水準的夏多內。派克對這個酒莊夏多內的評價是：不試一下，不相信它有如此高水準！

白葡萄的夏多內酒成功後，接著是黑皮諾。九六年的馬卡桑園黑皮諾酒一上市便獲得派克的九十五分。九七年、九九年都是九十五分，九八年且達到九十八分。因此，馬上打出了響亮的名號。其訣竅也是一樣：量少、在新法國橡木桶存放一年，裝瓶前也不再經過過濾，所以有極為濃厚黏稠的口感。

馬卡桑酒莊的紅白葡萄酒，主要產於三個小園區，分別是馬卡桑園（Marcassin Vineyard）、藍坡嶺（Blue Slide Ridge），以及三姊妹園區（Three Sisters Vineyard），其中最大、品質最好的當是馬卡桑園，每年可以產量六百箱的黑皮諾及四百箱夏多內。馬卡桑（Marcassin）是法文：「小野熊」之意，所以本酒園的標籤便是以一個身著戰袍的小野熊，接受繆思女神授與美酒與智慧的圖像，相當別出心裁。二〇〇〇年以後，馬卡桑園的紅白酒評價都很高，例如：二〇〇〇年夏多內，派克給了九十八分，二〇〇一、〇二年都給九十六分；黑皮諾則分別是九十七、九十三、九十六分。美國《酒觀察家》雜誌（二〇〇八年九月三十日）曾給美國黑皮諾評分，第一名九十六分為本酒莊二〇〇三年份的藍坡嶺（美國市價九十美元），第二名為本酒莊的二〇〇三年份馬卡桑園九十五分（美國市價一百二十美元），至於本酒莊的小妹妹園（三姊妹園），則排行第四名的九十三分（美國市價七十五美元）。能夠以此佳績，馬卡桑酒莊能不傲人乎？

我曾在不久前與幾位醫生朋友品嚐到二〇〇二年份的馬卡桑園黑皮諾。派克給這款酒評了九十六分。它有不可思議的香氣，夾雜著咖啡、烏梅、蜜餞、太妃糖、蜂蜜，以及水蜜桃；顏色是桃紅接近深紅色，非常鮮豔動人。口感極為類似一流的布根地新酒，我立刻聯想到布根地著名杜卡匹酒莊的鄉村酒，但口味更飄逸、高雅，接近頂級的善・香貝丹。果然，這個酒莊的酒，已經讓法國布根地的酒莊感到震撼，如果加州能再產生三、五十家類似水準的黑皮諾酒莊，法國布根地酒的王冠極可能易手矣！

因此，到底美國「第一黑皮諾」的桂冠，要戴在奇斯樂酒莊或馬卡桑酒莊的頭上？恐怕來日方長，也有待

一九九八年份辛寬隆酒莊的黑皮諾酒「面紗遮住」，後為清末民初廣東潮州桌裙〈太獅少獅〉。

品酒人士自己的評判吧！

「坐山觀虎鬥」，不，應該改為「坐山觀一熊鬥一虎」。這個「坐山者」也可能是一隻老虎。我想到了美國天才釀酒師辛寬隆的老闆克朗克（Manfred Krankl），近幾年來也極熱衷釀造黑皮諾酒。他經常開個貨車，內有冷藏設備，到美國各地葡萄產區去「巡園」，來找尋最適合釀酒的葡萄。在加州他始終找不到中意的黑皮諾葡萄，終於在一九九五年於奧瑞岡州的揚山鎮（Yamhill County）一個名叫「西爾」（Shea）的葡萄園，找到夢寐以求的葡萄，便運回加州酒莊來釀酒。使用六成以上至百分之百全新法國橡木桶醇化，接近一年左右。產量不多，也就是六、七百箱而已，上市價約為一百五十至兩百美金。到處找葡萄終究不是辦法，克朗克也在財務狀況改善後，收購良園，讓葡萄來源

更穩定。二〇〇三年在加州聖塔芭芭拉附近找到了已種植多年的黑皮諾葡萄園，買下後開始釀製黑皮諾，西爾園黑皮諾便不再出產。新園的狀況甚佳，派克每年都評上九十五分上下，但年產量較少，約三百箱左右。

我品嚐的一九九八年份黑皮諾「面紗遮住」（Veiled），派克評了九十至九十二分，這是派克給辛寬隆酒莊各款酒中偏低的分數，即使本酒莊的黑皮諾，每一年的分數都很高，例如九九年（九十七分）、二〇〇一年（九十六分）、二〇〇二（九十七分）以及二〇〇四年（九十八分）這恐怕與當年奧瑞岡州的黑皮諾品質不好有關，這款一九九八年份的黑皮諾酒，美國《酒觀察家》雜誌也只評了九十分而已。但各方評語甚佳。顏色為深紫色，漿果味十足，丹寧頗為柔和，我個人感覺和馬卡桑的口感相去不遠，但似乎口味較重，過喉以後，有稍微明顯的咖啡、淡淡甜味，回韻甚長。我認為其品質絕對可以「坐三望二」。

辛寬隆酒莊每年替酒莊旗下各款紅、白酒取一個名字，隔年作廢再取新名，往往搞得消費者眼花撩亂。按照這位出生在奧地利，中年以後才到美國發展，先搞餐飲業、烘焙業，最後轉為釀酒生涯的克朗克園主的說法，每個年份的每一款酒，都是一件全新的作品，彷彿藝術家精心創作的繪畫，又不是工業產品。因此，必須取一個單獨的名字。而我認為：在園主似乎也沒什麼文學與藝術的才分下，每年各款酒取的名字，都由「隨性」徘徊在「無厘頭」之間，要來推測其命名的理由，往往徒勞無功。但可能學習法律出身，任何事都應該「事出有因」，這些年份之怪名字，我總想尋求解釋一番。

一九九八年份取名了「面紗遮住」（Veiled），似乎沒有意義，但酒標說明成分等文字上居然英文與阿拉伯文對照。需知阿拉伯的回教是禁止飲酒，這個破天荒之舉的酒標是否犯忌？我不禁想起一九八八年英國印度裔作家魯西迪寫了一本《魔鬼詩篇》，要來「揭開」魔鬼的面紗，引來伊朗柯梅尼對他發出的全球追殺令，導致英國與伊朗的斷交。魯西迪隱姓埋名十年後，一九九八年英伊復交，伊朗新政權承諾取消追殺令，風波才告一段落。這在當年，是一件轟動歐美的大事。不知道這個「面紗」用語與「挑戰伊斯蘭禁忌」的連結，是否可以解釋這個年份的名稱？

在這頂級黑皮諾酒冒出來的「新芽」中，還有一個小酒廠引起我的注意，那是二〇〇二年才開始由兩位酒商克斯達（Dan Kosta）及布朗恩（Michael Browne）在索羅馬區成立的克斯達．布朗恩酒莊。這個酒莊專門到各個園區去收購上等的黑皮諾來釀酒，共有六個園區。酒莊挑選葡萄極為嚴苛，也因此每個園區的葡萄酒都有第一流的水準。美國二〇〇七年九月三十日《酒觀察家》雜誌，曾對加州黑皮諾進行評比，最高分九十七分的三款酒，兩款出自於本酒莊（另一款為馬卡桑園的三姊妹黑皮諾），本園另一款得九十六分、兩款得九十五分、一款九十四分。可以說獲得了「滿堂彩」，本次評比也幾乎成為克斯達．布朗恩酒莊的「獨家秀」。

但究竟這只是近五年來的表現，還不能算是「恆定表現」，我們不妨把它列入「觀察名單」。然而，這幾款酒的價錢都仍實惠多半在六十美元左右。我的建議是：收購，一瓶都不剩地收購。只要你能巧遇，不要猶豫！

二〇〇六年份的奇斯樂酒園的黑皮諾酒。瓶後為罕見的明代雙龍章補，補底為明代補子才有的納繡針法繡成菱紋地，此技法是明代章補所專有，這是最重要的鑑定特徵。這是我收藏清朝章補近二十年後，才有機會第一次入藏到明代章補，曾讓我欣喜若狂。

9

果園轉型酒莊最成功的例子

加州阿羅哈酒莊

最近台北的天氣開始進入高溫期。動輒攝氏三十度的高溫，是對葡萄酒，特別是白葡萄酒的「無情殺手」。如果葡萄酒放在沒有空調的地方，經過一個襖熱的夏秋兩季，沒有變質的機率，要小得很多。因此，我屢屢勸告有心踏入美酒世界的朋友，務必要捨得花錢添購一個儲酒櫃。

每年夏天一到，我一定會開始清理儲酒櫃，把必須陳年的葡萄酒移入較內層，再將若干試飲的藏酒移出外層。在這例行的「移防」，我瞄到了一瓶一九九八年份的「阿羅哈」(Araujo)的卡本內．蘇維濃酒。這瓶被派克大師評為九十二分的加州紅酒，終於達到試飲期了。

俗語說：「有好水，才能釀出好酒。」這是指黃酒而言。而在葡萄酒則是：「有好葡萄，才能釀出好酒。」好葡萄一定得生長在最好的「風土」(terrior)。其次，才是樹種、年齡以及產量限制等。在今天信息通暢的時代，釀出頂級酒的技巧，已經不是什麼獨門絕技，每一個釀酒學院都有許多分析報告。釀出好酒幾乎繫於頂級品質的葡萄。

歐洲不少酒園，當年都只是提供葡萄原料供給其他酒莊釀酒之用，而後為了獲得更大的利潤，或是被「慧眼識英雄」，有雄心的買主買下，來釀造出偉大的好酒。近幾年來，美國加州新冒出一家「稻草人」（Scarecrow），便是這種例子。

我們給酒園算算利潤：一瓶酒（750ml）大概需要一公斤的葡萄榨汁釀製。而在加州那帕地區，用人工精心採摘，且有一定樹齡，並經過控制產量的頂級卡本內．蘇維濃紅葡萄每公斤的收購價，由五美元到十美元不等。可以想見，釀製一瓶好酒的利潤，至少是賣「生果」的十倍以上！

由果園轉成酒園成功的例子，「稻草人」是近例；而較不久之前，且名氣比稻草人更大得多的，應當是「阿羅哈酒園」。

這是一個大名鼎鼎，專門提供最優質葡萄的酒園。處於加州納帕谷最北端的一個名為加里斯托加（Calistoga）地區，本來有一個「艾瑟爾」（Eisele）的酒園。這個十四公頃的葡萄園，在一八八〇年就已經種植了金芬黛與麗絲玲葡萄。不過，都提供製造普通酒。一九六四年才開始種上卡本內．蘇維濃，具備了可以提供高質量葡萄的本錢。艾瑟爾的成功契機，必須和釀製「徽章」的飛普斯園（Joseph Phelps）合作開始談起。

飛普斯是美國規模最大的酒莊，年產量高達百萬瓶之多，且紅、白酒皆擅長，因此，是美國上流家庭必備的酒品。飛普斯的旗艦酒，是年產量只有六萬餘瓶的「勳章」，每年上市後，動輒超過兩百美元一瓶，是加州最貴的紅酒之一。「徽章」的葡萄，便取自艾瑟爾果園。

艾瑟爾果園之所以能夠成為第一

流的果園，也當歸功與飛普斯酒廠的合作關係。飛普斯酒廠嚴格地要求，也指導了艾瑟爾果園栽種葡萄的方向。透過對飛普斯釀酒哲學的理解，也使得艾瑟爾能夠持之以恆、源源不斷地提供頂級的葡萄。

經營果園，也不是輕鬆的「看天吃飯」的活。必須經常刨掉病株以及生產力差的老株，栽種抵抗力較強的新株；園區要更新灌溉、酒窖要添購控溫、發酵及消毒的新型設備、防制病蟲……都是一大筆流水數字，特別是老園，即有此種「魔咒」。此即是敲醒有志於經營酒莊者美夢的一個警鐘！五〇、六〇年代美國經濟大好，以及日本在八〇年代泡沫經濟時代，也有美酒愛好者想一躍成為法國酒莊莊主，等買賣成交，入主莊園後，才知道陷入「錢坑」。等撐兩、三年後，再也投不出大筆錢後，只能再轉手，酒莊又回到法國人的手中。這也是另一種版本的「法國症狀」。

到了一九八九年，艾瑟爾園主也無法逃避「老園魔咒」，付不出大筆的整修費，於是這塊寶地，便賣給了財大氣粗的建築商阿羅哈家族。園主以三百萬美元的代價，揮別了二十年的回憶。於是，阿羅哈開始把「金果」變成「金酒」。

阿羅哈的生意經，只有一個：打造出世界級的名酒。他聘到了曾在歐・布里昂堡酒莊、以及加州（Stag's Leap Wine Cellars）學到釀酒絕活的佩瓊女士（F. Peschon）為釀酒師。果實好，加上在全新的法國橡木桶中醇化達二十二個月之久，造就出漿果味極濃、芬芳、迴香雋永的酒體，果然轉型成功。

從一九九一年開始，派克便給了九十五分的高分。以後，每年除了少

一九九八年份的阿羅哈酒，背面為北京中國社科院教授辛冠潔手書之劉伶〈酒德頌〉。辛老為大陸孔子基金會主席，乃一大鑑賞家與收藏家。他老人家每次知道我來北京，一定邀我小酌。辛老酒量甚豐、見聞廣博，使我受益匪淺。

數兩、三個年份給了九十一或九十二分，其他都超過九十五分，二〇〇二年份甚至給了一百分。由於產量只有一萬五千瓶左右，以「膜拜酒」多半在五千瓶為標準，阿羅哈酒算是多產的，但上市的市價並不便宜。二〇〇二年份在二〇〇五年年底美國上市時，為一百九十五美元，但二〇〇四年份在二〇〇七年十月上市時，美國市價就提升為兩百三十五美元，漲幅十分明顯。

台灣的零售價也不低，以二〇〇八年四月的行情而論，只有三個年份提供：二〇〇一年份（派克評九十七分），訂價為一萬九千元；二〇〇二年的滿分酒，為兩萬四千元，而二〇〇三年份（九十八分），則為兩萬一千元。

美國的《酒觀察家》雜誌在二〇〇六年十一月曾經統計了由一九九〇至二〇〇三年份平均最高分的全美五十款最好的酒。阿羅哈被排名為第五，平均為九十三點五分，價錢為每瓶兩百一十五美元。前四名分別為開木斯圖（Caymus）（特選級）、哈蘭園、謝佛園（Shafer Hillside）以及嘯鷹園。

一般新的酒莊，也許剛開始莊主雄心萬丈，要釀出頂級酒，結果也釀出令人滿意的好酒。但光憑一、兩個年份的成功，還不會被品酒界承認新的「明星酒園」已經誕生。這可不像歌劇的演出，常常會有「代班」的男女歌手，甚至指揮（如：Leonard Bernstein）一唱而爆紅的情況發生。一個頂級酒莊必須至少連續五年以上都能釀出令人心動的好酒，才能在「美酒世界」站穩腳步。

這真是一個殘忍的競爭世界！之所以要有「五年門檻」的不成文規矩，乃是葡萄酒年份沒有年年好。連續一、兩年好，難得一見。要連續三、五年都是好年份，這便是妄想。因此，要看看這個酒莊碰到悲慘年份（例如加州的一九九八年及二〇〇〇年份），如何還能調釀出令人滿意的好酒，才是檢驗這個酒莊能否晉級的主要依據。

所以美酒界對不少葡萄酒雜誌會很熱心介紹發現冒出的「新升之星」，多半會先給等上幾年的「觀察期」，例如加州新秀「稻草人」。能擠身世界第一流酒莊「俱樂部」的成員，必須是持之以恆的「恆星」，而非光耀一時、暴起暴落的「彗星」！十五年過後，阿羅哈酒莊早已經成功地通過此「五年期」的檢驗。

記得千禧年那年的暑假，我有一趟洛杉磯之行。在好萊塢附近一個小社區，突然發現有一位華裔年輕人開了一個很小、但十分精緻的小酒舖。經過一陣子快樂地晤談，以及購置幾瓶美酒後，臨走前他自動把新到的一瓶一九九八年份的阿羅哈（是悲慘年份），以原價（一百四十五美元）讓給我。標籤上還標明著市價：一百九十九美元。

下週我即將參加大學的同學會。離開大學三十年後，相信各奔天涯的老同學們，已經沒有人再懷有當年的理想主義或胸懷壯志，一定會有不少個人的辛酸或是驕傲的經歷可以分享。我打算約兩、三個「白首同窗」開開這瓶酒。我們大概沒有孟浩然等詩人「把酒話桑麻」的雅致，大概只能藉酒敘敘個人三十年來，青年時代的理想如何受到現實生活的檢驗。是悲？還是喜？我還不知道。不過唯一可以相信的是：我們都能由這瓶美酒獲得最大的慰藉！

10

交響樂中的「定音鼓」

難得一見西班牙安達魯斯之純「小維多」酒

又逢中秋，這個一年一度最令人思鄉、想念親友「千里共嬋娟」的夜晚。本來面對一輪皓月，全家人悠閒地吃著月餅、手剝著文旦柚子，或佐以清茶美酒、或伴以花香清風，一個中秋夜無疑當是充滿詩意、浪漫及悠閒的氣息。

近幾年來，不知怎麼一回事，台灣各地的中秋節，突然變成了「民族烤肉節」。只見所有賞月最好之處，如河之濱、山之巔、樓宇之頂、花園之角，處處堆起火堆、陣陣烏黑濃煙夾雜著烤肉醬的燒焦味，隨風四散。而烤肉之重責大任，多半是家中主人的工作。為伺候火候，莫不匆匆忙忙、戰戰兢兢。好一個優雅的中秋夜，彷彿形成「火烤大地」的荒城之夜。

儘管我們這些過了「烤肉熱」年紀的人，也不得已不附和家庭中年輕小夥子們。看到這些火烤重醬味的牛排、豬排、香腸等……我尋思要以何種酒來搭配。理論上，冰凍的啤酒應當是最好的選擇。痛痛快快開懷喝上一大杯冰鎮的「台灣生啤」，當是人生快事一件。不過想到自己已不是二十、三十歲的小伙子，痛恨的「痛

安達魯斯酒莊口感強勁的小維多酒；背景為台灣一九五〇年代成立推動西方現代藝術最重要的「東方畫會」的要角——秦松所繪之〈裸女圖〉；一剛一柔，相得益彰。

在安達露西亞地方的民宅，不經意都會被阿拉伯與南歐混合的園藝驚豔。特別誘人者，當為九重葛。此地陽光充足，九重葛動輒高達三、五層樓，美不勝收。

風」老毛病又隨時蓄勢待發，我決定還是挑一瓶紅酒來搭配。

我挑選的對象，必須是：1.重口味，才能夠壓過過重的烤肉醬風味；2.酒體必需粗壯，才能夠鎮住火炭炙烤的煙燻味；3.口感必須粗獷。面對薰煙環繞、兵荒馬亂的場景，杯盤狼藉是可預期，絕不可端著Riedel的手工杯子、優雅喝著纖細飽滿的頂級布根地或波爾多酒。

我環顧了酒窖一下，最近才剛剛登陸台灣，想要試試台灣消費市場的一瓶西班牙南部安達魯斯（Andalus）的「小維多」（Petit Verdot），馬上吸引住我。這有兩個因素，第一，它出自於我最心儀，也念念不忘的西班牙安達露西亞地方；第二，它是百分之百由小維多葡萄所釀造而成，這是目前世界酒園中少有的產品。

先以小維多葡萄而言。任何喜歡紅酒，尤其是波爾多紅酒的朋友，都對小維多葡萄不陌生，我們知道這是波爾多酒的主要葡萄品種之一，但主要是當作搭配之用。波爾多區，不論是左岸或右岸，小維多都是作為搭配卡本內．蘇維濃或是搭配梅洛葡萄。而且，搭配比例多半都是個位數百分比，能夠用到接近百分之八的酒園，例如美多區的明星酒莊皮瓊．拉蘭伯爵夫人堡（Chateau Pichon-Lalande），已經是小維多用得最極限的例外例子。

這個作為標準「配角」的小維多，為什麼在波爾多這個「紅酒聖地」沒有能擔綱演出主角的地位？恐怕要怪自己的「體質特殊」所致。

小維多是一種色深、皮厚、口味強勁以及甜度甚高的小顆粒葡萄。在波爾多四種主要釀酒葡萄中，它也是成熟最晚的一種葡萄。甚至會比最早成熟的梅洛葡萄晚上一個月才能完全成熟。然而在大西洋邊的波爾多地區，每年九月中旬以後，天氣開始轉變，無預警的暴風雨可能隨時造訪，老天爺不輕易讓小維多有能夠完全成熟、施展其魅力的機會。因此這種口味重、顏色深的小維多，就只能夠被各個酒莊拿來調配用。其深紫的色澤，以及厚重的口味，可以補足顏色較淡、口味較淺的葡萄，例如梅洛，使調配後的酒汁能夠有更飽滿的酒體，增加口味的豐富性以及陳年實力。

這種將小維多作為搭配用的次要種葡萄，也是法國波爾多地區歷經千年來釀酒實證來的經驗。種葡萄釀酒本來就是一個「看天氣吃飯」的行業，葡萄由春天的抽穗開花，結果成熟，都可能遭到天然冰雹、霜害、黴菌、蟲害、乾澇及暴風雨的威脅。也因此酒農必須分栽成熟期有先後、口味有輕重以及抗災力強的多種葡萄，以避免一年到底一事無成的悲劇。小維多在這種不良的地理環境，像灰姑娘般的際遇，沒辦法在波爾多有真正施展的機會。看樣子小維多似

西班牙最耀眼的酒園新星－普利歐拉多區的「拉米塔」酒。

乎有必要出走，去海外尋找自己的一片天空。氣候炎熱、乾燥的西班牙伊比利半島南部，似乎向小維多伸出了友善之手。

西班牙在中北部有著名的黎歐哈（Rioja）酒區，在西北部也興起了可以直追法國頂級酒的斗羅河酒區（Ribera del Duero），近年來更在東北部的普利歐拉多（Priorato）地方冒起了幾個震驚酒界的超級酒園，例如帕拉西歐斯（Alvaro Palacios）所釀製的「拉米塔」酒（L'Ermita），二〇〇五年份在三年後一上市，即賣出一瓶七百美元的天價。但是在廣大的西班牙中南部地區，除了南端產釀的雪莉酒外，幾乎沒有值得一述的好酒。

說起西班牙南部這一片廣大的丘陵地，儘管歷史上，這是腓尼基人傳奇英雄漢尼拔與羅馬人爭鬥的舞台，但這片稱為安達露西亞的黃土大地，除了駿馬與吉普賽音樂聞名於世外，最吸引人的莫過於由阿拉伯人所遺留下來的豐富建築遺產。來自於北非的摩爾人從西元八世紀踏入此地到十五世紀離開為止，八百年來，除了留下了「安達露西亞」的美麗地名外，也留下了無數的城堡宮殿。這些裝飾著最優雅的阿拉伯馬賽克、精雕細琢的門窗，繁複且典雅至極的建築藝術，如今成為世界阿拉伯文物的寶庫，甚至連阿拉伯的老家中東地區，也找不出比安達露西亞更美麗的與壯觀的阿拉伯建築物。

我在二十年前開始熱衷於收集中東的地毯，漸漸地我也迷上了阿拉伯的藝術。對於夢寐心儀的安達露西亞，我終於在一九九五年的初夏徹底地遊覽一遍。柯多瓦（Cordova）壯麗的大清真寺、格瑞那達的阿汗巴拉（Alhambra）的秀麗夏宮，都是我這輩子看過最動人心魄的建築。

而當我途經安達露西亞，我看到到處栽種的葡萄，都是叢生及膝。經詢問當地果農才知，這是為了防止太多日曬，才使葡萄儘量伏地而生。因為天氣炎熱，使得葡萄極為成熟，醣度高的結果，當地釀造出的葡萄酒，款款酒精度動輒高達十六度，入口一股強勁的果實味。不搭配食物的空飲之下，會有一股苦澀之味。但是若配上當地喜用大蒜燒烤的主食，卻十分地搭配。果然是一方之水土，出一方之飲食。一方之飲食，也出了一方的風味酒來配合也。

可能是受到了美國加州近幾年來風行利用卡本內．蘇維濃釀造「單一酒」的影響，新世界也突破傳統，利用波爾多成名葡萄種來嘗試釀造各種單一葡萄酒。就以波爾多另一個比小維多重要得多的品麗珠而言，這在波

目前行情最高的「西班牙第一紅」－平古斯酒。

爾多也很少有作為釀造主角的葡萄，近年也被智利與阿根廷的酒莊釀造單一酒，也獲得不錯的迴響。我看到這瓶由拉孟亞酒莊（Cortijo Las Monjas）酒廠所釀造的，稱為「安達魯斯」（Andalus）的純粹小維多酒，立刻興味

安達露西亞聞名世界的美食：伊比利豬之燻火腿。在香港每公斤高達八百港幣。此照片攝於法國巴黎最有名的超級市場「鐮刀」（Fouchon）。

盎然地查索了其基本資料。

原來這個在一九七五年才由一位名為厚亨洛賀（Alfonso de Hohenlohe）的園主，所興建的酒園。由園主的名字是德國著名的貴族家族，前面又有貴族的稱號（de），可以輕易地判斷出園主原為德國貴族。看準了頂級酒市場的前景，也看中了安達露西亞最南端，在雪莉酒的故鄉荷瑞茲（Jerez）北邊面對地中海的隆達（Ronda）山區，這片共有十五公頃、且只有七百公尺坡度的葡萄園，擁有極佳的採光與排水量，便開始種葡萄釀酒。而且，引進的葡萄種類除了西班牙著名的本地品種騰波拉．尼洛（Tempranilo）外，當然就是時髦的法國品種：卡本內．蘇維濃、梅洛，及希哈等。同時，既然要進軍頂級市場，本園也引進第一流的釀酒設備，包括使用全新的橡木桶。這一切都在一九九〇年開始進行。

本園生產各種波爾多式的混釀酒外，也特別從園區各處種植的小維多，手工挑出釀酒。這些都是出自經過了十年栽種期的葡萄樹，園方挑選完全成熟，但產量極少的小維多，並在全新法國橡木桶中陳放十二個月後，才釀成裝瓶。每年產量為一千箱（一萬兩千瓶）。

西班牙屬於釀酒的老世界。這款酒堪稱是老世界的「革命酒」。當我一看到是純小維多葡萄釀成，又在全新的法國橡木桶陳年十二個月，我的腦筋立刻閃現只有六個字：強勁、強勁、強勁。

果然，當我一打開這瓶二〇〇三年的安達魯斯，立刻嗅到一股強勁果味、焦糖、漿果，甚至稍帶著皮革及苦咖啡的氣息。深紫近黑的色澤，透露出它深不可測的勁道。我十分理智地把它放在一旁，直到兩個鐘頭後，我再度品試，終於體會了為什麼這一款能在二〇〇四年及二〇〇五年兩度在英國《品醇客》（*Decanter*）雜誌獲獎，及美國《酒觀察家》雜誌入選「推薦獎」（Selections）的小維多，之所以會受酒評家們所青睞的原因：強勁酒體、豐厚的果味、丹寧強烈但不突兀、整體口感厚重但不失遲滯，果然是一個均衡的重力道美酒。

當我搭配著熱騰騰的燒烤牛排，喝上一口已經舒展開來的小維多，收音機剛好傳來理查．史特勞斯的〈查拉圖斯特拉如是說〉交響詩，突然一陣定音鼓敲來，使得平順的旋律頓時劇力高張，音樂也顯得動人有力。我突然領悟了小維多的特性：它在波爾多儘管只擔任配角（定音鼓在管絃樂中何嘗不是？），但加入了小維多，使波爾多酒更具體力與風味，小維多豈非波爾多這個交響樂團中的「定音鼓」？

安德魯斯酒的誕生，應當給我們打破以往「葡萄階級論」的成見。我希望全世界的酒園，可以努力開發新的釀酒模式，讓本來只扮演「配角」的許多二、三線葡萄，能夠有發揮天份的機會。

11

澳洲巴羅沙河谷的八顆大、小「黑鑽石」

提到葡萄酒園，不論是否愛喝酒的人，腦海中都會自然地呈現出一片連綿不斷的酒園、枝蔓糾葛中垂掛一串串晶瑩透徹的白葡萄，或是嬌豔欲滴的紅葡萄，背景不外是藍天白雲，襯托出笑容滿面，及歡樂採收工作的葡萄農。不論是德國萊茵河或是法國的香檳、波爾多產區，甚至大陸吐魯番及青島平度山的中國兩大葡萄產區，都給人有這種「標準化式」的葡萄酒園印象。

這些主要是來自觀光促銷目的所散布圖像而產生的葡萄酒園印象，實際上和現實的葡萄酒園，有極大的差別。葡萄酒雖然是一個上帝賜與的絕妙飲品，葡萄酒業看似一個浪漫的行業，尤其是自從一九八〇年代中葉起，世界景氣的復甦，使得葡萄酒，特別是頂級葡萄酒的身價「一年數變」，從事酒業似乎是利潤最豐厚的一種新興及時髦的行業。於是乎，套一句毛澤東的名句：「引得無數英雄競折腰」，紛紛投入此行業。

這也可以說是世界葡萄酒市場在上個世紀所展開的一場「葡萄酒文藝復興」，他成功地將葡萄酒由老式的

「舊世界」（歐洲大陸）解放出來，創造出另一波充滿進取心及追求卓越的「新世界酒」。「新世界酒」主要指來自於美國、澳洲、紐西蘭及智利、阿根廷、巴西等南美洲酒。

本來，生產葡萄酒已有數百年歷史的歐陸老產區，對於這些新冒出來的酒，不外是懷抱著輕蔑、懷疑及無關痛癢的想法，認為這些「新世界酒」不會通過「時間之神」的嚴酷檢驗，沒有多久便會使萬丈雄心化歸為泡沫，正像歐陸一、兩百年來無數酒園所走過的老路一樣。

但是，三十年來「新世界酒」的發展，敲醒了老世界酒莊們的一廂情願之夢。新世界，尤其是美國與澳洲，能夠釀造出世界第一流的美酒，價錢甚至超過歐陸最頂級葡萄酒，還達到「一瓶難求」的程度。例如：美國加州成功產生出一批專門釀造「車庫酒」的酒園。這些標榜「絕對小規模酒園」——釀酒的場所只有一個車庫的大小；量少——年產量不過五千瓶上下；價昂——出廠價絕對不低於一百美元；以及絕對狹窄的通貨管道——只透過預定客戶名單銷售，並不舖貨到市面。加州的車庫酒變成了金錢遊戲，也成為投機倒耙者的獵物，這種酒也在兩三次轉手後變成了令人高攀不得的「膜拜酒」（Cult Wine）。美國酒的名氣大增，與這些「膜拜酒」的產生，有不可割離的關係。但這些酒是屬於金字塔最頂級的人所專用，所以千萬不要在歐洲知識份子階層的酒友面前「讚譽」這些美酒！您極有可能會遭到不友善的揶揄，甚至是冷漠回應！

而另一個美酒新天地的澳洲，情況就好得多了。少了鄰近有一個當年平均每一天會產生四位百萬富翁的矽谷，澳洲的美酒自然少掉了許多被這些「科技新貴」染指的危險，所以澳洲的頂級美酒就不會被爺們拱上了半天邊。這些頂級酒雖然每瓶上市價錢也在一百美元上下，但是還是屬於可以讓愛酒人士「偶爾為之」獲得的心動佳釀。

黑胡椒酒。

澳洲，尤其是南澳的巴羅沙河谷，便是獲得了全世界美酒欣賞者激賞的一個聖地。要是說起酒區的美麗，巴羅沙河谷近二十年來清楚地意識到，唯有結合大自然的美景，先進的旅遊設施，再配合當地適合產釀美酒的絕佳條件，便可以創造出繁榮的葡萄酒區。二十年來的努力後，巴羅沙葡萄酒園的自然美景，可以媲美德國萊茵河谷；酒店旅遊設施（包括搭乘熱氣球遊覽），不輸於美國加州的那帕谷；而星羅棋布近七十家的酒園，總面積約有六千公頃之大、每家都有古色古香或現代式的酒莊建築，彷彿又令人回到了波爾多的美多區，但是這裡還有上述世界各大產區所無的優點：氣候長年來相對的穩定及溫暖、海產及牛羊肉的種類豐富及便宜，而更不要忘記，這裡通行的是英文，遊客們講著蹩腳的英文，一樣可以受到本地熱情的酒農及商家們的歡迎。

所以，巴羅沙河谷成為世界上第一流的美酒天堂，甚至有「法國後花園」美譽之稱的法國羅瓦爾河谷，恐怕都要將「世界最美麗的產酒區」之桂冠，讓與巴羅沙河谷了。

要支撐起巴羅沙河谷美酒產區，一定要有幾個代表性的頂級作品，否則不會令人信服。巴羅沙河谷可以舉出五個頂級的酒莊，都是由本地著名的希哈葡萄所釀製出來的。

這五大名酒，分別是彭福園（Penfolds）的農莊酒（Grange）；漢謝克（Henschke）酒莊的恩寵山（Hill of Grace）；E & E酒廠的「黑胡椒」（Black Pepper）；投貝克酒莊（Torbreck）的浪威（Run Rig），以及杜瓦酒莊（John Duval Wines）的實體（Entity）。

彭福園的傳奇，應當是所有澳洲酒中最負盛名者。澳洲酒的名聲，也是靠著這個澳洲國寶級酒莊的台柱釀酒師馬克思．舒伯特（Max Schubert）所發揚光大，農莊酒便是被號稱為「南半球」第一支頂級酒。

繼彭福酒園農莊酒而起的是漢謝克酒莊的恩寵山，正是一八四〇年德國處於大革命風潮的動盪時代，第一批德國移民到巴羅沙河谷所創立的酒園，也因此葡萄樹游目所及都已超過百年。在一九五〇年代以後，本酒園專攻頂級酒。九〇年代以後，在各種評比上，都不輸農莊酒。再加上每年不過七千至一萬瓶的少量，連世界頂級酒最大市場的美國，分配到的進口量也常在五百瓶上下。因此迅速成為萬方收購的對象。

另外三款酒，近年來也逐漸地受到美酒品評家們的重視，絕對是澳洲酒的明日之星。首先登場的是E & E酒廠的「黑胡椒」。這是由一個名為巴羅沙河谷酒莊（Barossa Valley Estate）所釀造。本來這個位於河谷東北角的大規模酒廠，是本地區最早企業化經營的酒園，什麼葡萄都種、各種紅白葡萄酒都釀造，品質平平，是走中下檔次的路線。

但在九〇年代以後，酒園效法美國酒園的「以賺錢的平價酒供養可能賠錢的頂級酒」方針，推出了第一支頂級酒。他們找到了園中種植已超過六十年的希哈葡萄樹，這是每個酒園要釀製頂級酒所夢寐以求的樹齡。靠著雄厚的資金，酒莊可以採取十分嚴格的程序來採摘葡萄，往往十中取一，而且不惜重金由美國選購新橡木桶，存放兩年以上才出廠。這是釀酒師與酒莊共同的堅持與理念：追求強勁及結實的酒體。由酒名為「黑胡椒」，便可知道這是一款標準「男子漢」口味的酒，一定是濃稠口味，直爽的熱情酒。

這支酒濃厚、結實、充滿了熱帶漿果，且是熟透了的漿果，穿雜著新鮮木頭刨花特有的香氣，以及淡淡的胡椒的辛辣味，迅速地獲得了歐美品酒界的歡迎。

美國《酒觀察家》雜誌在二〇〇二年九月三十日曾製作一個介紹澳大利亞最頂級紅酒的專輯，由品酒師Harvey Steiman品評出四支最高分（九十五分）的澳洲紅，本酒園一九九八年份的「黑胡椒」即位居首位。但是，其八十美元的美國市價，比起同分的一九九七年份的「恩寵山」，美國市價高達兩百五十美元，相差兩倍之多，斤斤計較的美國飲家，怎麼不可能趨之若鶩？

台灣在千禧年那一年開始有消息靈通的酒商開始進口第一批一九九七年份的「黑胡椒」，我很幸運地購得了兩箱。迫不及待開瓶一試，立刻被辛辣的扎口味嚇著了，翻瓶一看，原來酒精程度高達十四點五度，眾酒友們紛紛懷疑至少有十五度以上，這瓶酒至少應當陳上十年，我遂將剩餘全數壓在儲酒櫃下層。

一不小心，六年過去了。接著我開始留意此酒，但一上市就被收購一空，原來是價錢問題。就以二〇〇七年夏天來說，我偶然在台北內湖的COSTCO賣場發現有售二〇〇三年份的「黑胡椒」，每瓶居然新台幣兩千元有找！比美國市價少了三成，我驚訝之餘馬上問個明白：原來這個跨國公司的COSTCO為了打響「提供全台最廉價名酒」的招牌，特別由美國總公司「調貨」，即不入美國海關直接來台，難怪有此令人心動手癢的價錢！

終於在二〇〇六年，在我一次造訪上海、由上海夏朵洋酒公司董事長闞光倫兄所召集的品酒會上，我們試了這款九七年份的「黑胡椒」。果然，這款酒已經褪盡了辛辣的火氣，漿果味仍存，但是加進了花香及陳木

浪威酒酒標。

所特有的檀香氣，果然優雅至極。一九九七年份的評比，比不上九四年份及九八年份，但已經令人十分難忘。

同樣在美國《酒觀察家》雜誌那期入榜四大澳洲紅的投貝克酒莊（Torbreck）的浪威，更是一款公認可以挑戰彭福園的農莊酒及漢謝克酒莊的恩寵山的另一款本地酒，甚至不少人稱這三款酒為「巴羅沙三劍客」。

投貝克酒莊的浪威酒，主要是遇到了世界每一個酒莊都夢想的貴人——美國大酒評家羅伯．派克的激賞及揄揚。園主包爾（David Powel）讀

完大學後便投身製酒業，在擔任釀酒師的二十五年內，遍訪歐陸及美國加州的頂級酒園，練就了一身釀酒的本領。一九九四年，包爾買下了幾個栽種超過百年葡萄樹的老園，於是掛上了「投貝克」的酒招。投貝克酒園最著名的是「浪威」酒。每一位第一次看到這個名稱的英國或美國酒客，都會納悶“Run Rig”是什麼意思？在英文字面上是找不到解釋，經詢問園主後才知道：原來園主在年輕時，如同紐澳一般青年的時尚，會到英國去打工遊覽。這是兩個英國移民國家對英國祖國不可理解、濃厚至極的「孺慕」之情。從二次大戰大批紐、澳青年為大英帝國效死異域，到最近澳洲花大錢打造豪華無比的「金馬車」貢獻給英女皇，都是例子。所以，紐、澳青年才會湧向英國打工留學，蔚為時尚。

包爾曾經到蘇格蘭一個名為“Torbreck”的林場打過工，日後便將酒莊以此為名；而在打工之餘曾到一個鄉下酒吧喝酒。當地有個業餘樂團“Run Rig”演奏，包爾也就把這個怪名字，用在新園的頂級酒之上。

「浪威」的葡萄都是以希哈為主，但為了中和希哈的濃厚及堅實的酒體，包爾仿效法國隆河谷的方法，加入少量較軟性的維歐尼耶白葡萄（Viognier）。葡萄酒會在七成新的法國橡木桶中存放高達三十個月，然後摻入醇化只有半年的威尼爾白葡萄酒後，才裝瓶上市。

「浪威」有極為濃厚的咖啡、柑橘、漿果、及花香。再加上維尼爾葡萄的軟化使得「浪威」酒有極為圓潤平滑的酒質，把希哈葡萄的優美特點展現無遺。無怪乎，九五年第一個年份上市後，派克立刻給予了九十五分的高分，而後分數每年遞升，例如：

一九九六年九十六分、一九九七年九十八分、一九九八年九十九分、一九九九年九十七分、二〇〇一及二〇〇二年各九十九分。上述亮麗的成績，幾乎可以斷定：「浪威」酒摸清派克大師脾胃。在市場上，自一九九七年份評為九十八分後，浪威酒已經變成可遇不可求的美酒。

美國《酒觀察家》雜誌在二〇〇二年九月三十日，也把一九九九年份的浪威酒評為九十五分，與恩寵山及黑胡椒並列，市價為一百四十美元，僅次於恩寵山的兩百五十美元。年產量約為八千瓶，美國每年進口僅八十箱，不足一千瓶。

我在二〇〇二年十二月中，在德國柏林市與好友柏林自由大學教授熱克博士初次品嚐一九九八年份的浪威，強勁且優美的酒質，令人心神為之一振。二〇〇六年的秋天，我的一位老友賀兄剛購藏了一批本莊投貝克酒。其中有一、兩箱二〇〇一及二〇〇二年份的浪威酒，我們數次一起品嚐這兩款接近滿分的浪威酒。當時正值秋月皓空、陣陣清風徐來，賀府在花園中烤牛肉佐搭此兩款浪威。中國式的烤肉習慣以醬料與大蒜先醃浸。如此一來，紅酒的口味如不夠豐厚（特別是蒜味為美酒之敵！），即會被「壓死」。幸好浪威夠雄壯，讓我們虛驚了一場。

值得一提的是：投貝克酒莊不僅是浪威酒「獨領」風騷，本園還有極為優秀，甚至可以列入頂級酒的二軍酒。其中有仿效浪威的「後裔酒」（Descandant），是由釀造浪威酒的老葡萄樹接枝，葡萄酒會在醇化浪威酒後的二手橡木桶中存放一年半。一九九七年份的「後裔酒」也獲得了派克九十六分，以後每年徘徊在九十三至九十八分不等。另外，還有「菲特園」(The Factor)，「史都怡園」(The Struie)及「史提丁園」(The Steading)，都是絕對具有一流品質的好酒，同樣獲得派克至少九十分以上的高分。所以，投貝克酒園旗下支支強棒，恐怕只有加州的「哈蘭園」及辛寬隆(Sine Qua Non)酒莊能有此能耐。

杜瓦的「實體」酒。

最後一個巴羅沙新秀的誕生，絕對是各方所矚目的人物，而且這個酒園的出現是早在大家的預料之中，且長達近二十年的期待。這便是杜瓦酒莊(John Duval Wines)。

杜瓦酒莊的創始人約翰．杜瓦，本身也是一個傳的人物。出生於澳洲釀酒世家，杜瓦從小耳濡目染，對釀造美酒早已了然在胸。大學畢業後便到巴羅沙河谷擔任釀酒師，並在彭福酒莊大釀酒師舒伯特處擔任助手。自一九八六年起，便由杜瓦接任彭福首席釀酒師的職位並全權負責釀造農莊酒。杜瓦已經成為澳洲第一釀酒師了。

我曾在十年前與他見過一次面。一九九八年五月初他來台北向各界推薦彭福酒，剛於五月一日推出的頂尖夏多內白酒「雅他那」(Yattarna)，對他溫文儒雅的談吐，留下極佳的印象。

擔任舒伯特大師的接班人，固然是個人的榮譽，但如何維持大師的聲譽於不墜，特別是在世界頂級酒紛紛冒出，一不小心，一個年份釀出了爛酒，數十年來的好酒名譽將毀於一旦。所以，杜瓦兢兢業業了十三年，讓農莊酒的名氣越來越大，舒伯特大師在天，也會含笑九泉無疑了。

二〇〇〇年後，杜瓦決定趁彭福酒園易手的時刻，自立門戶。他找到幾位多年的老友共同合作，朋友們負責去巴羅沙河谷到處尋找栽種老葡萄樹的園地，收購葡萄，由他負責釀酒。終於在北巴羅沙河谷找到了幾個小園區，種有超過六十年的各種葡萄。於是在二〇〇三年，杜瓦園推出了第一款酒「網絡酒」(Plexus)。

網絡酒的酒標是一個圓形中有個三角形，三角各寫著「S、G、M」，原來這款酒是由希哈及格瑞納希及慕維得爾(Mourvedre)等三種葡萄釀成，採用傳統的發酵法，在木桶中發酵。他只用了百分之十八的新桶，在各桶醇化過程後再混合，一共醇化十五個月才出廠。屬於中量級的頂級酒口感，也有相當濃烈的果香味和極為中庸的單寧。派克給予了高達九十四分的佳績。

隔年，杜瓦乘勝追擊推出了全由希哈葡萄釀成的「實體」酒。實體酒會在百分之四十七的法國新橡木桶中，其餘的在兩年至四年新的法國及美國的橡木桶中醇化十七個月。在大師的巧手調配下，可以感覺到非常芬芳的咖啡、漿果、皮革等，屬於十分優雅的希哈酒。比起巴羅沙其他四款，屬於重口味、入口後會令人目眩耳鳴的震撼，但杜瓦的「實體」酒，確有令人明目啟聰的感動。大師的出手，果然開啟了澳洲希哈酒的溫柔面貌。

與實體酒一起上市的，是它那平實的中等價位路線。杜瓦全球只銷售澳洲、美國、英國、瑞士、紐西蘭及香港等六個地區，顯然充分信賴自己的人脈。實體酒在英國上市只有二十英鎊。二〇〇四年份的實體酒在去年香港上市後，售價不過四百五十元港幣，而同時上市的二〇〇三年份法國拉菲堡售價則高達兩千七百元港幣，便可知「實體酒」果然是一款令人心動的「平實頂級酒」。

我記得在香港彌敦道一個酒窖初次看到此酒，漆黑沉重的酒瓶，以及整張酒標裹住酒瓶，讓我以為這也是屬於一款澳洲最頂級的「克勒雷登山」（Clarendon Hills）的「星光園」（Astralis）。杜瓦酒的外觀，令人過目不忘！我當下把僅剩的四瓶全數買走。

巴羅沙河谷的希哈葡萄，色澤深紫近墨，口味紮實、強勁，一望即知乃成長於貧瘠大地，困難環境下的葡萄所釀成。其具有果味高雅，酒體澎湃、具有富貴氣，也與可稱為美國「最頂級希哈酒」的加州辛寬隆（Sine Qua Non）酒莊，有截然不同的氣質。我曾經品嚐過派克評為一百分的二〇〇二年份之「就是因為喜歡它」（Just for the love of it），二〇〇四年份的「撲克臉」（Pocker Face），以及評為九十八分的二〇〇三年份的「爸爸」（PaPa）希哈酒，都會「震驚」到極濃烈的甜度，和澳洲希哈酒的內斂厚實，各擅東西完全不同。希哈美酒滴滴豔紅耀人，我將這五款令人心動的希哈酒，譬之為「巴羅沙五顆黑鑽石」，不知各位美酒的愛好者，尊意以為如何？

再記

巴羅沙河谷的三顆「小黑鑽」

俗語說：紅花要綠葉來陪襯。女士們也知道，鑽戒鑲上了一顆亮晶晶的「主鑽」，還需要一些小鑽來堆聚出主鑽的光輝。「主鑽級」的酒園亦然。寫完了〈巴羅沙河谷的五顆黑鑽石〉後，意猶未盡，手癢之餘，再增寫三顆「小黑鑽」。

第一顆：羅夫賓德酒園的「海因利希酒」

時逢二〇〇七年九月十八日。九月十八日在歷史教科書上，這是一個令中國人傷心的日子。在台北當天，因為颱風來襲，台北人也日子不好過。不過對我們幾位愛酒的幸運者而言，當天也是「澳洲颱風」來襲：因為著名的羅夫賓德園主來訪，中午要請我們品嚐他的幾款得意的希哈紅酒。

當我看到羅夫賓德先生（Rolf Binder），我彷彿曾經在哪裡見過。我費了好一大勁的回想，連上的前菜都食不知味，終於想起他曾經是澳洲「真理酒園」（Veritas）的園主。我立刻詢問他和真理酒園的關係，原來，羅夫賓德把原來真理酒園，改為以自己的名字為園名。因為在美國早已有了同樣的酒園。

這也要怪那麼有名的一句拉丁酒諺「酒中存真理」（in vino veritas），使得歐美所有的酒區，都會有使用拉丁文「真理」為園名的酒園。

由「賓德」是德國姓可知，這個在一九五五年便成立的酒園是德國後裔，同時園區所在的澳洲南部巴羅莎河谷，也都是德國移民最多的地區。羅夫的爸爸在二次大戰前是一位化學家，在一九六〇年代以後開始擴大園區規模。一九八二年開始，羅夫學習了釀酒，而後逐漸地在九〇年代以後接下了園務。本園最得意的是以一九七二年開始栽種的希哈葡萄，都已經到達了生命最光輝的時期。

海因利希酒

本園最得意的兩款以希哈葡萄為主的小園產品：海因利希（Heinrich），乃英文的「約翰」，以及海森（Heysen），都是典型的德國名字。這兩園的產品會在全新的橡木桶中存放至少一年半以上，釀造出來的果味無比的強勁，年產量約翰園為三千六百瓶，海森為其一倍。派克對本園是毫無保留的讚賞，並認為具有足以打敗被號稱為「南半球第一紅」的彭福園之農莊酒，評分之高也令人意外。例如一九九六至一九九八年份為九十七、九十七、九十九。一九九九及二〇〇一年較差，「只有」九十二分，但二〇〇二年又回到九十八分。至於海森園稍差，但也都有九十分以上，間有九十六的高分，例如一九九七、一九九八年份。

颱風夜我們品嚐的為二〇〇一年的「海因利希園」。果然深紫色的酒汁，酒體極為紮實，口味極為濃厚，有極為特殊的青草、巧克力、以及乾果味。的確十分迷人。當我們酒酣耳熱時，曾有酒友詢問賓德先生，何不攜帶分數更高的年份來台北？誰知賓德先生做了一個鬼臉：他要我們期待他下次的來訪。沒想到，這位壯實、面色紅潤，看似釀酒工人或是酒農，勝過釀酒師、品酒師的園主，也會有如此得體且中肯的外交辭令功夫，頗令人刮目相看。目前一瓶海因利希酒的上市價也早超過一百美元。相信一定已經吸走了許多彭福園「農莊酒」的忠實支持者。

第二顆：格林諾克酒園的「倫飛路」

同樣出自澳洲南部的巴羅沙河谷，一九八二年有一位麥可．沃（Michael Waugh）把握了現代品酒界喜歡吹毛求疵的「單園釀造」風潮。

當他發現老園區有一批已經有六、七十歲的老希哈樹種，於是就將這些總共二十公頃，分散成八個小園區的葡萄分別釀造。結果，一下子就獲得了澳洲酒評界的激賞，每年產量只有兩萬五千至三萬瓶不到，平均下來，每個小園區不過兩千至三千瓶不等。這些不同小園，雖然葡萄年齡不同，但園主妥善地運用新舊木桶的醇化方式，使得每個園風味各異，引得澳洲品酒界如痴如狂，並且不少酒迷每年份以收集「整套」

本酒園的作品為樂事。而派克給的分數也經常超過九十五分以上，如果說本園是派克最垂青的澳洲酒園之一，絕不為過。

本園的最精采作品，則是「倫飛路」（Roenfeldt Road），這是一個只有一公頃半的小園區，一九八四年，第一個年份出產時，以全部採自已有七十高齡的希哈葡萄樹所釀成，而每公頃只採收不到兩公噸的果實，一年不過兩千五百瓶上下。

「倫飛路」會在全新的美國橡木桶中醇化長達三年之久，裝瓶後再陳放兩年後才上市。所以當然都是香味濃郁，口感極強。喜歡重口味的派克在一九九五至一九九八年份，分別給了兩次的一百分及九十八分。

二〇〇七年仲秋，一位同好邀我品試他特地由澳洲寄回幾瓶二〇〇四年份本園的幾款佳釀。我特別玩味倫飛路很久，剛開始會有些獸皮、巧克力的濃烈口味，花香味不強，不過持續力甚為驚人，三個鐘頭後仍然維持強勁的口感，只不過剛開始時有一點點苦味及酸味會消失，轉而有淡淡的太妃糖的味道。一瓶酒能夠在三個鐘頭內改變口感與味覺，達四、五次之多，真可謂「千面女郎」也。

第三顆小鑽：聖哈雷特酒莊

這是一顆小而美、只「香在門內」的小黑鑽。為什麼「香在門內」？因為這款酒只在澳洲當地的葡萄酒與美食專業雜誌獲得高度的評價，例如在最有權威的澳洲《企鵝葡萄酒導覽》，二〇〇九年版給予四點五顆星的評價。蜚聲國際的《國際酒與烈酒》雜誌（*International Wine & Spirit*），也授予本園二〇〇四年的「年度酒園」大獎。

這個在一九四四年由林德（Linder）家族創設的酒

格林諾客酒園的倫飛酒。

園，擁有一個七百公頃的土地，澳洲果然土地不值錢！這塊土地上共有兩百個小酒園，混種各種紅、白葡萄，並以三個酒園為名，例如：老園區（Old Block）、信念區（Faith）以及布萊克威爾區（Blackwell）。其中最值得稱頌的是老園區。老園區裡栽種的希哈葡萄，可以上溯至一九一三年，且現在仍源源不斷的結出纍纍果實。當然也有陸續栽種新葡萄，但都是至少已有六十年以上，是標標準準的「老祖父」葡萄樹。現本園已被澳洲四大酒類集團之一的Lion-Nathen所收購，這個集團手下還擁有另外五家都是十分成功的酒莊，例如：Petaluma酒莊釀造出第一流品質，但價格十分合宜的夏多內；以及曾經屢獲大獎，也可以稱為澳洲經典希哈酒的Mitchelton酒莊。Mitchelton酒莊所釀製的Print Shiraz，色澤濃厚、咖啡夾雜著櫻桃與梅子香氣，十餘年前初次進口台灣，已被飲酒界視為足以和彭福酒莊的Bin707一拚高下的搶手貨。

聖哈雷特酒莊之老園酒。

在財大勢大的新當家大力挹注下，聖哈雷特酒莊可以花下鉅資來改善釀酒設備，以及給本園最珍貴的百年老葡萄樹，提供最好的照顧。

這是澳洲葡萄產區最大優點所在，許多在十九世紀以來，都有葡萄園廢棄後，園主沒有剷除老根，讓這些生命力特強的希哈葡萄樹，能夠自生自滅，延續至今。等到下個世紀八〇年代，世界頂級葡萄酒消費市場勃興，人人找尋「老藤」，澳洲各荒郊野外的老廢園又被人家當寶貝一樣般地「發掘」出來。這也是其他各個新興葡萄酒產區，所令人欣羨之處。提到這裡，我不禁想到過去曾兩三度去拜訪大陸山東青島市平度的大澤山葡萄酒產區。本來那裡種有非常優良的麗絲玲以及夏多內白葡萄，釀出相當可口與道地的白酒。無奈十年前吹起的紅酒熱，讓當地果農幾乎將白葡萄樹苗盡數砍除，改栽紅葡萄。看到已經長到碗口粗的樹幹，理應是葡萄品質最好，開始步入黃金歲月，而且可長達三、四十年的黃金歲月的葡萄樹，變成燃料用木，讓不少品酒客傷心地想落淚。

這也是中國大陸土地珍貴，每位果農擁有土地有限，人人也只能計較眼前利益。將心比心，我們也不能夠苛責這些賺取辛苦代價（每一公斤釀酒用葡萄收購價不過二十至三十元新台幣而已）的果農吧！

老園區的希哈酒成為聖哈雷特酒莊的旗艦作品，一上市在澳洲當地收價約為五十美元，是「布萊克威爾」酒的一倍，也是「信念」酒的兩倍價錢。但在美國市場上，老園區酒便漲到七十美元。年產量只有五百箱，六千瓶上下。

我不久前剛品嚐到二〇〇五年份的「老園區」酒。我的第一個反應是：停下來、再喝一口。不得了的Creamy！好香的乳香味，夾雜著咖啡、花香、入口後非常溫柔的丹寧及淡淡的甜味，優雅迷人。尤其是深紅色的誘人色彩，濃稠的果漿味又不扎口，實在是第一流的好酒。據聞這瓶酒年產量不過六千瓶，在台灣一年只進口一百至兩百瓶間，市價訂為新台幣兩千五百元。如果以這個價錢來購買布根地酒，只能購得頂級酒莊的鄉村酒或是普通酒莊的一級酒而已。我希望哪天有機會，再為我的酒窖增添幾個年份的老園酒，讓我多享受幾次澳洲百年老藤的誘惑！

總而言之，這些「小鑽級」的巴羅沙美酒，至少可以陳放二十年以上，酒友們不要擔心，時光只會增加這些美酒鑽石的光彩吧！

12

具泱泱大園氣派的澳洲太陽神酒

當我第一眼看到一個黑色酒瓶上面一張上白下黑的酒標，白色酒標中間以簡單的筆法畫了一個大眼睛，我馬上聯想到這是埃及象形文字中常出現的一個符號。我腦中不由得作出了預測：這八成是一款剛在埃及釀造成功的葡萄酒。

這一、二十年來，葡萄酒在世界酒市的大發利潤，使得許多原來生產生食葡萄的國家，也紛紛改種釀酒用的葡萄，來獲得更高的經濟收益。就在葡萄酒發源地的中東地方，以色列已經將以往不毛之地或是戰爭警備地區，開闢成一畝畝的葡萄園。目前也已有了數百家酒莊，產品受到美國猶太社團的鼎力支持，在美國市場到處可見。

另外一個中東國家黎巴嫩，近年來雖然飽受戰火的蹂躪。但是，拜交通上位居聯繫樞紐與社會的開放，近年來也能釀出進軍世界美酒市場的好酒。我曾在英國倫敦進修時，多次在當地黎巴嫩餐館品嚐到號稱「中東第一」的「慕沙堡」(Chateau Musar)，總覺得滋味平平，口感較濃烈粗獷。佐配阿拉伯烤羊排倒也不差。不過，想到這個昔日有「中東小巴黎」之稱的美麗城市，如今長年陷於內戰戰火，到處斷垣殘壁。如果多幾家類似慕沙堡來提振被稱為「中東美食代表」的黎巴嫩酒食文化，倒也是美事一件也！

當我拿到酒瓶細看，原來這是澳洲鼎鼎大名班・格萊策（Ben Glaetzer）所釀造出來的「太陽神」（Amon-Ra）。提到班・格萊策，就會令人想起澳洲巴羅沙河谷的格萊策（Glaetzer）家族。

由名字可知，這個家族和巴羅沙河谷許多著名的酒莊主人，例如：漢謝克酒莊（Henschke），都是德國後裔。格萊策家族就是在一八八八年由德國柏林移居到南澳，爾後這個家族在各地酒莊工作，三代人累積了釀酒的知識，直到一九八五年當家的柯林・格萊策（Colin）與他的孿生兄弟約翰・格萊策（John）、柯林的太太與兩個兒子（其中一個便是班・格萊策），一家五口都是釀酒師，在巴羅沙河谷東北角找到了一塊極為乾旱的老園區。不久，本酒莊推出以樹齡超過六〇年的老株希哈葡萄釀造的「E & E」品牌。馬上打出了巴羅薩河谷「第一新秀」的名聲。這便是「巴羅沙河谷黑胡椒酒莊」（Barossa Valley Estate Black Pepper）。

格萊策家族釀酒有一個簡單的哲學：有好果園才能釀出好酒。同時，越老的果樹越能釀出口味紮實、果香濃郁的好酒。所以，柯林便將重心放在巴羅沙河谷，因為這裡自從

百年老希哈的粗厚藤幹（酒廠提供）。

一八四七年開始，就有許多德國移民，世代在這裡栽種葡萄。而且，這些多半為保守重傳統，以及節儉成性的新教徒移民，不太會動輒砍掉祖先親手栽下的葡萄樹。所以，不難找到理想的老株葡萄樹。

隨著「巴羅沙河谷黑胡椒酒莊」的成功，格萊策家族打算以其家族的名義成立一個新酒園，他們在巴羅沙河谷西北角的艾奔尼哲（Ebenezer，也是德國名字）河谷，相中了一塊老園區。一九九五年「格萊策酒莊」開始掛牌運行。釀酒的重任便交給了柯林的兒子「班」來負責。

班所中意的這些希哈老藤，樹齡平均都在八十到一百一十歲左右，產量極低。最老的藤，每公頃採收量不過一千至一千五百公斤左右；最年輕的葡萄樹，可望達到五千公斤上下。即使後者才達到當地年輕力壯葡萄平均產量的一半左右。班把採收的葡萄經過嚴格挑選，在不銹鋼的壓榨桶榨汁後，導入在法國或美國的橡木桶中發酵。而後，在新的橡木桶中醇化一年至一年半左右。一九九六年年底，本園開始推出代表格萊策家族釀酒精神的葡萄酒。

目前格萊策家族酒是以希哈葡萄為主打，位於四款葡萄酒最頂尖的則為「太陽神」（Amon-Ra）。酒標上的「大眼睛」正是希臘神話的「大地之眼」，「太陽神」是埃及中王國時代，廣為崇拜的神，也是屬於「萬神之神」。埃及的法老是此神的人間代表。「大地之眼」按照希臘的神話，代表人的六種「知覺」，分別是：觸覺、嚐覺、聽覺、思覺、視覺及嗅覺。班把這六種知覺，用在酒標上，大概便是要強調這款酒可以滿足品嚐者的六種感覺。

果然，這一款濃郁萬分的希哈酒，很快地獲得了品酒界的讚賞。以喜歡強勁果味、澎湃果體著稱的派克大師，在品嚐了二〇〇三年份的太陽神，給了九十六至一百分，甚至嫌這個九十六分太保守，裝瓶後可能可以「破百」！二〇〇四年份，比二〇〇三年更好，可以逼近百分。派克用了很誇張的用語：「太陽神的香味，可以延伸到世界的盡頭！」看樣子派克可以冠上「語言魔術師」了！

另外，被稱為「澳洲酒的派克大師」的詹姆士・哈樂迪（James Halliday），也在二〇〇六年五月的英國《品醇客》（*Decanter*）中文版雜誌上，刊載一篇〈令人感動的澳洲酒〉，哈樂迪將全澳洲兩千二百家酒莊中，選擇了列一百七十二家酒莊，從中挑出八家「最令他感動的澳洲酒莊」列為最高的五顆星。哈樂迪由澳洲八個最重要產區，各挑一家來代表，結果在巴羅薩河谷，便挑中了太陽神。這「澳洲八大代表作」芳名榜如下：

1.Voyager Estate酒莊（Uargaret河谷）

2.Doug Balnaves酒莊的「The Talley Reserve」級（Coonawarra河谷）

3. Wirra Wirra酒莊的RSW希哈酒（Mclaren河谷）

4.格萊策酒莊之「太陽神」（巴羅沙河谷）

5.Jeffrey Grosset（Adelaide山丘）

6.Jering Station（Yarra河谷）

7.Capercaillie酒莊（獵人谷）

8.Howard Park（大南方產區）

可惜這些酒幾乎沒有幾款進口來台。台灣品酒水準與多樣化方向，還有很大成長的空間。

哈樂迪認為太陽神具有黑莓、巧克力、橡木及成熟單寧味，如「瀑布般注入口中」。由於酒精高達十五度，哈樂迪因此建議不妨找八位好友

圖中為太陽神酒，圖左為清朝八品文官（相當於縣政府一級主管，例如教育局長）鵪鶉補子；圖右清朝三品武官（相當於少將官階）老虎補子。這兩款補子是我最喜歡的彩繡釘金款式，乃清朝末年最正統、最燦爛光輝的章補。

一起分享這瓶酒，而後配上一大厚塊烤後腿牛排。這段敘述已經把太陽神的勁道，完整地敘述出來了。

除了太陽神外，格萊策家族另外三款酒分別為：安娜蓓瑞娜（Anaperenna）、比秀（Bishop）及華利司（Wallace）。

安娜蓓瑞娜取名羅馬古代的「新年女神」，相傳羅馬人在每年過年時，會向這位女神奉獻美酒以祈禱來年的健康、幸福。這款酒是以希哈葡萄為主，加上三成的卡本內．蘇維濃，標籤用的符號，象徵日出、萬物的茁壯成長與生生不息。這款酒口味也是濃郁至極。在二〇〇六年之前，則是使用「至尊」（Godolphin）的艱澀品名。

至於另外一款純希哈葡萄釀製的「比秀」酒，及希哈葡萄與格瑞納希葡萄混釀的「華利司」酒，則屬於量販級的紅酒，價錢便宜，人人購得不會心痛。

格萊策酒園這四款酒的產量都不高，分別為一千六百箱、兩千五百箱、兩千五百箱及八千箱。至於價錢方面，以二〇〇五年份為例，在美國的市價（二〇〇〇七年年底為準），分別為七十五美元、六十美元、四十二美元及二十一美元。相較於派克給予的高分，美國《酒觀察家》雜誌評給二〇〇四年份太陽神為九十二分。算是中上標準

格萊策酒園的太陽神，一年一千六百箱，共兩萬瓶上下的產量。其中一千箱，約一萬兩千瓶是專供美國市場出口之用。因此，即使在澳洲南部的阿德雷德（Adeleide）產酒重鎮，也不容易找到這款酒。

當我收到進口商寄來的申購單，知道格萊策酒園願意割愛少量配額，

來試試台灣的市場反應，我毫不考慮就購藏了幾瓶二〇〇五年份及二〇〇六年份的太陽神，以及二〇〇六年份的安娜蓓瑞娜。

上週末，我便趁在歡迎兩位德國法學教授之機會，分別試了二〇〇五年份的太陽神、二〇〇六年份的安娜蓓瑞娜，以及一九九八年份的E & E黑胡椒山，我之所以選擇這款已達到成熟適飲的一九九八年份「黑胡椒山」，也是屬於老株希哈葡萄酒，乃是想比較一下格萊策酒園主人在這十年內，有沒有變化釀酒的風格。

太陽神在開瓶醒酒兩個小時後，仍然有嚇人的暗黑、深紅的色澤，由於沒有經過過濾的緣故，酒體感覺到有濃烈的雜質。果味如同哈樂迪所說的，是充滿了黑莓、巧克力的濃香，還聞不出優雅的花香味道。但令人印象非常深刻的是，當晃動酒杯時，感覺上酒液「似乎」不願意隨著晃動！彷彿這不是由葡萄汁，反而是由「葡萄果醬」所釀成。無怪乎酒體是如此的濃稠。我們嚐了一口後，彷彿嘴唇都要被膠黏住了。這款酒絕對不可以在十年內飲用！

至於，安娜蓓瑞娜的酒體、丹寧就要溫和得多了，除了希哈葡萄特有的濃厚果味外，還可以嚐到太妃糖果味、以及淡淡的花香。是一支頗為討喜的好酒。至於，已有十年之久的「黑胡椒」酒，則顯現出優雅的深紅色澤。尤其在醒酒一個小時後，深深的果香，入口回甘與回香，處處令人驚豔，當年能獲得澳洲、美國酒界一致的讚賞，果然名不虛傳。班的父親，也就是老柯林先生，即是因為釀造出「黑胡椒」的成就，被澳洲酒市稱為「巴羅莎男爵」！這是仿效法國酒市尊稱木桐．羅吉德堡（Chateau Mouton

Rothschild）堡主菲利普男爵為「波爾多男爵」，這種稱呼是給予一位釀酒師最高的稱謂。

當我看到這濃稠至極的酒體，似乎由果醬釀造而成的太陽神，心中不免狐疑：難道班是利用「離心抽水機」，把葡萄汁的水分排擠出來？這在釀造濃縮果汁，經常運用的「脫水設備」，早已在一些二、三流的酒莊中被作為提升品質的「祕招」。不過，我還是相信格萊策酒園會堅持釀酒人尊重大環境、小風土的傳統與格調，這也是我們為什麼每當發現一款傑出美酒誕生時，都要不嫌麻煩地探索其成功的歷程，以及其催生者的主要理由了。

〔藝術與美酒〕
葡萄收穫時：這是法國布根地某個酒廠的壁上，裝飾的磁片嵌拼藝術。身穿古代服裝的農夫正在採收葡萄，由手持鐮刀可知是以中世紀的葡萄採收為藍本。

13

義大利托斯卡尼升起的一顆明星

歌雅酒園的最新傑作

某年夏天我有一趟義大利酒莊之行，首站是義大利的米蘭，自然第一個應該拜訪的酒莊便是皮孟地區（Piedmont）的歌雅酒莊。我於是寫信給莊主安其羅．歌雅（Angelo Gaja），他回信表示熱烈歡迎，並要我一起分享新釀出來的托斯卡納新酒。

提到歌雅（Gaja）酒莊，每一個飲家，腦海中一定會浮出這個位於義大利西北角最著名的葡萄酒產區：皮孟的「天王酒莊」，旗下所生產的每一支酒，都是第一流的品質，以及高得令人咋舌的價格。就以號稱「歌雅三傑」的提丁之南園（Sori Tildin）、聖羅倫索之南園（Sori San Lorenzo）、以及柯斯塔盧西（Costa Russi）為例，這三個酒園二〇〇一年份的佳釀，在二〇〇六年初上市後，美國葡萄酒權威的《酒觀察家》雜誌，便給這三款酒分別高達九十五、九十六、九十五的高分，這也是該年份各評比酒中分數最高的。美國市場也十分捧場，三款酒市價都是三百五十美元一瓶。

而長年來，在皮孟地區也被認為是最頂級酒的傑樂托（Ceretto）的羅西峰頂（Bricco Roche），評價雖也不差（九十三分），售價只及前者一半（一百八十美元）。即使在本園屬於二軍級的「懷舊」(Sperss）及卡泰沙（Conteisa)，市價也都達兩百美元，及獲得九十三的高分，便可以看出來歌雅酒莊的天王地位。

也是拜法國波爾多木桐堡在一九七八年與加州的羅伯・孟大維（Robert Mondavi）合作釀製「第一號作品」(Opus One)，引起銷售的熱潮，合作雙方財源廣進的先例之賜，以後重量級酒莊紛紛跨國合作設廠，形成一股風潮。例如：木桐堡與智利的老牌Conchay Toro所生產的Almariva（一九九六)，孟大維與智利的Errazuriz酒莊，生產的西娜（Sena，一九九五)，都是例子。而在義大利本國內，也有「跨區」釀新酒的舉動，最明顯的是釀製傳統香蒂（Chianti）以及引進波爾多葡萄品種，開創釀造「超級托斯卡尼」風潮的安提諾里酒園（Antinori)，也在一九九五年進軍被評為義大利僅次於皮孟的孟塔西諾（Montalcino)酒區，釀造出極為出色的「葡萄山原」(Pian delle Vigne)。

一九七九年年份的歌雅提丁之南園。

既然歌雅酒莊在皮孟地區已經是獨霸一方，何時這個酒莊雄才大略的莊主安其羅・歌雅會擴張歌雅帝國的版圖？早已是愛酒人士心中的疑問。一九九四年歌雅先生終於「牧馬南下」插旗孟塔西諾。

歌雅酒園為什麼沒有如同木桐堡或是孟大維酒莊一樣，想到美國或是人工較便宜的智利去設廠，將酒莊事業國際化。反而選擇到已經不缺歷史名園、且土地價錢不菲的托斯卡尼去開創新的釀酒生涯？為解決這個疑惑，最好請益於酒園園主。剛好在我服務的單位有一位義大利西西里大學的博士研究生歐陽永樂先生（Manuel Delmestro），為了讓歌雅先生能暢所欲言，我遂借用他的義大利文，和歌雅先生聯繫。

兩年前歌雅先生訪問台北時，我和他有一面之緣。當他看到我送的拙

歌雅先生手中捧著作者贈送之兩本拙作。

著《稀世珍釀》新版，是以一九七九年份的提丁之南園作為封面，他十分高興。因為一九七九年正是他的愛女歌以雅（Gaia）出生的年份，這位長女頗得乃父的真傳，目前已經掌管部分業務，日後大概有接班的準備。滿臉笑容的歌雅用標準義大利人熱情的擁抱及口吻說道：他將好好珍惜這本具有「巧合」紀念價值的酒書。

所以，當他收到我詢問的來信，立刻毫不保留地告訴了我這個新酒園產生的過程：

原來早在一九八九年三月，羅伯．孟大維便和歌雅先生聯絡，提議要成立一個名為「歌雅及孟大維」酒莊。收到提議後，歌雅先生評估了一下雙方的狀況：歌雅自認是一個只擁有一百公頃的園地，年產三十萬瓶的葡萄酒的「老酒匠」（artigiano del vino）；反觀孟大維酒廠卻是一個年

產一千兩百萬瓶的工業型大企業。所以，歌雅感覺上便認為一是蚊子、一是大象。但是，孟大維認為這不成問題，大家可以成立一個二十或五十公頃左右的小酒莊開始合作。歌雅當時沒有明白拒絕，只是以「考慮、考慮」作為答覆。一九九一年十月份，孟大維先生邀請歌雅先生到紐約正式討論合資設園之事。歌雅先生雖然已經打算回絕此合資之提議，但仍依約到達紐約。結果，孟大維先生不僅攜帶助理到場，還外帶兩位律師同來。歌雅先生在信中提到「律師」這個用語，居然用大號的字體、外加五個驚嘆號！可知歌雅先生的極度不悅。

歌雅先生雖然一再表明他相信孟大維先生是一個紳士，這個舉動不會有什麼惡意，且孟大維先生認為可以透過雙方平等的基礎上來共同設園，並提到在義大利設一個酒園，是他終生的夢，希望透過雙方互補的優點，可以達成他的夢想。歌雅先生的回答更絕：雙方合資設廠，就彷彿是男女結婚般，性愛很重要的。歌雅先生與孟大維先生結合，「就彷彿是蚊子與大象在做愛一樣」，大象可以很快樂，但蚊子要付出的代價太危險了，可能會被壓死。所以，雙方合資之議，就到此告吹。

在回絕了「大象」的提議後，歌雅先生便開始考慮了自己在義大利國內擴張版圖的計畫。因為在一九八〇年代開始，歌雅酒莊以產三十萬瓶的產能，已經遠遠不足以應付國內外市場的需求。因此，家族內也有發出要求擴大酒園的規模的聲音。歌雅先生極力反對，他認為一旦擴充酒窖的產能，一定會使品質降低，所以他說服了家族成員，維持酒園現狀，避免任何造成波及酒園聲譽的風險。

而替代的方案，便是到另一個優良的酒區，也就是托斯卡尼去開闢一個新的天地。歌雅先生認為，既然托斯卡尼地區能夠出現那麼多家最優秀的酒莊，例如貝昂地．山弟（Biondi Santi）、薩西開亞（Sassicaia）等，只要善用歌雅酒莊在皮孟的成功經驗，一定可以在托斯卡尼再獲佳績。因此，一九九四年歌雅先生終於在著名的孟塔西諾（Montalcino）地區買下了十五公頃的園區、另外也在薩西開亞園區不遠的波格利（Bolgheri）地區購得另外的六十公頃土地，除也種植了本地種的山吉歐維列（Sangiovese）葡萄外，主要的還是波爾多的葡萄種，歌雅先生是朝著釀造「超級托斯卡尼酒」的意圖，再也明顯不過了。歌雅先生的托斯卡尼酒園，終於在二○○○年開始釀造。共分三個酒園：

第一：馬坎達園（Ca' Marcanda），位於托斯卡尼南方，本是種植水果及橄欖的果園，夾雜若干小葡萄園。由於離海不遠，潮濕的水氣、白土與褐土交雜的石灰岩與卵石與充足的陽光，讓此地新種植的波爾多葡萄長得十分壯碩。馬坎達酒以百分之五十的梅洛、百分之四十的卡本內．蘇維濃，以及百分之十的卡本內．弗朗（Cabernet Franc）為比例，會在幾乎全新的橡木桶中醇化一年半後，再裝瓶陳放一年後才上市。年產僅有兩萬六千瓶。這是一支非常深色，但果香味十足的酒。

第二：承諾園（Promis），以百分之五十五的梅洛、百分之三十五的希哈，以及百分之十山吉歐維列為比例，是一種柔軟取向與順口的酒，Parker給第一個年份（二○○一年）評上九十分，而美國《酒觀察家》雜誌給前三年的分數分別為八十八分、八十七分、八十五分。只能算是中上。

第三：瑪佳麗園（Magari），這個義大利文相當於英文的「但願如此（hope so）」，當是歌雅先生希望「美夢成真」，是由百分五十的梅洛、百分之二十五的卡本內．蘇維濃，以及百分之二十五的卡本內．弗朗為比例。雖然有位酒評家Molti稱呼這支酒是「義大利的波維克」（Pauillac）。但是這個比例和法國波爾多右岸獨鍾梅洛較為接近，但另一半的卡本內種，又與左岸接近，所以恐怕不似波維克，明顯的是一種調和式的波爾多方式。

這款酒會在全新的橡木桶中醇化一年半後才裝瓶，裝瓶半年後才上市。第一個至及第三個年份，派克給了九十三分、八十九分及八十六分；美國《酒觀察家》雜誌則給予九十分、八十八分及九十一分。這算是三家酒園中，評價最高的一支。

我剛獲得歌雅酒莊的新酒是二〇〇三年份的承諾園及瑪佳麗園，遂邀兩位好友一起品嚐。我們懷著極大的好奇心，試試這兩瓶皮孟天王南下牧馬的「牛刀小試」。托斯卡尼酒二〇〇三年的年份比起悲慘的二〇〇二年是好得多的一年。幾家著名酒莊都獲得《酒觀察家》雜誌九十分上下的佳績。例如蘭波拉堡（Rampolla）的聖馬可（Sammarco，九十二分）、阿吉阿諾（Argiano）的索侖可（Solengo，九十分）。而承諾園這款八十五分、年產近八萬瓶，美國市價四十四美元的酒，則非常干冽順口、十分優雅。歌雅先生告訴我，他希望釀造出一個不太複雜、具有清新氣息的葡萄酒，來反映出波格利地區特色。這是在本地區極少數有種植希哈葡萄的地方，所以加入百分之三十的希哈，算是一個重要的嘗試。歌雅先生認為希哈葡萄十分適合這塊土地，日後義大利將可能成為希哈葡萄酒的重要產地。承諾園可能是因為葡萄樹太年輕，所以酒體較為輕盈，也因為追求清新果味，入口仍有輕微酸味，但溫和的單寧，以及相當均衡的櫻桃、漿果味，加上淡淡的木頭香氣，配上主廚特製的海鮮沙拉頭盤、燻牛肉等，的確是很好的佐餐酒。以其價位及口感，相信會給同區「超級香蒂」的伊索園（Isole e Olena）的Cepparello帶來極大的挑戰。

接著我們試試瑪佳麗園。歌雅先生告訴我，雖然一位酒評家稱呼這支酒是「義大利的波維克」，而他個人非常欽佩波維克，但他不打算把酒釀成波維克的風格。他希望透過利用波爾多這些已然國際化的葡萄種類釀出的酒，具有「能說出托斯卡尼三個地方方言、並能成為一個呼吸本地土壤的偉大的使者」。所以，不是一心一意要讓人喝這款酒後，會聯想到與法國波爾多哪瓶酒有「似曾相識」之感覺。

果然，我們幾位試了試這瓶濃郁花香、淡淡巧克力、皮革及漿果味，入口極為均衡的果酸及單寧，雖然不容易歸類到法國哪個產區，但我個人頗認為有澳洲新潮「混釀酒」的風貌，也的確可以肯定歌雅先生的手藝。不過，入口也可以明顯感覺甜度稍高，雖然沒有達到美國時下流行的加州頂級酒的那種令人不悅甜度，但以老世界的標準，仍然不免過甜。不過，佐配義大利著名的燉牛膝、烤小牛肉，倒是十分合適。瑪佳麗園在二〇〇三年，產量近六萬瓶，美國市價為七十美元，在台灣市價也接近兩千五百元，如比起同年份的波爾多頂級酒，絕對具有很大的競爭力。

試過歌雅酒莊的兩瓶新酒，一位朋友拿出了一瓶二〇〇二年份的薩西開亞，來作一個比較。這瓶被美國《酒觀察家》雜誌評為八十七分（比起〇三年份的承諾園稍多兩分），但在美國的市價卻高達一百九十美元的托斯卡尼「巨星」，果然在果香味的深沉、酒體的陳厚略勝一籌。但是究竟年份不佳，其迴香及單寧的結實，仍有不足。然一樣具有的優雅芬芳，則是令人一品再品。二〇〇二年份的薩西開亞，可能未能具有陳上二十年的能力，但絕對仍是誘惑力十足的美酒。

此新誕生歌雅酒莊的新酒，並沒有如外界所期待的澎湃與強壯的酒體，但是我們也要理解這些酒園是「從新」建立，而不是如不少新竄起的頂級酒莊，是利用已有的老葡萄園來釀酒。所以，我們十分欽佩歌雅先生能夠挽起袖子，一絲不苟地從頭幹起，我們希望他要堅持「老酒匠」（artigiano del vino）的精神，也許再過數年，等到新栽的葡萄樹進入黃金歲月，將會釀出酒體更強健與果味更澎湃的美酒，我們可以做出這樣的期待。

歌雅先生手勢豐富的言談，有力熱情的擁抱，以及他對釀造美酒「全力以赴」的決心及行動力，都將永遠留在我的記憶之中。

三款歌雅之托斯卡尼酒。

14

美國加州「蒙大維帝國」崩潰後的復興希望

麥可．蒙大維的「M」酒

二〇〇八年五月十六日，是許多美國加州酒莊降半旗的日子：因為有「加州葡萄酒教父」或「加州葡萄酒復興者」美譽的羅伯．蒙大維以九十五歲高齡去世。這個叱吒美國葡萄酒市達半個世紀之久的酒業巨人，手創的羅伯．蒙大維酒莊領先風潮向歐洲頂級酒莊取經，打造出美國亦可釀製出世界水準的頂級酒名聲，另外，更與法國木桐．羅吉德堡酒莊合作成立名利雙收的「第一號作品」（Opus One）酒莊，將羅伯的名聲推至頂峰。在美國酒最輝煌的一九九〇年代，蒙大維帝國縱橫加州與南美洲，到處購買葡萄園、汲汲推廣「第一號作品」酒莊的合資設廠模式。羅伯．蒙大維已經從專業的釀酒人，搖身一變成為國際酒業的鉅子、四處征伐的結果，蒙大維帝國好像中世紀的東羅馬帝國，幅員大則大，但金玉其外，敗絮不免其中處處可見矣。

就以整個蒙大維帝國的「老當家本錢」—那帕谷的卡本內．蘇維濃精選酒（Cabernet Sauvignon Napa Valley Reserve）為例，這款曾經是本酒莊最得意的作品，也是代表美國加州酒進軍世界葡萄酒俱樂部的代表作，自一九七四年上市以後，一直是藏酒家酒窖中的必備品。然而隨著蒙大維帝國的擴張，本酒的品質反而成反比的下降。相對的加州那帕谷兩、三百家酒莊無不卯足全力，搶搭「蒙大維旋風」的列車，釀造出質精價昂的好酒，此款蒙大維精選酒彷彿夏夜中繁星閃亮夜空中裡最黯淡的一顆星。

在整個九〇年代，羅伯·蒙大維意氣風發，其本人不僅長袖善舞，樂於助人，因此人緣極好，因此獲得「美國葡萄酒親善大使」的封號。羅伯·蒙大維最為人津津樂道的是，他曾捐贈三千五百萬美金給加州大學戴維斯分校。其中兩千五百萬作為成立蒙大維葡萄酒與食品科學研究所，一千萬作為設立蒙大維表演中心之用。這也是加州大學有史以來，所收到最大一筆的私人捐款。就這點而言，羅伯·蒙大維可以晉身到美國這個資本主義國家最受人尊敬的階層：具有專業能力、富可敵國，但最重要的，又樂善好施！

但「看他起高樓，又看到樓塌了」。蒙大維帝國究竟不脫家族企業，大兒子麥可一手包辦管理與行銷，次子提摩太負責釀酒。本來大兒子頗得爸爸的信賴，才由釀酒本行轉為行政總管。但美國經過二〇〇一年九一一恐怖攻擊後，經濟蕭條引起的金融危機，馬上衝擊了蒙大維帝國。二〇〇三年龐大的公司年收四點五億美元，但只有一千七百萬美元淨利，為往年三分之一不到，瀕臨虧本邊緣。這由投資不當引起的責任，導致麥可於二〇〇四年辭職離開公司。緊接著在二〇〇四年年底，整個公司也賣給美國最大的酒類財團Constellation集團。蒙大維家族雖然每個人都分到了一筆可觀的股金，但五十年來的辛苦成果，完全拱手讓給他人。

當年年高九十二歲羅伯·蒙大維，其心境之淒涼感可想而知。美國海明威的《老人與海》中有一句名言：男人可以被擊倒，不能被打敗。羅伯·蒙大維果然馬上站起來。二〇〇五年他帶著小兒子提摩太和女兒馬西亞另在那帕谷普里察山（Pritchard Hill）找到一塊二十五公頃左右的園地，取名為「延續」（Continuum），企圖心不言可喻，當年就開始釀酒，打出第一個年份。由卡本內·蘇維濃、卡本內·弗朗及小維多葡萄混釀而成，但以卡本內·蘇維濃佔了七成五以上。

以目前四個年份而論，成績都甚佳，美國《酒觀察家》雜誌都評到九十三至九十五的高分，市價為一百三十美元至一百四十美元不等，和「第一號作品」相差不多。年產量約有一千五百箱（近兩萬瓶上下）。「延續」酒的上市，足以慰羅伯·蒙大維老先生的老懷吧！提摩太雄心勃勃，看到一出手就獲得掌聲，遂決定努力增產，目標是達到年產一萬箱，也就是翻了六倍。

至於麥可·蒙大維，似乎被老蒙大維「驅逐出境」了。據說老蒙大維對於大兒子主張賣掉酒莊十分不諒解，老人家的意思是保住老園，把其他擴張來的領土，包括金雞母：「第一號作品」酒莊，都可以讓售出去，徐圖東山再起。但終究拗不過年輕人及買主的決心。「延續」酒莊的成立，就少了麥可一人。

然而，麥可究竟與老爸共同打拚了三十年。麥可比老二提摩太大八歲。兩人都是在家族擁有的查爾斯·克魯格（Charles Krug）酒莊裡長大。一九六六年老爸獨立自立門戶，開設羅伯．蒙大維酒莊時，只有三個支薪員工，其中兩個便是老爸與麥可。麥可是和老爸共同打拚建立蒙大維王國，立下汗馬功勞的第一功臣。

老蒙大維當然特別鍾愛大兒子。但大兒子生性外向、具有生意人的企圖心；小兒子提摩太生性內向、靦腆，反而具有藝術家的氣息。兩兄弟成長過程勃谿時起，等到分掌園務決策時，決裂更是公開化。反正手心手背都是肉，老蒙大維費盡思量，都無法讓兄弟二人重歸於好。老蒙大維在一九九八年出版他的自傳《喜悅的收穫》（*Harvests of Joy*）裡就長篇提到二人的不合，以及老爸的痛心，以及如何嘗試調和的徒勞無功。豪門果然內訌不斷，等到大當家走了，家庭也注定崩壞，台灣版本的「豪門恩怨史」，豈不正是經常上演的一個劇幕？

蒙大維江山已失，我何不另立江山？麥可早在一九九八年前就在那帕谷附近一個名叫地圖嶺（Atlas Peak）的山丘，買下一個約有五公頃不到的葡萄園。由丘名可知，此園區地勢較高，可以俯覽納帕谷內的名園密布，麥可取了義大利文「土壤」（Animo，阿尼摩），作為這個新酒園的名字。

提摩太的二〇〇五年份「延續」酒。

由於園內早已植有葡萄，二〇〇一年出產的第一個年份，口味不合麥可的要求，而全數放棄。一直到離開蒙大維帝國後，麥可才潛心釀製二〇〇五年份，而且不像「延續」酒，由三種葡萄混成，而是百分之百的卡本內．蘇維濃葡萄所釀成。他將這個「處女年份」視為「出山」酒，麥可將自己東山再起機會，完全賭注在這款命名為「M」酒之上。

麥可．蒙大維二〇〇五年份的「M」酒。背景為元代〈春讌賞花圖〉，這是我在一九八一年十月底，正巧獲得德國政府一小筆獎學金，想因即將到來的生日給自己添購一份禮物。途經慕尼黑大學旁一家專賣東方文物的小古董店，沒想到一眼就看到一個破舊的畫軸：古意盎然的幾位高士在古松牡丹花下賞宴。店主的先人曾在一九二〇年代上海德國領事館工作，此幅老畫即收購於當時戰亂頻仍的中國。我一見之下，由牡丹松樹與人像的造型判斷，至少在明朝之前。且開像甚美，尤其牡丹有宋人風，我愛不釋手，遂下手購回。待回台灣後，曾請故宮博物院李霖燦副院長鑑定，為元人作品。這是我在德國當窮學生時最得意的一件收藏。

除了精選成熟的葡萄外，全部酒汁會在八成五全新的法國橡木桶中儲藏達二十二個月之久，而後裝瓶再醇化一年才上市。這種具有長期的儲放實力，以淬取橡木桶香氣及增強酒體的作法，顯然要作出重口味及陳年三十年以上的「大酒」。評分也甚高，《酒觀察家》雜誌給了九十一分，稍遜「延續」酒。上市價為一百九十美元，較提摩太的「延續」酒高約三分之一。其理由當是產量甚少，年產量只有七百箱，不到九千瓶，是「延續」酒的一半不到。二〇一〇年春末我途經倫敦，抽空去繞了一下哈洛百貨地下室的酒窖，眼睛突然為之一亮：原來三瓶一套的二〇〇五年份「M」酒與同年份的「第一號作品」並列，但價格前者每瓶為兩百二十五英鎊，後者列為兩百一十英鎊，在錙銖必較的倫敦酒市，顯然「M」酒的售價已獲肯定矣！

二〇〇五年份的處女作，在二〇〇八年十月一日開始上市，可惜老蒙大維已經早半年前闔眼仙逝，看不到他所鍾愛的一對兄弟東山再起的傑作！斯人而有斯憾也。

二〇〇八年的歲末，當我和幾位酒友提到羅伯·蒙大維仙逝的往事，正巧海陸洋行的洪兄收到三瓶二〇〇五年份「M」酒樣品，酒友中也藏有同一年份的卡本內·蘇維濃精選酒，和「第一號作品」酒。我遂建議何妨來一個「新舊蒙大維三款品試會」？一週後，果然讓我們踐履了這個約定。眾所矚目的「M」酒顏色比其他兩款來的明亮、酒色翻紫偏紅。儘管已經特別醒了三個鐘頭，但香氣十分內斂、但不突出，顯然不應在十年內開瓶享用。酒友們大多認為似乎二十二個月陳放在新的橡木桶，未免太久了！

口感方面，入口有明顯的青梅、

羅伯．蒙大維的自傳《喜悅的收穫》，我在二〇〇〇年夏季有一趟納帕酒鄉之行。在羅伯．蒙大維酒莊買到此書。書中還收錄一篇由麥可敘述「全球化」的專論。讀到麥可侃侃而談地將酒莊前景寄託在全球化的布局，好一幅動人心魄的輝煌遠景，沒想到五年後卻形成了致命的幻影，真是白雲蒼狗也！羅伯．蒙大維也特別提到書名使用「收穫」一詞，此乃受到「那帕」的影響，因為「那帕」在印地安人的用語，正是「收穫」也！

焦糖、蜜餞，但丹寧十分扎口，抵不上「第一號作品」來的細緻、平衡，而酸度也比「第一號作品」來得強烈。大家一致公認「第一號作品」較為柔順典雅，容易獲得一般評酒客們認同。但若是要談具有特色，甚至對未來發展的潛力和可能性而言，「M」酒恐怕有難以捉摸的優點。這也是「第一號作品」近年來品質似乎隨著名氣的高漲與市場需求度大增，而逐漸喪失其迷人的特色。我們可以這樣說：這是「法國頂級酒」的美國「山寨版」吧！

至於羅伯．蒙大維的卡本內．蘇維濃精選酒，夾雜在新舊明星之間，會否黯淡失色？果不其然，這款精選酒不論在酒體的強勁、均衡、香氣甚至典雅芬芳度都較平凡。顏色稍有紅棕帶紫，青草味中仍有較強勁的酒精感，以加州頂級酒的標準而言不能算差，但就是少了那麼一點的突出特色。

老羅伯．蒙大維在他那本自傳《喜悅的收穫》中也給書名立了一個副標題「我對卓越的熱情」（My Passion for Excellence），每一瓶美酒的誕生，都需要由自內心的熱情來注入。這由葡萄的栽種、採收，釀製及醇化，每一步驟都少不了莊主及所有製酒人「追求卓越」的熱情。這熱情不管是由邁向成功的道路，或是在失敗後重新站起的過程中所產生，都是形成美酒的「靈魂」。蒙大維酒廠老園當年紅極一時的「精選酒」光芒漸失，當係大集團入主後，由「企管」取代「熱情」所肇致的因果矣！我特別感動「M」酒的崛起，也想到我國詩句裡面的「歲月新更又一春」，麥可應當可以重新譜寫「蒙大維傳奇」的第二篇章。至於算是本傳奇的「第三篇章」一提摩太的「延續」酒情形如何？何妨那日待我先試試再說吧！

15

安地斯山奔白馬

阿根廷酒的「四駿圖」

一位學藝術的學界朋友約我到一家餐廳小聚。這家餐廳非常特別，老闆是一位著名的大提琴家。這位愛好美食、美酒的音樂家，可以說是義大利大歌劇作曲家羅西尼的翻版。每當廚房工作不忙時，也會即興為熟客拉上一兩首曲子，以助酒興。聽到我正在播放馬友友演奏Astor Piazzolla的探戈音樂，朋友告訴我店主經常演奏的項目之一，便是探戈曲目。

我正在思考攜帶哪一瓶酒與會？想到阿根廷夙以駿馬、牧牛、探戈三絕名於世。已有探戈及牛排了，我此時毫不猶豫作了決定：帶兩匹「阿根廷駿馬」與宴：一匹是家學淵源的「安地斯山白馬」（Chateau Cheval des Andes），另一匹是剛在阿根廷大草原上竄起的小馬—歐・傅尼爾酒莊的「阿爾發南十字星」（Alfa Crux）。

第一匹駿馬的「安地斯山白馬」，酒莊名字既然提到了「馬」（Cheval）當然會令人懷疑是否與法國波爾多聖特美濃區的首席酒莊「白馬堡」（Chateau Cheval Blanc）有關？的確不錯，此酒莊正是法國白馬堡與阿根廷最大的酒莊之一：台階酒莊（Terrazas）

合作的產物。台階酒莊是法國最大的香檳酒莊酩悅（Moët & Chandon）在一九五九年成立阿根廷之分公司後，所成立的新酒莊，位於阿根廷西部曼多莎省。這裡早在十六世紀就有耶穌會教士引進葡萄酒，但都是當地飲用的自用酒水準。第一次世界大戰以後，陸陸續續移來的義大利移民帶來較新進的釀酒技術，同時引進各種歐洲種的葡萄。酩悅酒莊成立後，開始以國際化的眼光，生產出可以角逐海外中價位以下的外銷酒，緊跟在鄰近的智利之後，搶佔智利的市場，開始打出了阿根廷酒的名氣。

白馬堡也看到了頂級酒莊跨洲設園可以帶來豐厚的利潤，於是開始進軍拉丁美洲。並找上了同為法國產業的台階酒莊。特別是台階酒莊的酒園中，能夠找到一九二九年時已經種植的馬貝克葡萄，以及在戰後栽種的卡本內・蘇維濃葡萄。合作很順利的進行。來自白馬堡的釀酒師，全程進駐酒莊。葡萄比例各百分之四十一為馬貝克及卡本內・蘇維濃，以及百分之十八的小維多。這個小維多的高比例，顯示出本款酒具有較強力的體質與口感。一九九九年份試釀成功，但不上市外售。一直到二〇〇一年份開始，透過波爾多的酒商通路試售。二〇〇二年份開始才正式交由酩悅的全球管道進行銷售。

對於這款標誌了白馬堡進軍安地斯山的作品，二〇〇二年份一上市後，美國《酒觀察家》雜誌給予九十二分的佳績；二〇〇四年份的英國《品醇客》給予五顆星的評價；二〇〇五年份則在去年年底獲得派克九十四分的高分。一個酒莊一上市的幾個年份都獲得九十幾分的高分，大概已經奠立成功的基礎。而價錢不到一百美

安地斯山之白馬，二〇〇三年份，置於廣東石灣陶筆筒〈翠鳥石榴〉之中，且立於內蒙猛虎紅毯之上。

金，對於頂級酒消費群而言，也屬於可接受的範圍之內。年產量只有五千箱，共六萬瓶。

新酒都會在全新的橡木桶醇化一年半後，裝瓶後也醇化一年半才上市，因此，必須三年後才能夠與消費者見面，達到了適飲期。台灣本來一直沒有進口此酒，於是我趁著兩年前夏天，法國白馬堡和索甸地區最頂級的「狄康堡」（Chateau d'Yqem）（都是屬於跨國精品集團（LVMH）的產業），兩個酒堡的執行長陸騰（Pierre Lurton）來台灣舉辦狄康堡的數年份垂直品嚐會的機會，問他安地斯山的白馬何時會現身台灣？他告訴我，即將會分配一些配額到台灣來。

二〇〇三年份之阿爾發「南十字星」酒。

終於我從陸海公司洪耕書兄處品嚐到新進口的二〇〇三年份安地斯山白馬。二〇〇三年份對酒莊而言是一個痛苦的年份：焚風不時過境，曾有十九天氣溫高達三十三度以上，葡萄都曬乾曬壞了，醣度過高也使得酒精度更高。釀酒師緊張地監控，而把醇化時間延長將近一倍的五年才上市。所以沒有送出此年份的酒去參加各種評比。

有了這種心理準備後，我們坦然地開瓶嘗試。出乎意料地，漿果的香氣夾雜乾果、乾燥花的香氣，入口有明顯的檸檬酸及蜜餞口感。顏色深紅帶紫，相當漂亮。這是一款丹寧中庸、果體結實的頂級酒，沒想到馬貝克葡萄這種屬於有強勁口味的葡萄，能和卡本內・蘇維濃搭配，共同展現出協和的勁道。

白駒奔過，接下來的是來自歐・傅尼爾（O.Fournier）酒園，這是一匹跑得很快的「小馬」——二〇〇二年份的「阿爾發南十字星」。

這是一個由西班牙釀酒世家歐特加・吉傅尼爾家族本來在西班牙最重要的酒區斗羅河谷有個酒莊（一九七九年興建）、其中的葡萄在戰後的一九四六年已經開始栽種。也是看中了阿根廷土地與勞力便宜，語言隔閡也不存在，遂於二〇〇二年九月開始，在安地斯山脈靠海十五公里處，曼多莎省一個名叫拉孔蘇塔（La Consulta）的小鎮。這個小鎮位於一個烏可山谷（Uco Valley），這裡早就是葡萄園密佈。家族購得一個兩百八十六公頃的大酒園，其中九十四公頃為葡萄園，其中又分成三塊園區：聖索菲雅園（Finca Santa Sofia）最大，有兩百六十三公頃土地，其中七十四公頃為葡萄園，這裡是整個酒莊的中心；另一個較小的叫聖曼紐園（Finca San Manuel），只有十三公頃大，種有八公頃的葡萄園；最後一個只有十公頃大，內有七公頃的葡萄園的聖荷西園（Finca San Jose）。

葡萄種類以西班牙斗羅河區最常見的騰波拉尼羅（Tempranillo）最多，許多都已有三十五年的歲數。另外也栽種了馬貝克及其他所有波爾多種的葡萄。但究竟新栽種的多，為了挑選最好的葡萄，酒園查訪了一百七十家的酒莊，從中挑出十二個優質酒莊，定下長期購買契約。同時也嚴格要求這些契作園，必須按照園方的嚴格標準耕種及採收，每株葡萄樹只能量產一至一點五公斤的葡萄。可以說是以最嚴苛的標準來要求。收購而來的葡萄，目前提供每年需要量的七成。

本園決定走高級路線，推出代表作為一軍的「阿爾發南十字星」（Alfa Crux）以及二軍的「貝塔南十字星」（Beta Crux）。列入到阿爾發南十字星的酒，會在全新的法國與美國橡木桶中（比例為八比二）存放達十七個月之久，裝瓶後再陳放一年；二軍的貝塔南十字星則一半使用全新的橡木桶，另一半使用一年的舊桶，陳放一年後再混桶，裝瓶後儲存至少半年後才上市。

目前園方花上巨大的經費，重新建立一個巨大的新釀酒廠房，光以地下酒窖就打算儲放兩千八百個橡木桶，以及可以裝上六十萬公升的各種材質的發酵槽，以及恆溫恆濕設備，可知業主的經濟實力。除了釀酒設備外，業主也看準了酒莊旅遊的新興行業，把酒莊打扮得像一流休閒中心，成為整個酒區最要耀眼的觀光重鎮。園主自然也注意到宣傳的重要性，公關手法靈活，無怪乎，本園產品一上市後，佳評如泉湧而至。

例如阿爾發南十字星系列中的「混釀」，乃是以六成的騰波拉尼羅葡萄、三成五的馬貝克葡萄，及百分之五的梅洛葡萄所釀成，年產量有三千三百箱，約四萬瓶左右。二〇〇二年份上市後，立刻一鳴驚人，入選了美國《酒觀察家》雜誌二〇〇六年的「世界百大葡萄酒」第八十六名，評了九十三分。美國上市的價錢為四十二美元。對初試啼聲的酒廠而言，能夠在全世界七、八千個競爭者中進入百大，實屬不易；英國《品醇客》也給了四顆星的評價。而一般公認為最難纏的英國女評酒師潔西・羅賓森（Jancis Robinson）也對此款酒列為二〇〇八年底耶誕節飲用的「編輯建議」酒。這款酒在英國大受歡迎的另一個理由是：「價廉」，一軍的阿爾發南十字星酒，在量販店的售價是十二英鎊，二軍貝塔南十字星的「混釀」系列（以六成的騰波拉尼羅葡萄、兩成的馬貝克葡萄，及各一成的梅洛與希哈葡萄），只售九點九九英鎊。

的確，這瓶流著「西班牙血液」的阿爾發南十字星，相當的突出，基本上果味強勁取勝。深紫色的色澤，咖啡、柑橘及淡淡檸檬酸，讓這瓶酒充滿了活力，頗有狂放不羈的架勢，好一匹奔放有力的小馬。

聽著范教授演奏的探戈樂曲，三至四分熟的牛排與兩瓶安地斯山白馬與小馬，共同譜寫出一個聽覺、味覺及嗅覺的「感官三重奏」，真可謂之絕配！可惜，在金融危機的襲擊下，這家可以算是台北最有氣質的餐廳，也在不久前吹起了熄燈號。我們在萬般不捨之餘，也只能夠嘆一口氣，再為他們喊出一聲（也是一個沒有辦法再實現的）「安可」吧！

大卡莉亞酒。

除了安地斯山白馬外，安地斯山下的阿根廷廣大草原上，還奔騰著另外兩匹駿馬。這兩匹已經是獲得國際酒市的肯認，容我一一道來：

第一匹為「大卡莉亞」酒。要挑戰歐美頂級酒所需要的除了園區的地理環境要適合葡萄外，恐怕最保險的還得引進老世界的葡萄種類，避免口味的曲高和寡。其他三個要求：便是資金、資金及資金。

由阿根廷一個著名的企業集團在阿根廷中部的聖璜（San Juan）地區，

買下了一大片園地，建立了卡莉亞酒莊。卡莉亞酒莊的成立不過十年，釀製三款酒，普通酒是以當地消費市場為主，價廉量大。本園精心之作則是「大卡莉亞園」，二○○四年推出第一個年份，在二○○六年上市，總共只有不到兩萬瓶的產量。園主特地將絕大多數配額送到國外二十個國家來接受品酒家的檢驗。

當不久前，我從老友影評家呼喜雨先生手上接到這一瓶○四年份時，感到十分沉重，光是這瓶酒的空瓶，即重達一公斤，專門要作為「陳年酒」之用。

這款酒由四成希哈葡萄，另外三種各兩成的梅洛、馬貝克以及當地的Tannat葡萄釀成，由於葡萄成熟時間不同，所以分別採收，並全部會在全新的法國與美國橡木桶中醇化十八個月後才混裝，再陳放半年後才上市。由於這款酒以進軍美國市場為導向，果然有派克所一再提倡的「美國標準口味」：醣度高，明顯的糖果味，以及黑漿果、櫻桃等的吸引人的口味。單寧十分中和平均，酒體雖強但並不突兀。我本來以為這款酒一定要陳年超過十年後才堪飲用，沒想到，僅三年不到就如此的順口，但我也絕對相信輕易便可以陳上二十年。

「大卡莉亞」一出後便一鳴驚人，但產量實在太少，酒迷退而求其次，也看中次於「大卡莉亞」的「麥格納」（Magna），這也是以希哈為主，但在全新的美國橡木桶只醇化八個月，所以取其果味芬芳，把希哈的稍帶辛辣的風韻，闡釋出來。二○○五年份此酒在二○○七年五月底法國隆河地區「世界希哈酒大賽」，三百二十五個參賽者中勇奪第四名，可稱「踢館成功」，派克給了九十四的高分。二〇〇六年份的「大卡莉亞」緊接著在二〇〇九年歲末，又獲得派克評了九十五分的高分。在台北的市價不超過三十美元。都是值得大力推薦的「價值比」最高的好酒。

第二匹名駒，為如假包換的駿馬—薩巴塔酒園的「尼古拉斯」。近年來世界各地的美酒界，只要一提到了阿根廷頂級酒，都不會錯過十年前才上市的阿根廷「天王酒莊」—薩巴塔酒園（Catena Zapata）的旗艦酒「尼古拉斯」（Nicolas）。

話說二〇〇六年夏天某夜在台北遠企飯店有一場二〇〇四年份的頂級酒矇瓶品嚐會。計有波爾多歐布理昂堡（Haut-Brion）、美國第一號作品（Opus One）、澳洲彭福園707（Penfold's 707）、義大利薩西蓋亞（Sassicaia）、以及尚未為品酒界所熟悉的阿根廷薩巴塔酒園的尼古拉斯酒。

結果在全場四十位品酒人士中，奪冠的是和我一同前來的賀鳴玉兄，只猜錯了一款而已。原來尼古拉斯居然可以「矇過」其他四款世界公認的頂級酒！

這次品酒會讓台北品酒界大為震驚，「尼古拉斯」一戰成名。現場的訂單，可以用「紛如雨下」來形容。不久後，我有機會認識來訪的薩巴塔酒園園主—尼古拉卡提那博士（Nicolas Catena）共進晚餐。這位擁有經濟學博士頭銜，曾任教於美國加州大學，風度翩翩的園主，其祖父在百年前的一九〇二年就建立了此家族酒園。等到一九六三年，尼古拉斯博士開

薩巴塔酒園之近照。

始接掌園務。一九八二年，尼古拉斯博士受邀在加州大學講學時，當然會去參觀加州的那帕酒區，大驚之下反思：「我的天，為什麼我阿根廷的酒園不能如此？」尼古拉斯酒園的傳奇便也開始產生。

二〇〇五年薩巴塔酒園的「尼古拉斯」酒。

尼古拉斯酒由卡本內·蘇維濃葡萄佔了八成以上，其餘為馬貝克。一九九七年釀製了第一個年份。隨後在阿根廷舉辦許多場矇瓶品酒會，都擊敗波爾多或加州的頂級酒。儼然成為「阿根廷第一紅」。甚至有不少酒評家也稱此酒已超越「日趨平凡」的智利「四大天王」，而可以挑戰之，成為「南美洲第一紅」。目前年產約四萬瓶。

在二〇〇六年夏天的品酒會後，我陸續喝到二〇〇四年份及二〇〇五年份的尼古拉斯，的確有波爾多五大酒莊的架勢，尤其是和拉圖堡極為近似，也容易和第一號作品相混淆。但是它那股「少年老成」的韻味，以及毫不生澀與做作的香氣，令人回味無窮。

每次當我想到尼古拉斯酒，都不免回想到這位老博士那時見到我的熱情，他告訴我：「我們都是來自學術圈，一定了解『夢想』的真諦」，我當時曾經回答他，我真羨慕他能毅然拋棄學術生涯，追求釀酒之夢的勇氣，讓一個人的人生，可以發生且實現了「前後兩個夢」的階段。他同時實現了兩個夢，而我呢？最多也只能實現一個夢而已。我記得老博士聽後，立刻報以大笑，並給我一個熱情的擁抱！

再記

智利「四劍客」酒莊的「心動佳釀」

本書在整理付梓前，讀到安地斯山所奔的白馬，其實是「赤馬」，因為都是紅酒也。真正的「白馬」是在安地斯山的山腳下，位為智利國內。其中新竄出一匹「白馬之王」，這就是我不久前拜訪法國波爾多頂級酒的酒莊柯斯．德圖耐拉堡（Château Cos d' Estournel）時，收到園主轉交的一瓶「陽光中的陽光」（SOL de SOL）。在夏多內白酒日益竄起名聲的智利酒市中，這一款無疑是日正當中的「白酒王」。

這也是在十年前，歐美各個第一流的酒莊，流行「跨洲合作」設下的產物。法國來了三位雄心勃勃的人士，且各個來歷不凡，來到智利中心的心臟地帶：安地斯山山腳下的麥波谷（Maipo Valley）。三位人士第一位普拿特（Bruno Prats）乃柯斯．德圖耐拉堡的莊主，掌管本園達三十年之久；第二位彭大立（Paul Pontallier）名氣更響，乃瑪歌堡的總經理；第三位為香檳大廠波林傑（Bollinger）的總經理德夢高飛（G. de Montgolfier）。一九九〇年他們在這裡靠近聖地牙哥南方不遠之處，買了一塊將近二十公頃的園地，上面已栽種了一些波爾多種的葡萄。三年後，酒莊興建完成。由於三人來自法國，特別是來自波爾多，於是把羅馬帝國當時稱呼當地方為「阿基坦尼亞省」（Aquitania）的名稱，移到這裡，稱為阿基坦尼亞酒莊（Viña Aquitania）。

阿基坦尼亞酒莊成立後，隨即在往南六百公里處一個名叫馬內可（Malleco）的山谷，找到了一個十八公頃大的園區，開始種植夏多內。這裡屬於智利最南的葡萄產區，剛好為南緯三十八度，和韓國北緯三十八度正好隔了一個地球之遠。

這三位懷抱理想來這裡開墾的酒界名人，有自己一套的釀酒哲學：儘量自然。所以儘管這片土地極為貧瘠，但有排水優良、日照充足的好處，所以他們採取少澆水、不施肥，讓葡萄樹的根部儘量向地層發展，來

阿基坦尼亞酒莊的四劍客。

自行吸收地下的養分與水分。在智利著名的釀酒師德．索彌尼哈（F.de Solminihac）的監督下，本莊夏多內，取名「陽光中的陽光」（SOL de SOL），很快地獲得了國際的迴響。例如二〇〇三年份的陽光酒，二〇〇六年五月十五日的美國《酒觀察家》雜誌評了九十分，這是所有智利夏多內酒最高的評分。我查了查，在台灣市面上一般最受歡迎的優質、且作為「優質比」標準的智利夏多內酒，例如蒙特酒莊（Viña Montes）的阿爾法級，獲得八十七分。最老牌的Viña Errãzuriz，則為八十八分。至於本文提到的阿麥娜夏多內，則不在評比範圍內。年產兩千箱，不到三萬瓶。美國市價為三十美元。比起類似分數的加州頂級夏多內，至少為其價錢的兩成到三成間。

二〇〇六年份之陽光酒。

我品試這款二〇〇六年份的陽光酒，剛開始以為是波爾多南部格拉夫區（Grave）的白酒，有清淡的白蘇維濃的味道。待酒溫稍高後，夏多內特有的香味才散發出來，這是一款屬於輕型甘冽、花香勝過果香、摒棄橡木桶與肥美感的「爽口型」，絕對是兼具新世界與老世界優點的美酒。

我很高興得知今年秋天，這款由他們自稱為大仲馬小說「四劍客」酒莊釀製的陽光酒，以及兩款卡本內．蘇維濃紅酒，都會登陸台灣，台灣的酒客們有幸可以品嚐到這三款價格合宜的「心動佳釀」。而陽光酒在全亞洲的配額只有三千瓶，且只銷售三個地區（台灣、大陸及日本），台灣的配額僅十分之一（三百瓶），價錢應當在兩千元之下。

16

引我入美酒世界的「敲門酒」

九百歲歷史的德國約翰尼斯堡酒園

「法國紅、德國白」是歐洲葡萄酒界的一句老話。「法國紅」指的是法國生產的紅酒，法國產釀第一流的紅酒，不論是出自波爾多、布根地或是隆河谷，早都是歐洲品酒界的寵兒。而「德國白」則是指德國萊茵河的白葡萄酒，特別是帶甜味的優質酒。

在上個世紀中葉以後，歐美因為健康因素，興起「紅酒」，排斥會長胖的甜白酒後，「德國白」的聲勢，也急速下降。使得在一世紀前，任何一瓶在倫敦高級餐廳的德國優質酒，價錢可以和最頂級的「法國紅」相提並論，也成為「白頭宮女話舊」的憾事。

但物極必反。「紅酒熱」流行半世紀，在千禧年前後，隨著歐美醫學界新發現釀造「萊茵白」的麗絲玲葡萄，所含有的熱量及其天然的酸性，不僅不會增胖，反而有助於體內循環，並且隨地球暖化日益嚴重，一瓶冰涼的「萊茵白」更能敲開酒客的味蕾，且不到十度的酒精更為健康。悄悄地，「德國白」又一箱一箱地被搬進了美酒收藏家的酒窖之中。

提到「萊茵白」，一定不能夠忘掉其代表作——遲摘酒（Spätlese）。「遲

德國最有名的酒園約翰尼斯堡酒莊的夏天，遊客如織。

摘酒」是德國葡萄酒的法定品級規定中最有歷史、也可以說是德國酒的代表作。

所謂「遲摘酒」，顧名思義便是極晚採收的葡萄。在德國地處偏北的萊茵河谷，每年九月底，葡萄已經成熟。十月，嚴寒的北風隨時會降臨，大多數葡萄園都會在此時採收完畢。但如果葡萄再遲一至兩週才採收，那時葡萄葉已完全變成金黃偏褐、果實也熟透，色彩偏近透明，醣度會再增加四分之一左右，產釀出的葡萄酒自然果味更為濃郁、芬芳與濃稠。由於產量遲摘酒，有「賭天氣」的機運，所以一般德國酒農只會選擇部分園區釀製，不會全盤賭進釀製這種「天氣酒」。所以德國遲摘酒的數量，並不會太多。

德國有完善的葡萄酒法令，嚴格的規範釀製各種頂級葡萄酒天然含醣指數，成熟葡萄的榨汁會用一種奧斯勒（Oechsle）的測量計計算。這是由一位名叫奧斯勒的儀器專家所設計，來檢測成熟葡萄汁中含醣量與水分之間的差距。以釀製一般佐餐酒的葡萄汁，僅需葡萄成長到四十四至五十度即可採收釀製，遲摘級就必須七十六至九十度；精選級八十三度至一百度；冰酒及逐粒精選為一百一十至一百二十八度；至於德國最高等級的枯萄精選就必須至少一百五十度以上。在德國最高等級的枯萄精選，例如著名的羅伯．威爾園一九九二年份的枯萄精選被評為滿分，其醣度高達兩百五十五度。因此，德國每個酒園在釀造各種頂級酒時，都要附上這個醣度表的證明，標籤上才可以許可註明等級銷售。

德國遲摘酒的產生，也有一個膾炙人口的軼事。在萊茵河中段的「萊茵溝」(Rheingau）地區，有一個著名的約翰尼斯堡酒園（Schloss Johannisberg）。這個最近才慶祝誕生九百年的老酒園，且是德國最早種植麗絲玲葡萄的酒園，至今明確種植這種葡萄的歷史已有兩百八十年之久。萊茵地區許多酒園的麗絲玲葡萄都由此園分植出去；而遲摘酒的誕生，也出自本園——

話說在一七七五年，本園是當地一位樞機主教富達（Fuldaer）伯爵所擁有。這位大主教如同當時的權貴一樣，都將酒園視為炫耀的本錢。所以對酒園的一切運作，都親自裁決，包括了葡萄的採收日期，也要大主教親自決定。

事情發生在一七七五年的秋天，正在外地的大主教，差遣信使回到本園通知採收。結果，信使在途中病倒。而當時階級森嚴，酒園的小僧侶也不敢妄自決定採收。等信使病癒後，快馬加鞭趕回本園時，那時候葡萄都已熟透。為了不使當年收成落空，僧侶決定仍然採收釀酒。當這批過熟、且不少都已感染黴菌的葡萄酒在次年四月十日釀成時，反而意外出奇地美味。自此爾後，「遲摘酒」便正式成為「萊茵白」的代表作。

遲摘酒是一種最好的白酒入門酒。白酒異於紅酒之處，在於其低酒精度、芬芳的果味、輕盈的果體，以及具有引人津液的果酸。而德國的遲摘酒，具有天然的蜂蜜式與果醬式的甜味，沒有嚇人的乾澀。以我個人近三十年的經驗，除非對甜味有「自然拒絕」者外，不論是否喜歡喝酒，任何人只要品嚐到遲摘酒，幾乎沒有不加以讚賞者，特別是酒量淺者及女士們。所以是引人一窺美酒世界的最好「領航」酒。

遲到的信使雕像就樹立在酒莊的入門之處。

我對於本園遲摘酒有一股特殊的感情。當我在一九七九年抵達德國讀書不久，第一次品嚐德國酒的「那一瞬間」，我已被本園遲摘酒給俘虜了！

德國的這種果香濃厚的白酒，一般酒精很低，約八到九度之間，是使用「摻果汁法」之故。一般葡萄汁發酵時會將醣分轉化成酒精。到了酒精度十五度時，醣質全部轉化成酒精，形成完全不甜之酒。德國酒農於是將同等級新榨葡萄汁酌量加入，自然稀釋了酒精度，加強了醣度及芬芳。

我曾有次在萊因河畔的呂德斯海姆產區（Rüdesheim）一個酒莊品嚐到準備摻入精選級酒的葡萄汁，沒想到在約有一千公升水泥槽自然冰鎮一夜後的「精選級葡萄汁」是如此甜美似蜜，我們每個人都立刻狂飲了半公升之多。

遲摘酒本來是甜味的，但亦有許多遲摘酒及精選級是不甜的「乾」型。正式的德國餐廳是以各式乾型的甜白酒作為佐餐用酒，一般德國人也偏好此種酒，反而甜型遲摘酒變成外銷的主力。遲摘乾酒有較強、濃縮集中的乾果香及酸度，佐配德國酸菜豬腳，以及偏鹹的德國菜，倒是不錯的選擇也！

當然，當我們讀到約翰尼斯堡酒園這種「發現」遲摘酒的軼事，心中不免有懷疑：雖說人類在埃及時代就懂得釀造葡萄酒，難道在這個漫長的三千年當中，會沒有任何酒農嘗試將過熟以及長黴菌而腐爛的葡萄來釀酒？尤其是在以前科學不發達時代，農民生活困苦，懂得物力維艱，豈會不珍惜這串串來之不易的葡萄？我個人的推想，答案一定是肯定的。

約翰尼斯堡也釀製最高等級的枯萄精選，但每十年只有兩、三年生產。

但是「約翰尼斯堡傳奇」，如同所有的傳奇故事一樣，都有運氣的成分在內。按理說，健康的葡萄才能釀造出健康的葡萄酒，不會變質、沒有異味。葡萄過熟會吸引蚊蟲，帶來腐敗的細菌。而葡萄感染黴菌，也幾乎注定只有拋棄一途。唯有感染到一種特殊、且稀少的「寶黴菌」（貴腐菌），才有可能讓這批腐朽之物化為神奇。我推想當年的約翰尼斯堡園的這批遲摘葡萄，便是「交到好運」的葡萄——在延誤的採收期間，沒有遭逢梅雨、葡萄健康地過熟，以及沾上了寶黴菌。可惜是當年這個「意外」來得突然，所以沒有任何的資料來探討為何這個意外可以產生，所以我個人的推測，恐怕也只是靠著個人的常識吧。

約翰尼斯堡不僅發明遲摘酒，另外德國法定僅次於遲摘一級的為「私房酒」（Kabinett）。國內酒界往往簡稱為「K級酒」。即使一般德國人也不知為何使用此用語。按Kabinett本為英文Cabinet之意，即「小房間」或「私房」。德國在十六、十七世紀援用之。最早出現在酒的領域，也正是約翰尼斯堡。約翰尼斯堡最早使用英文的Cabinet，作為該堡較為優質，且僅供自用之酒，而後開始轉變成德文的Kabinett。所以我遂將此款酒翻譯成「私房酒」，如同「私房菜」一樣，具有較一般酒菜不同的質量也。

擁有百萬瓶儲藏量，且在一七二一年就已完工的地下酒窖。右邊可見一個有三百年以上的葡萄酒守護神「聖烏班」的石像。

一般德國人也頗嗜此款酒。取其果香，甜度中庸，宜作佐餐酒。促成德國統一前總理科爾（Helmut Kohl）是為美食家。據聞他在家中最常飲用的便是好酒莊的私房酒也！

隨著德國遲摘酒的成功，現在各國只要有釀製甜白酒者，特別是麗絲玲白酒者，都會嘗試釀製遲摘酒。但是這種美國或澳洲的遲摘酒（Late Harvest），和德國的不同。德國的葡萄酒法令已經將遲摘酒僅限於真正的「遲摘」，至於感染黴菌的葡萄，視其程度分為較輕的BA（逐粒精選）及最嚴重的TBA（枯萄精選）。但Late Harvest，則一般都混和了遲摘與感染黴菌葡萄在內，所以果味的濃郁度而言，有時反而超越德國的原始酒。

最近十年來，一些德國頂級酒

莊也發覺到了外國版的遲摘酒，不少已經在果味濃稠與芬芳度超過正宗德國版遲摘酒，甚至威脅到上一等級的「精選級」（Aulese）。理由便是外國版的遲摘酒摻入了寶黴葡萄的「撇步」！

於是乎不少德國酒莊也可以打破成規：第一步，將寶黴葡萄酌量加入精選葡萄之內，特別對一串葡萄僅少量長有黴菌，或整個酒園寶黴葡萄產能不足作出相當數量的「逐粒精選」級時，乾脆全部移為釀製粗選之用。例如頂級酒莊弗利茲．哈格的精選級酒就有三成以上的寶黴葡萄，難怪其被評為德國第一等的精選酒。第二步將遲摘酒改頭換面。遲摘酒本是天然甜味，但酒莊將醣味減弱，讓酒體變得輕盈，反而趨向半甜的香檳口感。約翰尼斯堡酒園的遲摘酒是這種典型「新潮德國酒」的代表。

我以前每次赴香港探望家姊，家姊總會帶我到香港島上環皇后大道西的「尚興潮洲飯店」吃台灣難得一見的家鄉菜。我照例都會攜上一瓶本園遲摘酒。只要點一小碗濃稠至極的「潮州魚翅」，外加一小碟滷鵝片及一盤清炒薄殼（一種狀如拇指、薄殼的海蜆），佐搭上冰鎮至八度到十度的遲摘酒，若謂王母娘娘的西池仙宴有多美味，恐也不逾此也！

至於因為發現遲摘酒而成為德國最有名的酒莊約翰尼斯堡，目前成為「德國白」的「麥加聖地」。每年夏天一到，每天湧入成千上百的觀光客，除了倘佯萊茵河的山光水色、品賞與購買本園各式佳釀外，還可以參觀收藏量達七十五萬公升、也就是接近

前酒窖經理Schleicher先生正在檢查藏酒。歐洲的老酒窖都用水泥砌成儲酒櫃，可以防蛀及不會腐爛（圖片由酒廠提供）。

一百萬瓶的地下酒窖。

猶記得二〇〇三年八月十八日，正在此地探親的文化大學教授謝兄榮堂博士開車陪我造訪這個蜿蜒兩百五十公尺長的酒窖，腳踏著碎石的步道，迎面而來的是陣陣帶著淺淺芬芳且明顯酸味的「窖氣」。

Schloss Johannisberger Weingüter

WINETASTING

presented - August 18th 2003

2002
Schloss Johannisberger Riesling
Gelblack – Qualitätswein
estate bottled - Domaine Schloss Johannisberg

2002
Schloss Johannisberger Riesling
Rotlack – Kabinett
estate bottled - Domaine Schloss Johannisberg

2001
Schloss Johannisberger Riesling
Grünlack – Spätlese
estate bottled - Domaine Schloss Johannisberg

2002
Schloss Johannisberger Riesling
Rosalack – Auslese
estate bottled - Domaine Schloss Johannisberg

2001
Schloss Johannisberger Riesling
Blaulack – Eiswein
estate bottled - Domaine Schloss Johannisberg

1999
Schloss Johannisberger Riesling
Rosa-Goldlack – Beerenauslese
estate bottled - Domaine Schloss Johannisberg

WIR SIND MITGLIED IM VERBAND DEUTSCHER PRÄDIKATSWEINGÜTER

Schloss Johannisberger Weingüterverwaltung
Weinbau-Domäne Schloss Johannisberg · Weingut G.H. von Mumm · 65366 Geisenheim-Johannisberg
Telefon: 06722/70090 · Telefax: 06722/700933 · E-Mail: info@schloss-johannisberg.de
Internet: www.schloss-johannisberg.de · Bankverbindung: Rheingauer Volksbank · Geisenheim · BLZ 51091500 · Konto 6051367

作者在二〇〇三年八月十八日造訪的酒單，可看到德國人做事的精細。

一般遊客需付二、三十歐元的參觀費，而後可以免費品嚐幾杯本園基本酒款。但蒙德國酒界最有影響力，也是每年公布「高米樂」《德國葡萄酒導覽》主編阿敏．達爾（Armin Dahl）的熱烈推介，酒園經理史萊爾（W.Schleicher）很慎重地為我準備了一個小品酒會，共有六瓶各式美酒。我把這份酒單珍惜地帶回台灣，每當我開一瓶約翰尼斯堡的美酒，都會把這份酒單拿出來看一看。記得當時，史萊爾先生曾經很客氣地告訴我，我這份酒單和前一兩年來訪的俄國普丁總統與英國伊莉莎白女王所品嚐的完全一樣。我的心裡當然又會產生一絲甜味。誰說德國人都是冷酷、不近人情的民族？我在約翰尼斯堡便碰到了這種對於品酒同好者最誠摯者的友誼。

17

也是信差成就的名酒

義大利的「三有」白酒

不讓北部的德國萊茵河約翰尼斯堡的信差，因意外延誤發現了遲摘美酒專美於前，義大利也發生類似由信差成就出來的美酒，這便是出名的孟特費阿司可（Montefiascone）的「有！有！！有！！！」「三有」白酒（Est! Est!! Est!!!）。

義大利是全世界產釀葡萄酒最有名的地方。國民飲酒的習尚，也有三千年之久。好酒的風氣，當然也感染到神職人員。大約與德國約翰尼斯堡「傳奇」發生稍早一點時，那時，歐洲還是由日耳曼人所建立的神聖羅馬帝國所統治。有一次，神聖羅馬帝國的皇帝海因利希五世（Heinrich V）要從德國赴羅馬。這位愛好美食美酒的皇帝，都會差遣一位近臣，先行探路，一方面昭告地方官準備接駕，另一方面則是尋找當地能提供最好酒食的飯館。一旦找到中意的餐廳，且「有」美食時，便在顯著的地方用白漆寫上一個拉丁字「Est」（有）。當海因利希五世一行人抵達羅馬北方不遠，屬於維特波省（Viterbo）的孟特費阿司可山區的小鎮，赫然發現信差留下了三個「在此」的白漆。皇帝半信半疑地品嚐了當地的白酒後，龍心大悅，命令這三個白漆字不得拭去。以後，這地區的白酒，便被稱為是「孟特費阿司可的有！有！！有！！！」，簡稱「三有」白酒。而且要分別連上一至三個的驚嘆號，以「忠於史實」。

這大概是義大利葡萄酒中最有名的故事。孟特費阿司可地處在羅馬北邊最接近的拉其歐地區（Lazio）。如同所有大城市的郊外平原，是提供城市居民主、副食品的最好來源，拉其歐省也成為羅馬市這個帝國大城麵包及日用酒的主要來源。由於氣候炎熱，本地葡萄酒超過八成五是白酒。但是，這些白酒都屬於庶民飲用的日用酒，還進不了頂級酒的門檻。這也是拜義大利人的「釀酒哲學」所賜。

自從法國在一九九七年取代義大利，成為世界最大的釀酒國。但是同屬浪漫的拉丁民族，這兩個國家在對葡萄酒的態度上便有了截然不同的差別。比起義大利人來，法國人顯得更現實、傲慢及虛榮。也因為要維持這種浮華及驕傲的民族性，法國人不會甘於過著樂天知命、瀟灑隨便的日子。所以強調品牌、創造品牌的心態，籠罩在法國各個行業，也當然貫徹在酒業之中。法國酒酒農及酒商都曉得一瓶頂級酒的獲利，可以高過幾箱甚至幾十箱普通酒的利潤。所以法國酒在兩、三百年的精益求精發展下，成為昂貴酒的主要來源。

反而，國家從北到南，幾乎沒有一個地區不產葡萄酒、沒有一個橄欖樹園或果園中沒有爬滿葡萄枝蔓的義大利，便把葡萄酒視同日常用酒。由於種葡萄與釀酒的歲月太長了，每個地區的葡萄品種及釀酒的方法都有差別，形成今日義大利葡萄酒品種、口味、譜系……百花齊放的現象，而普遍都是以廉價酒來造就成葡萄酒的大王國。

以受到皇帝所青睞的「三有」酒而言，這種由當地兩種土生葡萄Trebbiano及Malvasia所釀造出來，便是屬於清爽、低酒精度的佐餐酒。

記得我以前在德國慕尼黑大學讀書時，偶爾去義大利餐館打牙祭時，最常點用的紅酒，當然是托斯卡納的香蒂（Chianti），白酒則是羅馬市民幾乎家家戶戶每餐必備的費拉斯卡地（Frascati），以及這款「三有」酒。當年對此款酒，只留下了標準的「雲淡風清」的印象。

在台灣，近幾年雖也湧進了許多全世界的名酒。但對於這種廉價但大名鼎鼎的「在此」酒，卻無緣遇上伯樂的酒商。直到去年春天，我在日本又再度重逢這款老朋友。那是在一年一度的櫻花季過後不久，我因公赴名古屋大學，拜訪法學院的鮎京正訓、市橋克哉及宇田川三位教授老友，辦完正事後，有位老友吳兄曾在古都奈良以北十公里左右的天理市讀了幾年大學，想舊地重遊，於是邀我住上兩日。

這一個人口只有幾萬不到的小鎮，有一個很大的天理教總本寺，以及中等規模的天理大學。小鎮仍然保留極為純樸的民風，可能由於外來人口少，居民幾乎夜不閉戶。家家門口，所放置的腳踏車幾乎很少有上鎖的。其他鞋類雨傘等，也是沒有移到戶內，也不見有偷竊者。這也讓我回想到台灣在五〇年代，我曾在新竹鄉下的湖口度過了十三年的童年，那麼純樸，人人守法安本分的平和社會。

柔寧酒廠（Zonin）出產的二〇〇四年份「在此」酒。這個位於威尼斯附近的大型酒廠，出產各式的紅白酒，價格平實，應只在新台幣五百元上下。

那天晚上，我一位在當地大學留學近十年的友人，帶我到一家小館小酌。這個隱身在住宅區巷弄的小燒烤店，取了一個英文名字「Reverse」（翻一面），與周遭的全日式老住宅不無突兀之感。在這個僅有五、六張小桌子的餐館，我見到一位年近五十，頭上紮著一方紅色海盜帽的廚師，正專心在炭爐上翻轉著串串的雞肉、雞肝與雞腎的串燒。這是老闆田邊太平。這位田邊先生，本來是位大阪市頗有名氣的西洋音樂DJ，後來愛上天理市附近特產的草雞（日本稱為「地雞」）——大和雞的滋味，索性辭職，開起了串燒店。播放著老闆最喜歡的爵士樂，小店中只賣串燒一味，且每串只索價兩百五十日圓（相當於不到新台幣八十元）。在高物價的日本，算是合理的價位。而酒單，田邊老闆則只提供威士忌及白葡萄酒，而非一般燒烤店流行的日本清酒。果然，好一個與他人「反其道而行」，這位DJ用「翻唱片的用語「Reverse」來取店名「翻一面」，真有巧思！

我翻開酒單一看，立刻發現了久違的「三有」酒，當然不會失之交臂。這瓶二〇〇四年柔寧酒廠（Zonin）出產的「三有」酒，有著淡綠偏黃的色澤，入口微酸，但十分潔淨的回甘，一點都不奪味。串燒雖然標榜日本的「國寶雞」（大和雞），不過來自在吃雞肉也十分在行的台灣，我覺得日

柔寧也出產頂級的貝倫加里歐（Berengario）的紅酒，這是種植外來的卡本內．蘇維濃及梅洛葡萄所釀造，並會在全新的橡木桶中醇化一年，因此可以獲得強勁的酒體，及豐富果味，這也是仿效法國波爾多的新潮義大利酒的作法。

本雞滋味不過爾爾。台灣南北任何一家土雞城或台菜館內的土雞，甚至放山雞的肉質、口感都絕不遜色。但是剩下來的便是佐餐的「情趣」(氛圍)吧。絕對的敬業、絕對的乾淨衛生，配上義大利那麼好的佐餐美酒，以及令人久聽不厭的爵士老歌，這家串燒店的確與眾不同，這大概就可以稱為「格調」吧！

回到「三有」酒的滋味。既然此酒只是清新、甘冽為特色，為何能吸引到皇帝及其信差的讚譽？我個人的解讀，大概是當時可能是盛夏之時，皇帝與侍臣經過翻越阿爾卑斯山，渡過義大利北部的群山河谷，來到了孟特費阿司可時，難免舟車勞頓，人人口乾舌燥。此時，來上一杯冰涼的清爽白酒，豈不令人心曠神怡？

「三有」酒獲得盛名，也是巧遇機緣也。不過，人生的興隆，也不往往繫於機緣乎？我們應該慶幸，透過「三有」酒無遠弗屆的軼事流傳，可以讓更多的人知道這款人人喝得起的美酒，我們豈不要感謝那些歷代傳頌這則軼事的老前輩們？

「三有」酒是標準「走入尋常百姓家」的好酒，可惜台灣似乎仍然緣慳一面，希望哪位酒商能早日進口此款酒，台灣長年「赤日炎炎」正好為此酒促銷也！

18

羅曼蒂克大道的明珠酒園

侯斯特．紹爾園及米勒．土高葡萄酒

要說德國最美的一條觀光路線，不少人會想到萊茵河之旅。不錯，蜿蜒在葡萄山坡下的萊茵河，配襯出座座荒廢的古堡，的確令人發思古之幽情。但是，要讓遊人能夠眼看得到、手摸得到來自中世紀的建築及文化遺產，非走一趟羅曼蒂克大道不可。

這個由萊茵河支流緬因河（Mainz）旁的中古時代小城烏茲堡（Würzburg），向南延伸三百五十公里，直到阿爾卑斯山路下的福森（Fussen），保留一千年下來無數的宮殿、教堂與民宅，是聯合國評定的「建築博物館」的世界文化財。一趟羅曼蒂克之旅，會讓你回想起德國大文豪赫曼．赫塞（Hermann Hesse）筆下的奇妙世界。

在這個風景令人如痴如醉的烏茲堡，正是羅曼蒂克大道的起點，也是法蘭根酒區的重鎮。

來到法蘭根酒區，最值得美酒人士重視的酒，為米勒．土高（Müller-Thurgau）及席瓦娜（Silvaner）兩種葡萄。不僅中國的愛酒人士感到陌生，甚至在德國以外的地方也不容易有機會品嚐到的葡萄酒。

說到全世界上共有兩千多種葡萄，但是適合釀酒的葡萄不過百來種。而德國共有二十種葡萄，其中絕大多數是白葡萄。德國的葡萄種類最大的比例，是以麗絲玲佔第一位，二〇〇六年的統計為兩萬公頃；第二位為米勒．土高，為一萬五千公頃；第三位為席瓦娜，為五千公頃。

麗絲玲是德國最有名的葡萄，全世界各地都有移植者。但是，只有德國麗絲玲幾乎沒有辦法為各國複製成功。以澳洲為例，離雪梨不遠的「獵人谷」酒區（Hunter Valley）便有不少德國移民。這些德國移民把家鄉的麗絲玲葡萄種苗及釀酒技術原封不動搬到此區，但仍釀不出道地德國風味的麗絲玲酒。

麗絲玲的起源很早，早在一四一〇年的文獻就已經提到了這款葡萄。而據傳這是一種野生葡萄，後來在羅馬時代才變為種植的葡萄。麗絲玲是一種果小而圓、皮薄、汁多，色澤淡綠的嬌嫩品種。需要溫暖的氣候，成長期長，所以常在十月底才會成熟。但是那時寒風已至，帶來的潮濕氣息，常常摧毀果實。「麗絲玲」的名稱據考據，也來自說明葡萄在開花時遭到惡劣的嚴寒與潮濕天氣，會「結不出果」（Verriesel）的類似發音而得名。

也因此，德國的葡萄酒農，為了配合氣候（最好每年要有一百天的日照），土壤、排水度……挑出能夠早熟、耐得住嚴寒，特別是產果量要高的葡萄種類。在過去科技不發達，只能靠傳統樹種與經驗。德國後來靠著科技的先進，農業專家研究出許多的新品種，改變了德國葡萄酒的命運。而目前德國有超過一百八十種的新品種葡萄，這是世界各國所無法望其項背者。

最值得一敘的是瑞士的農業專家米勒・土高教授（Herman Müller）。出生於一八五〇年的米勒，年輕時來到烏茲堡大學攻讀博士，一八七六年這位年輕的博士被徵召到萊茵河的Rüdesheim邊新成立的的蓋森翰（Geisenheim）釀酒學院擔任院長，他本人則繼續研究葡萄品種。他將德國當時最流行的品種席瓦娜、盧蘭德（Ruländer）與麗絲玲交配繁殖，並經過許多年的反覆實驗，終於在一八二二年研究出「編號五十八」樣本的新品種。九年後的一八九一年，米勒教授返回瑞士。在行囊中，他帶回了幾個試管，裡面裝有一些樣本，包括了一個編號「五十八號」樣本，打算拿回瑞士觀察研究。

但後來米勒教授沒空繼續進行研究，於是把這批樣本轉交給一位名叫謝倫堡（Schellenberg）的園藝專家繼續研究。經過了一陣子的反覆交叉繁殖，謝倫堡研發出來一種產量甚大（比麗絲玲多三分之一，甚至到二分之一）、酸度遠較麗絲玲為低、果味頗為芬芳、但又可以提早一個月左右採收的新品種，一九二五年正式引進德國，並在法蘭根試種，立刻受到德國酒農的歡迎。由於米勒教授出生於瑞士的土高省，德國酒農便稱這種新款的葡萄為「米勒・土高」。至於到底這個新種類是否完全出自第五十八號樣本，因為謝倫堡沒留下資料，是以已不可考。

德國酒界也稱米勒・土高為「羅亨格林葡萄」（Rohengrintrauben）。這是取材自德國浪漫時代大音樂家李察・華格納（Richard Wagner）的著名歌劇《羅亨格林》——天鵝騎士。神秘的羅亨格林不能被問到他的來處，劇中的女主角新婚公主，受不了奸人的慫恿，逼迫新婚丈夫說出其來歷，以證明其忠誠愛意。羅亨格林說出後即飄然遠去。所以這個葡萄使用浪漫的「羅亨格林葡萄」，其實便是「來歷不清葡萄」的代名詞也！

米勒．土高在德國本來是作低價位的佐餐酒，因為在九月底氣候還不冷，無法釀造冰酒，甚至寶黴菌也不易沾染，所以沒有辦法製作高價位酒。但不少酒莊看中了這種葡萄對土壤不挑剔個性、也頗能抗病。特別是在二次戰後的七〇年代，德國經濟復甦，酒的需要量大增，於是在各酒區便紛紛改種這種葡萄。量變，質也跟著改變。但是卻是朝著好的方向改變，現在由米勒．土高釀製的各種頂級酒，已經出現在市面上，特別是在法蘭根酒區。

說完了「法蘭根葡萄兩大寵兒」之一的米勒．土高，現在要講另一個寵兒席瓦娜了。席瓦娜基本上和麗絲玲很接近，常被認為是麗絲玲的衍生種。席瓦娜的成熟較米勒．土高晚一到兩週，但可較麗絲玲早兩至三週採收，不要看只差這兩、三週，憑著這寶貴的「黃金兩週」，就可使一年的收

法蘭根「三傑」之一的卡斯特園。本園是法蘭根最老的名園，當今園主為第二十五代傳人，不可思議，一個家族可以延續三百年堅守釀酒本業。

紹爾園位於安靜的艾森多夫小村，純樸可愛，全是造酒人家。

成避開十月底的惡劣氣候。麗絲玲不適種植的地方，席瓦娜便可取而代之。

席瓦娜的香氣濃厚，產量也較大，酸度相對低，因此釀出的酒極為和順，有德國「葡萄皇后」之稱，而有「葡萄國王」之稱的則為麗絲玲。在一六六五年，德國的文獻上首次出現了席瓦娜的名字，比麗絲玲晚了兩百五十年之久。

烏茲堡周遭總共有六千公頃的法蘭根酒區，其中百分之八十三為白葡萄酒。主要是以米勒·土高葡萄為大宗，約佔百分之三十五；席瓦娜佔百分之二十。法蘭根酒的特徵雖然乾白、甜白都有，但以乾白較為出色。至於寶徽甜酒較少，品質也不錯。法蘭根酒是使用一種寬肚的酒瓶，這種狀似以前人裝酒的羊胃袋（Bocksbeutel），因此也稱為羊胃袋酒瓶，這是有專利的，任何地方不得採用，因此一望而知。

依據二〇〇六年新的《德國葡萄酒年鑑》（*Gault Miliau, Wein Guide Deutschland 2006*），整個法蘭根區趨近六千家的酒莊中，只有三個酒廠被選為「四串級葡萄」的酒莊，分別是卡斯特園（Castel）、魯道夫·佛斯特園（Rudolf Fürst）以及侯斯特·紹爾酒園（Horst Sauer）。

法蘭根地區主要因為麗絲玲葡萄較少，沒有釀製寶徽酒的條件，以致於列入「五串級葡萄」的最高頂級酒園從缺。「四串級葡萄」的酒莊中，我在今年的二月底，拜訪了紹爾酒園。紹爾酒園位於烏茲堡東北方二十公里處，一個典型德國老名字名叫艾森多夫（Escherndorf）的小村莊。紹爾酒園擁有十四點五公頃，並且還另外租有兩個各三公頃大的園區，種植七白一紅的葡萄，年產量共有十二萬瓶。

雖然紹爾家族四代人都種植葡萄，直到一九七七年才由果農變成酒農。不過十年前，這個屬於中小規模的酒廠，還沒沒無名。園主紹爾先生致力於新科技與老科技的結合，並用手工藝的手法來對待每一瓶酒。紹爾先生有一句名言：「每一瓶偉大的酒，都要能在評賞人的口腔中，留下了敘述釀酒家的激情，與盼望的歷史痕跡。」所以，他將酒莊按著山坡蓋成三層樓高，將採收的果實由最上層倒入壓榨機後，一路釀製、儲存下去，完全用酒汁的自然重力流下，不用抽水機來抽取葡萄酒汁，以免機器產生的熱能破壞了酒質。這種靠天然重力而不用幫浦的輸送方式，我在德國萊茵溝的天王酒園——羅伯．威爾園（Robert Weil），以及波爾多幾家頂級酒莊都看到了同樣的設計。

個性靦腆、害羞的紹爾先生，看到我們來訪，立刻「十分東方式」地雙手合十鞠躬，向我們打招呼，使我們備感親切。他的掌上明珠紹爾小姐，兩年前才畢業於蓋森翰的釀酒學院，紹爾先生很得意他的女兒能夠將最新的釀酒科技，與他的釀酒哲學相互映證。

這種努力並沒有白費，終於二〇〇四年紹爾園在倫敦的酒展中，獲得了「年度最佳白酒釀酒師」的榮譽。馬上聲名大噪，所有的酒一下子銷售一空！園主也在五年內，把酒園趁機擴充一半以上，來滿足廣大的訂單。我在二〇〇八年二月底造訪本園時，沒想到年產四千瓶的二〇〇六年精選級葡萄（Auslese）只不過在半年之間，便銷售一空。其他的九款也莫不如是。一般酒莊都會想盡辦法出清兩年以前的白酒。但紹爾酒園二〇〇五年的各款酒早已售完，這恐怕羨煞不少酒園。

儘管如此，園主並沒有急著調高酒價，以二〇〇三年極優秀的席瓦娜乾白，雖然獲得「年鑑」九十一分的高分，但也只售十六歐元；同年份的席瓦娜枯萄精選（TBA）也獲得九十三分之高，售價為五十二歐元。《年鑑》毫不吝惜地稱呼二〇〇四年其龍普園（Escherndorfer Lump）的席瓦娜酒是「全世界最好的席瓦娜酒」。至於二〇〇七年份的龍普園席瓦娜的遲摘級乾白只售價九點七歐元；二〇〇六年的麗絲玲寶徽枯萄精選，售價五十八歐元；法蘭根地區難得一見的冰酒，二〇〇四年席瓦娜冰酒，也只不過五十一塊三歐元。都是很迷人的價錢。

看到德國這本最權威酒導覽的介紹，我們當然要嘗試一下紹爾酒園的席瓦娜滋味。此次品酒會，莊主大方地準備了九款二〇〇六年及二〇〇七年份龍普園系列，由最簡單的米勒．土高私房酒（Kabinett）乾白，到二〇〇六年兩款分別由麗絲玲及席瓦娜釀成的枯萄精選，都讓我們領略到法蘭根酒特有的柔順與芬芳。

二〇〇六年份的麗絲玲枯萄精選，酒精度只有百分之六點五，與同年度的席瓦娜枯萄精選年產量都只有六百瓶（半瓶裝）。釀造方式除了在舊的木桶先行發酵之外，會將一部份陳放在全新的橡木桶中達七個月之久，而後再混合。已經屬於革命性的釀酒方式，部分取法了法國波爾多索甸的方式，而非德國傳統方式。

當我問及何以紹爾酒園也種植起麗絲玲的葡萄？生性靦腆的紹爾先生向我直言：這是為了外銷市場的考量。因為外國買家只知道德國的麗絲玲，而不相信席瓦娜的品質也。甚至為了外銷，本地酒農不少也改變傳統的羊胃肚瓶，而改用一般長頸瓶，免得被人有「廉價酒」的誤解！

另一款讓我有驚艷之感的是二〇〇六年席瓦娜乾白「大年份級」（Grosses Gewaechs）。「大年份級」是德國幾個邦較新的一種葡萄酒標示法。是仿效法文「頂級」（Grand' anee）的制度，針對某些優質的酒廠，嚴格規定其釀造的程序：例如，每公

紹爾酒園二〇〇六年的麗絲玲逐粒精選(BA)寶黴酒。

頃產量不得超過五千公斤、全部以手工採收；新酒釀成後，必須存放到隔年六月才可裝瓶，來保證醇化至少八個月；以及隔年九月一日起才可以上市。目前整個法蘭根地區六千家酒莊，只有十八家可以推出頂級的大年份酒。凡是掛上了「大年份」標誌，就

不必再註明是否為「遲摘級」或是「精選級」(Auslese)。一般大年份酒的品質，便是介於這兩者之間。例如二〇〇六年本款「大年份」酒年產一萬八千瓶，售價為十七歐元，價錢同二〇〇七年份，年產各只有四千瓶的精選級席瓦娜(十五元)和麗絲玲(十六元)，相去不遠。

我們品試的這款大年份酒，雖然是乾白，仍然有極明顯、但甚為薄弱的甜味，芬芳至極，但有一種「回乾」，怕甜的朋友當不會拒絕這種甜中帶乾的優美，比起頂級的夏多內，不遑多讓。

紹爾園的後方便是龍普園區，坡高四十五度，沒想到每年十月竟然在此處會生長出寶黴菌，使得本園也能夠釀製讓其他酒園欣羨不已的寶黴酒。

看到我們對九款龍普園的熱情反應，莊主又返回地下酒窖，拿出了一瓶鎮窖之寶：二〇〇二年的席瓦娜枯萄精選。比起二〇〇六年的稻草淡綠色，本年的顏色已經變成了深黃的琥珀色，這和法國狄康堡（Chateau d'Yquen）陳年後顏色轉為類似澄紅，但入口的醣度、酒精度更低，整體的平衡飽滿與柔軟，更勝一籌！果然，紹爾園能夠左手釀乾白，右手釀出頂級的甜白，要不稱他為「法蘭根第一」也就難囉！

19

神祕修道院的神祕白酒

德國史坦貝克園葡萄酒

拜《達文西密碼》故事與電影之賜，離我們現在生活已經遠如天際的中古時代天主教教會歷史，又出現在我們的眼前。一幢幢石造磚雕、壁飾古樸華麗的教堂，昏暗靜穆的內部氣息，彷彿向讀者透露出這些教堂內暗藏著的許多玄祕符號，許多隱藏重大的歷史事故，等待被人發掘出來。

《達文西密碼》重新燃起了人們對天主教神祕教堂的興趣，葡萄酒也是一樣。在天主教的歷史中，不論是耶穌在傳教時，將清水化為美酒所顯現出的神跡，或是在最後的晚餐與門徒共飲葡萄酒，以至於天主教的彌撒必定準備葡萄酒作為「耶穌之血」，來由主祭者代表飲用……天主教和葡萄酒的關係濃不可分，也無怪乎中古時代的教堂幾乎都擁有葡萄園，教士也負責釀酒，並傳承釀酒的知識。

拿破崙的革命重重地摧殘了歐洲教會的勢力。原教會把持的土地，幾乎都充公、拍賣給一般農民與商賈。所以直到今日的德國，只有剩下極少數葡萄園還會掛上修道院或教會的名稱。其中最著名的一個例子便是在萊茵河區，屬於萊茵溝（Rheingau）地方的艾伯巴赫修道院（Kloster Eberbach）以及其所屬的史坦貝克園（Steinberg）白葡萄酒。

歷史可明確地推回到西元一一三六年二月十三日，十三位來自法國布根地區克雷福（Clairvaux）地區的天主教修士，來到德國萊茵溝邊上一個風景如畫的小鎮。這批修士屬於法國西托教派，在當時幾乎擁有了所有布根地的良田，而這十三位修士正是來自布根地傳奇名園伏舊園（Clos de Vougeot）的同一教派。來到德國後，在一位名聖伯哈的修士領導下，十三位修士在萊茵溝地區胼手胝足地蓋起了艾伯巴赫修道院，拓荒墾地、養牛種菜以謀求自耕自足，並且釀起葡萄酒。

艾伯巴赫修道院開始蓬勃發展，加上修士們勤勉認真、全心奉獻，艾伯巴赫成為整個萊茵河地區最富有的修道院。全盛時期，艾伯巴赫修道院擁有兩百零五處房產、田產、船舶、貨運棧及商修道院店，與今日的大財團無異。艾伯巴赫修道院擁有的葡萄園總面積好酒只佔所有田產的百分之二點五，其所出產酒的四分之三都供給修士們飲用。

西元一二一一年，某位熱心的教徒把一座三十餘年前（西元一一七八年）在一個佈滿岩石的山坡所開墾、緊鄰修道院的葡萄園捐給了教會。由於是位於一座滿是石頭的山坡上，故取名為「石山」（德文Steinberg，發音為「史坦貝克」），園裡栽種清一色麗絲玲葡萄，但這些葡萄來自何方，連修道院都沒有任何文獻記載。

由於艾伯巴赫修道院的修士來自法國的伏舊園，所以艾伯巴赫修道院也和伏舊園一樣，用石頭圍牆，把整個園區圍繞起來，也是目前德國唯一一個用石牆圍起的葡萄園。當然何時開始圍起，也沒有任何文獻的記載。唯一可以確認的是，現今的圍牆的大概是在西元一七六六年修建，來防止宵小。整個圍牆長達三公里，高度由三米至五米不等，是伏舊園圍牆高度的三至五倍以上。

史坦貝克園是艾伯巴赫修道院所有葡萄園中最好的一個園區，面積共有三十一公頃。它位於面南的山坡上，排水、陽光都極為良好。所以，史坦貝克園的名氣也不比同在萊茵溝地區的約翰尼斯堡（Schloss Johanniberg）來得差。這裡也引發一個有名的歷史公案：

德國白酒中最有名的是「遲摘酒」，這種由熟透、且不少已長出寶黴菌的葡萄所釀成的芬芳美酒，一般都認為是由約翰山堡的大主教富達在一七七五年因為信差的遲到，而湊巧釀出來的成果，沒想到「一釀成名」！但是由艾伯巴赫修道院的文獻資料顯示，早在西元一七五三年修道院膳食房的記事本，已經明白地記下來：由史坦貝克園區所摘取已經長了黴菌的葡萄，可以釀出極為可口的酒。

這段文字清楚地記載了艾伯巴赫修道院比約翰尼斯堡早了二十二年釀出遲摘好酒。這份資料應當是可信的，因為在西元一七三〇年時，艾伯巴赫修道院在當年共釀成了一千零八十九大桶，總計一百三十萬公升葡萄酒。可以理解在這種龐大的產量之下，可能研創出新的酒款。

艾伯巴赫修道院在歷經拿破崙的統治、教會及修道院財產開放民間收購後，產權未被私人所承購，而落入了當地的拿騷（Nassau）侯爵的產業。一直到一八六六年，才變為黑森邦及普魯士邦國的「御園」，除了提供王

二〇〇五年份史坦貝克園的遲摘酒。綠色的酒瓶由瓶頸至瓶中部分，酒瓶形狀壓成十六條凹槽，十分特殊，也成為本酒莊的註冊商標。我特別找到林章湖教授替我繪製的〈靈修〉，這幅彩墨的大作，但見一位著赭紅袈裟的喇嘛靜坐在一奔瀑前靜思。章湖兄乃吾廣東潮州鄉兄，吾邑出此詩、書、畫三絕的文士，我也備覺光彩也！

室飲用外，也賣給一般民眾。龐大的修道院建築除了保留了教堂、釀酒及儲酒室等古蹟外，其他建築都被徵收為政府機關之用，包括軍事機關、拘留所、甚至婦女收容所；直到二十世紀二次世界大戰後，也作為收容難民的臨時住所。不過，歷史上的葡萄園區，仍然繼續生產葡萄，並釀成美酒。

這些當年屬於邦國王室的「御園」，在第一次世界大戰之後，邦國君主政體解體，「御園」成為各邦政府的邦有產業。而標籤上都會印上一隻「帝國之鷹」，乍看之下，帝國之鷹像極了納粹時代所流行的納粹之鷹，而且都是「金鷹」（用黃金顏色），簡直就是納粹之鷹的翻版。無怪乎一直到八〇年代的末期，德國最有名的報紙、也是偏左立場的《法蘭克福大眾報》（*Frankfurter Allgemeine*）一直拒絕刊登各邦邦營葡萄酒園生產之葡萄酒的廣告。主要的理由，便是因為這隻金鷹的關係。

當然，這些邦的議會都有爭議是否要去除這個敏感的金鷹標誌。結果各邦議會的決議都以政治不宜侵犯傳統文化為理由，否決了此種提議。唯一例外的是巴伐利亞邦。這個納粹發源地的巴伐利亞邦也在烏茲堡（Würzburg）擁有一個法蘭根酒園，酒標上便是以兩隻獅子的邦徽取代了帝國之鷹。

一般而言，這些邦園釀產葡萄酒，維持傳統的意義遠大於賣酒的收益，不以營利為目的。無怪乎這些掛有帝國之鷹的葡萄酒便代表了質量的保證。讀者若有看到這種標籤，儘管下手購買都不會失望的！

作為一個傳統的酒園，史坦貝克園也生產了許多種酒類，從最簡單的佐餐酒一直到最昂貴的逐粒精選、枯

另外一個當年德皇的御園，位於薩爾河的特立爾市，也有帝國之鷹的標籤。

萄精選以及冰酒。但是要靠天氣以及寶黴菌才可以釀造的這三款酒，在整個艾伯巴赫修道院七個園區，總計起來（以一九九四年至一九九五年的統計）只有百分之一的產量。但史坦貝克園的產量更少，兩款寶黴酒偶爾有若干產量，構不上統計，只有冰酒為百分之零點零四，換句話說，每一萬瓶史坦貝克酒中只有四瓶是這種冰酒。無法持續釀製這三款價格最昂貴、也是德國酒最高等級的「貴族酒」，以致於本酒莊無法被《德國葡萄酒導覽》的編輯所青睞，只評到了三串葡萄。

至於其他艾伯巴赫修道院酒產量較豐的遲摘酒（佔整個艾伯巴赫修道院總產量皆近四分之一），史坦貝克園只佔本園生產量之百分之零點二；至於精選級酒，佔整個艾伯巴赫修道院總產量百分之二，但史坦貝克園的精選酒同樣的和遲摘酒一樣，都只佔整個艾伯巴赫修道院總產量百分之零點二。因此，本園這兩款酒，已經是品酒家們最珍惜，也是德國最搶手的精選酒及遲摘酒，市面上很難見到。

所以史坦貝克園是以私房酒，以及較低一個等級的優質酒（QbA）為釀製的大宗。前者佔全園產量的百分之二十七，後者佔百分之七十，同時都是以平價酒聞名。一瓶優質酒市價約二十美元，私房酒也不過二十至三十美元，這兩款酒都是果香四溢、酒體輕柔飄逸、入口又有類似香擯氣泡的感覺。絕對是一款適合夏天飲用、也適合佐配海鮮、沙拉等屬於輕口味的佐餐酒。

艾伯巴赫修道院目前共有

一百三十一公頃的園區，除史坦貝克園外，還有六個大小園區，每年共釀製九十萬瓶酒，算是大型的酒莊。修道院本屬政府所有，但在西元一九九八年已被劃入為公法財團，平日開放供遊客參觀，這個由十二世紀建造完成的羅馬式、早期哥德式的修道院中隨處可見穿著各種教派袍服的修士修女們，在修道院的角落或沉思、或祈禱。遊客在每個角落都可聽到聖歌的低聲頌贊，也自然會不由自主地放輕腳步，壓低嗓門兒。我在四年前的夏天曾經造訪這座神祕的修道院。突然之間，感覺似乎十分眼熟，細想之下原來這是一部著名的電影《玫瑰的名字》所拍攝的地點。這部由義大利教授安伯托・艾可（Umberto Eco）所撰寫的原著小說，透過了〇〇七老牌演員史恩・康納萊（Sean Connery）所主演的博學多聞的修士威廉，把一座中古時代修道院內的連環謀殺案，抽絲剝繭地曝光出來。取景便是在這座修道院內所完成。當我勾起了對劇中的回憶後，每一步，我走在迴廊上的迴音，都彷彿帶有神祕的迴響，好一個令人難忘的酒莊之旅！

20

莫塞河的珍珠

弗利茲·哈格酒園

聽到德國萊茵河支流莫塞河畔的弗利茲·哈格酒園（Fritz Haag）的莊主奧利佛（Oliver）將來訪，並帶幾瓶莊園好酒，來與本地的酒友共享。有位朋友希望我提供一些這個酒莊的若干背景。這個情形對我早已見怪不怪，因為早年留學德國的關係，我對葡萄酒的愛好，也是由愛上德國萊茵河白葡萄酒開始，走上「快樂的不歸路」。這和在其他國家開始迷上葡萄酒者，泰半由酸、澀的非優質紅酒開始品酒的樂趣，我們留德背景者倒是享受了廉價且果味集中、果香濃厚的白酒風味，一步步再朝紅酒的廣大世界前進。不少酒友們已經習慣了紅酒，特別是優質的波爾多紅酒的口味後，不再能體會出帶甜味、低酒精度但極為芬芳的德國白酒迷人之處，是頗為可惜的。

德國酒產區是標準的小農制，和法國布根地一樣。小農酒莊當然只能用本國語言宣傳，所以如果不諳德語，就極難瞭解德國葡萄酒的複雜資訊。所以，這是我常被詢及德國酒莊的主要理由。

德國酒長年有一個被誤解的現

象：偏甜，只適合女人喝。但近年來情況已經有了極大的轉變。「紅酒熱」燃燒全世界快十年後，慢慢地物極必反，紅酒所顯露出來的不少缺點：口感太重，不適合在炎熱的天氣或佐配清淡的食物飲用；酒精度太強，一般紅酒雖在十二度至十三度上下，但不少義大利或澳洲酒，為了要釀出強勁口味、酒體豐富，以極具有陳年的實力的「大酒」（Grand Vin），甚至把酒精度提升到十四度或十五度以上，對飲用者的身體與健康反而造成不利的影響。然而，紅酒的品賞就像吸食鴉片一樣，愈發不能自已，而紅酒熱造成頂級酒的大行其道，幾乎每個紅酒酒莊都想晉級釀造獲利更豐的頂級酒。於是乎，陳年所不可或缺的全新橡木桶的需求量暴增，每年不知要多砍掉好幾百公頃橡木林，已引起環保團體的痛批！

相反地，本來被擠在酒市消費邊緣的白葡萄酒，特別是酒精度低，通常只有八度、九度之多的德國白葡萄酒，且更能在日益暖化的季節，搭配任何食物，就逐漸地受到消費者的青睞。尤其，德國白葡萄酒是以麗絲玲葡萄為主，這不似頂級的夏多內需要使用橡木桶來增加風味，也更符合環保的理念。自從千禧年開始，美國《酒觀察家》雜誌就已提出了預測：德國酒已經到了翻身的時刻。果不其然，在連續獲得了幾個絕佳年份（二〇〇一年至二〇〇五年都是好年份，尤其是二〇〇三年及二〇〇五年都屬於頂尖的年份，二〇〇五年產量較少，更是為藏家所珍惜），使得德國頂級酒莊的好酒，大受美國消費者的歡迎。幾乎貨一到，便即刻售光。

在有超過十萬個酒農的德國，每個酒農至少出產三種以上的葡萄酒，德國酒的數量也超過五十萬種，要挑出幾款令人難以忘懷的好酒，最簡單的辦法，莫如交給德國專家來替我們選擇。

與法國米其林美食指南齊名的為《高米樂》(*Gault Milau*)雜誌。這本雜誌在每一年會出版一本《德國葡萄酒導覽》(*Wein Guide Deutschland*)，將各種德國酒分門別類地加以評分。以二〇〇六年份為例，就給了七百七十八個酒莊及六千八百三十九款酒打了分數。每年一度的評審，當然給了所有受評比的酒莊極大的壓力，也促使本來就十分踏實的德國酒農更精益求精。《高米樂》在二〇〇六年份的年鑑中，統計了從一九九四年至二〇〇四年得獎紀錄。其中德國酒最重要的酒區—莫塞河酒區，擁有九千五百公頃的葡萄園區，位居德國所有十三個產區的第六位，屬於中型規模。但是因為這裡葡萄酒的品質最高，歷史最悠久，價錢也是最貴的，幾乎成為德國葡萄酒的代表作。

在萊茵河及莫塞河近千家酒莊中，《高米樂》年鑑二〇〇六年版評選出四個表現最佳，評為「五串葡萄」的最頂級酒莊，分別是羅生博士園(Dr.Loosen)；依貢・米勒園(Egon Müller)；普綠酒園(J.J.Prüm)，以及本文的主角弗利茲・哈格酒園(Fritz Haag)。這個評比在二〇〇七年及二〇〇八年的《高米樂年鑑》，都沒有改變，可見得這四個酒莊都是千錘百鍊的「酒國好手」。

依貢・米勒酒園及普綠酒園在台灣酒界並不陌生。這三個酒園所生產的枯萄精選，已經入選我的前作《稀世珍釀》中的世界百大葡萄酒之列，我也對這三個園歷史以及傑出的釀酒工藝，做過極為詳盡的介紹；羅生博士園我也曾在《酒緣彙述》中介紹了這一款近年最優秀的德國酒園。只剩下最後的弗利茲．哈格酒園尚未仔細介紹。

話說一八一〇年前後，有一次拿破崙在前往德勒斯登（Dresden）的途中，經過了萊茵河支流的莫塞河的中段，一個名叫「杜塞蒙」（Dusemond）的谷地，這個名稱是由拉丁文（mons dulcis），轉成德文，意思為「甜蜜的山」。其中散雜著零零落落的葡萄小園。這個美麗的景致讓拿破崙大帝脫口而出：「好一個莫塞河的珍珠」！正巧，拿破崙所讚嘆的，正是「弗利茲．哈格酒園」。

弗利茲．哈格酒園僅有十二點二公頃，年產量為九萬八千瓶。這也是一個歷史的老園，早在一六〇五年，哈格家族就入主了這片葡萄園區。由這地方園名「甜蜜的山」，說明了這塊葡萄園能夠生產甜如蜜的葡萄酒。這塊酒園一直到一九二五年才由「杜塞蒙」改名為「棕山」（Brauneberg），大概是因為此地的土壤多半是褐色的片岩，才命此名，所以哈格園的優良產品上才會冠上「棕山」的名稱。

哈格父子圖，面前為準備釀製遲摘級的葡萄。其中不少已經長出寶黴菌了。

這個擁有四百年歷史的老葡萄酒園，累積了豐富的釀酒技術。這個酒莊在二〇〇五年本園由父親威廉哈格交給了少莊主奧利佛接掌。威廉在一九五七年由其父親弗利茲手中接下了本園，所以是標準的家庭事業。奧利佛在蓋森漢釀酒學院畢業後，曾在

奧利佛莊主的笑容。

南非及萊茵河區數個釀酒廠研究釀酒技術後，才入主本園。本園最大的資產便是有全世界最優質的麗絲玲葡萄。莫塞河的中段棕山產區左河岸，有兩段最精彩的葡萄小產區，一個叫做「幽芙」(Juffer)，另一個叫「幽芙日晷」(Juffer Sonnenuhr)。本園的葡萄便產自在這兩個產區。特別在昂貴的「幽芙日晷」，共有十公頃之多，延綿長達兩公里，陽光充足，由於坡度達八十度，排水良好，最適合麗絲玲的成長，早在美國總統傑弗遜在擔任駐法大使時，他的酒單上已經註明了產自「幽芙日晷」區的美酒。

至於「幽芙」這個奇怪的名字乃當地的方言，意為「老處女」。典故出自在拿破崙統治後，當地有一位國王侍從官翁德利希（Wunderlich）是當地最大的葡萄園主。翁德利希有三位掌上明珠，因為太喜歡此地，不願意離開，因此違抗老父的婚嫁命令，三姊妹終生未嫁。此地共有三十二公頃之大的小產區，遂出現了「老處女」這個有趣的官方地名。

家庭傳承責任既然託付給奧利佛，他今後唯一的任務，便是把葡萄顧好，再釀造出第一流品質的好酒。同時產量也頗高，每公頃可生產六千五百公升。

本園生產所有的酒幾乎都獲得《高米樂》的高分，例如二〇〇三年的

TBA獲得了一百分的滿分。但在市場上，這個酒園卻是以遲摘級及精選級縱橫天下，另一個令人欽佩的是，這家酒園很有良心地以評價來滿足酒客們的渴望。

以二〇〇八年的市價而論，一般遲摘級售價不過二十歐元，產量有八百五十箱，近一萬瓶；而一般的精選級產量較少，約有五千瓶，售價為二十五歐元；而已經行家所追求的頂級「金頂精選級」也不過六十歐元，所以可以使得「天下酒客盡歡顏」！就在二〇〇六年被評為最高等級的「五串葡萄」酒莊，當年份生產的各款酒中，竟然有十三款獲得九十分以上的佳績，其中八款被認為是德國該種葡萄酒類的冠軍者，因此被評為「當年份全國最值得收藏的酒」（年度收藏獎）。而當年的TBA也獲得一百分的佳績，至於二〇〇七年的「金頂精選級」更獲得年度冠軍；同年度的TBA也獲得了九十九分的最高評分。

特別二〇〇七年是德國酒非常優秀的年份。往年德國葡萄在開花後，至少一百天才會成熟。二〇〇七年在五月底葡萄便已開花，直到十月都陽光充足，沒有下雨，使得每個酒區都可長達一百二十天至一百五十天，有的酒園甚至高達一百六十天之久的成熟期。日照的充足，帶給葡萄高度的糖分及濃稠的果香。其實自千禧年以來，德國麗絲玲酒得到上天的眷顧，年年幾乎都是好年份，例如《酒觀察家》雜誌給二〇〇一年份評九十八分；二〇〇三年評九十四分；二〇〇五年又高評為九十八分；二〇〇七年為九十五分。只有二〇〇六年算是糟糕的年份，夏天雨水不斷，幾乎毀掉了德國葡萄酒業。然而對弗利茲哈格酒園而言，情況卻未如此悲慘，當年反

二〇〇七年份的弗利茲．哈格酒園的麗絲玲遲摘級，這是「品質與價格比」最值得收購的美酒。

而寶黴菌叢生，釀造出來的「逐粒精選」就十分精彩，產量也甚多，達到六百瓶（半瓶裝）之多，口感幾乎不輸二〇〇七年的「枯萄精選」。

無怪乎《酒觀察家》雜誌要鼓勵讀者們趕快添購二〇〇七年份德國萊茵河酒。弗利茲·哈格酒園的各種產品，果味與香氣都甚為強烈，酸度明顯偏高，也是麗絲玲能夠比其他德國葡萄酒更為長壽的體質表現，都是值得收藏的好酒。我誠懇建議儘量收藏本園的遲摘與精選酒，一來量較多，二來價錢合理。二〇〇九年四月三十日收到的《酒觀察家》雜誌對本園「一般精選級」（非金頂級），評為九十五分，美國市價為五十美金；次一等級的「遲摘級」評為九十四分，美國市價四十五美元，似乎仍是可以為酒客所接納。此時不購，更待何時？

以下便是奧利佛帶給我們弗利茲·哈格酒園的「驚喜」：

二〇〇五年度的「金頂精選級」，被評為九十六分，雖然是精選級，但其中五至六成為寶黴葡萄。《酒觀察家》雜誌評為九十五分。果香出奇集中，濃厚的蜂蜜味覺，但入口後有香檳的感覺輕快而不遲滯，頗有一般酒莊冰酒的架勢。

二〇〇六年的逐粒精選，《酒觀察家》雜誌評為九十八分。這是悲慘年份的驚奇之作。酒色極為淡綠幾近透明，但突出的鳳梨，而且是屬於青鳳梨的香味，夾雜著青梅、哈密瓜，以及杏子、蜂蜜，絕對令人一飲難忘。

二〇〇七年的枯萄精選，被《高米樂》評為九十九分。這是一款非常難釀造的酒品。奧利佛告訴我二〇〇七年十月底採收寶黴菌葡萄時，動用二十個採收工，忙一整天下來，才能採收四十五公斤的寶黴菌葡萄。這

哈格酒莊最得意的作品：二〇〇七年的枯萄精選。年產量只有一百六十八瓶（半瓶裝），珍貴可知。背景推測為德國十九世紀末最有名的畫家藍巴赫（Franz von Lenbach，一八三六～一九〇四）所繪粉彩《婦女》圖。藍巴赫活躍於德國巴伐利亞，十九世紀末舉凡德國最重要的政治家、軍事家及藝術家，都由其繪畫肖像傳世。其故居位於慕尼黑市，已改成藍巴赫紀念館。離我當年留學時的宿舍不遠，因此我經常造訪，也對其風格甚為熟稔。十五年前，我在倫敦的一個小古董店內發現此畫作，立刻被其吸引，背後有藍巴赫及「我的祖母」之簽名。此畫可以作為我在慕尼黑及倫敦生活的最好回憶。

些葡萄的出汁率為十分之一，故只能壓榨出四點五公升的酒液，裝成三百七十毫升的半瓶裝，剛好一打。當年只生產一百六十八瓶的半瓶裝。這款酒基本上不外售，只提供作為拍賣之用。我在品嚐二〇〇六年份的BA後，接著品嚐二〇〇七年份的TBA，馬上感覺出這款TBA果味、香氣甚至顏色，都比二〇〇六年的BA來得淡，且酸味較高。大家詢問我的解釋如何？我認為二〇〇七年的TBA還在成熟過程，因此，酸度高是一個證明，至少要十年以後才適飲。至於二〇〇六年BA已經邁向成熟之路，所以才會顯示出它吸引人的風貌。奧利佛在旁頻頻點頭，似乎贊同我的看法。

此次奧利佛也特別帶來兩款麗色堡酒莊（Schloss Lieser）的遲摘酒及精選酒。原來這是奧利佛的哥哥湯瑪士（Thomas）所擁有的酒莊。和弟弟一樣學過釀酒學的湯瑪士，在一九九二年就在離老家四公里不遠的老酒莊麗色堡擔任經理及釀酒師，沒想到這個酒莊已經殘破不堪，沒有固定客人，生意奇慘，於是在一九九七湯瑪士便買下了這個殘園銳力經營，當然父親的大力協助當不在話下，二〇〇一年開始，本園已經擁有了七公頃的規模，年產量也達六萬瓶，屢屢得獎，開始晉升到名園的榮譽榜上，二〇〇六年的《高米樂》年鑑評為四串葡萄（只有九家酒莊獲此榮譽），顯然湯瑪士已經成功了。

奧利佛希望我們也試試哥哥的傑作，他坦言：希望與哥哥作良性的競爭。我們品試麗色堡酒莊這兩款酒，都比哈格園來得稍微濃烈，以及礦石味重，沒有哈格園來得高雅，但這個差別是細緻而並不明顯。不過價錢便少到百分之二十，仍值得作為「想像」

奧利佛哥哥湯瑪士所擁有的麗色堡酒莊所釀製的二〇〇七年份遲摘級，口味極接近弗利茲・哈格酒莊的遲摘級。

難得一見的哈格酒莊佳作的替代品。

最後提到哈格酒莊還不能不提到一個哈格家族後代所經營，但名氣與品質都相距甚遠的威利·哈格園（Willi Haag）。這一個在弗利茲·哈格酒莊不遠處，同樣擁有「幽芙」與「幽芙日晷」產區近六公頃園區的酒莊，每年生產近五萬瓶的麗絲玲酒，評價中等，價錢也低廉（多半在十歐元以下）。拜哈格酒莊盛名之賜，這個酒莊以生產遲摘級的酒為主，佔五分之三以上，而且所有產量的六成都外銷。我曾在日本看到不少這個酒莊的酒，由於酒標設計極為類似，剛開始沒分辨出，以為是正統的哈格酒莊，但口感極沉重與甜膩，並不高雅，立刻確認方知錯選，酒友讀者們宜特加注意！

〔藝術與美酒〕

洛思與女兒：這是德國近代畫壇巨擘奧圖·迪克斯（Otto Dix）所繪於一九三九年的作品。洛思為《聖經》創世紀所多瑪城的善人，為逃避上帝給所多瑪城的烈焰焚城之處罰，他的兩個女兒把他灌醉後，委身於他，而使其父香火不絕。本圖描寫洛思由女兒進呈美酒，背景為烈火焚燒所多瑪城。畫壇也有認為此圖乃畫家影射戰火瀕臨的歐洲。現藏於德國阿亨市博物館。

21

夏多內酒的「麥加聖地」
蒙哈榭酒區行走

曾經有過一個傳說：有一天一位御廚因為小事觸怒了喜好美食的獨裁皇帝，而遭到處決的命運。皇帝念及這位提供他美食數十年的功勞，特別開恩，准他在皇宮酒窖中，挑出人生的最後一瓶酒，然後問他的酒要挑哪一款？

這位當然也是美酒家的御廚是這樣回答的：「那要看行刑那天的天氣如何？假如是在冷天氣，請恩賜我一瓶羅曼尼．康帝；假如是個熱天氣，則請恩賜我一瓶已冰鎮過的羅曼尼的蒙哈榭。」

當每位愛酒的人士聽到這個傳說，大家都會會心地一笑，也認為這位御廚當可以「醉臥九泉」了。

提到紅葡萄酒的「麥加」聖地，大概會有一些分歧的說法：資深的美酒專家不是挑選法國波爾多市，就是挑選法國布根地金坡的馮．羅曼尼酒村（Vosne-Romanee）；愛國的美國佬可能會一口咬定為加州的那帕谷；鄉土主義的義大利人可能會中意文藝復興的重鎮——托斯卡納的浪漫城市佛羅倫斯。然而對於白葡萄酒的麥加聖地，恐怕大家的意見便會趨向一致：

布根地紅酒的聖地：標準「三家村」規模的馮．羅曼尼酒村的中心。

無疑是布根地柏恩（Beaune）坡的蒙哈榭（Montrachet）酒區。

這是 一個幾乎覆滿夏多內葡萄的奇妙聖地。雖然全世界都在栽種夏多內，然而夏多內這種易繁殖、也易移植的葡萄，卻能夠在世界各個酒區，配合各地的風土，變幻出各種不同的迷人口味。

例如本來口味偏向豐富內斂、入口甘冽、果味飽滿的布根地夏多內，一旦移到了美國加州，綻放出燦爛的花朵，但卻極為肥厚、口味加重，油脂性的鮮奶油味取代了花香，形成重量級口感的白酒；移到了澳洲，也造就了澳洲白酒的復興，氣味改變為清爽、花香與果香飄逸的中量級白酒。

夏桑酒村路旁野生的黑梅及覆盆子，處處可見。

而大陸山東引進夏多內後，曾經一度很風光地受到國際酒界的青睞（例如華東酒廠的夏多內），而中國大陸夏多內則轉變為酒體纖弱，中度的果香與花香，入口微酸，口感反而比較偏向麗絲玲的亞種，所以屬於輕量級的白酒。

能親自造訪夏多內重鎮的蒙哈榭酒區，而且能夠好整以暇地一個酒村逛過一個酒村，應當是每位美酒愛好者的美夢。二〇〇七年夏天，我把這個美夢實現了。

當在山發企業任職的郭先生得知我有打算趁二〇〇七年暑假去德國拜訪學界老友之際，順道赴法國布根地酒莊行走一番。便立即向其業務的夥伴皮卡酒莊寫封信，我馬上收到了皮卡酒莊的負責人法蘭欣．皮卡女士的回信，歡迎我的拜訪。

皮卡酒莊是一個頗具規模的酒商，屬於中、上價位，且二〇〇七年春天才正式登陸台灣的市場。山發企業二〇〇七年三月在台北東豐街成立一家專賣高檔威士忌及葡萄酒的「W&W」酒窖，剛好我一位老弟Jacky李正是負責設計這個酒窖的設計師，邀我在開幕式時，作一個小小的演講，遂和此酒窖結緣。

在開幕酒會時，我初次品嚐了皮卡酒莊二〇〇三年份的夏桑．蒙哈榭及香貝丹（Chambertin）等紅白酒，馬上對這個能一口氣提供二十種頂級布根地紅白酒的酒莊，產生濃厚的興趣。

蒙哈榭酒區位於柏恩小鎮的南方。從巴黎往南的A6號公路一直開到柏恩坡南端的張義（Changy），一下交流道不久就進入了夏桑・蒙哈榭（Chassagne-Montrachet）酒村。左前方聳立了一棟黃色的宅院，這便是酒村最大與堂皇的建築物—夏桑・蒙哈榭堡（Chateau de Chassagne-Montrachet）映入眼簾。東道主皮卡酒莊便擁有這個城堡，員工也在堡內上班。莊主平日不住在這裡，而是住在里昂。此地豪華的客房，內有畫廊，收藏了莊主珍藏的現代藝術作品，供友朋欣賞。城堡有一個中等大小，約二十坪左右的宴會廳及廚房，提供酒村鄰居宴會使用。我們造訪的次日，便有一對新人的婚禮在此舉行，也讓我們親眼看到二十一世紀法國鄉下所舉行的純樸婚禮，好像台灣鄉下在六〇、七〇年代的婚禮一樣。

蒙哈榭各酒園以石頭門來代替園界。

夏桑・蒙哈榭是整個柏恩坡最南端的酒村，往北緊接著普里妮・蒙哈榭（Puligny-Montrachet）。這兩個酒村合併構成了整個蒙哈榭的家族。這也是全世界葡萄酒愛好者垂涎的「白酒麥加聖地」。

再往北走就進入了梅瑟區（Meursault），以紅酒著稱之佛內（Volnay）及波馬（Pommard），以及進入柏恩鎮。也進入到喜好布根地紅酒者心目中「黑皮諾酒的麥加聖地」。向北沿著N74公路可達里昂。兩邊共有五百公頃大的葡萄園，處處令人眼睛

仍然使用馬匹來耕作的蒙哈榭酒園，是標準的「自然動力耕種」法。

為之一亮的大名氣酒莊。

平均每五分鐘左右的車程，我們就可以進入到另一個酒區。原來令世界各地美酒愛好者平日驚鴻一瞥的布根地紅、白酒，沒想到竟然在此僅只是「咫尺之遙」。

這裡雖然以「北紅南白」為主，但各酒區犬牙交錯，複雜得令人頭昏。為了給我自己搞清楚這裡產區的大致方位，我將整個「金坡」—北「夜坡」、南「邦內坡」—的酒區，由北到南編成一個「十字口訣」，朗誦幾下，大概就可以記得住了：「香丹木羅聖，柏佛馬普商」。

所謂：香（香貝丹）；丹（聖丹尼）；木（木西尼）；羅（馮．羅曼尼）；聖（聖喬治之夜）；柏（柏恩）；佛（佛內）；馬（波馬）；普（普里妮・蒙哈榭）；商（夏桑・蒙哈榭）。剛好南北坡各五五波、各五個字。

同樣的我對數字一向不在行。我也自創一個口訣，類似台北市的電話：02-56890580來標示法國波爾多在一九八〇至二〇〇〇年二十年間最好的九個年份。〇二自然指一九八二而言，依序為：一九八五、一九八六、一九八八、一九八九、一九九〇，一九九五、一九九八、二〇〇〇，是否即能讓人清楚記起？這是我這個懶人發明出來的兩個口訣，無保留提供地給讀者使用。

白葡萄酒的「天王家族」，由位在普里尼及夏桑・蒙哈榭，兩個共接近四十公頃的酒村所構成。構成每一位美酒愛好者夢寐以求的「蒙哈榭家族」，共有六個成員，分別是：蒙哈榭、巴塔・蒙哈榭（Bâtard-Montrachet）、騎士・蒙哈榭（Chevalier-Montrachet）、比文女・巴塔・蒙哈榭（Bienvenues-Batard-Montrachet）、少女・蒙哈榭（Purcell Montrachet）及克里歐・巴塔・蒙哈榭（Criots-Batard-Montrachet）等。

其中位於普里妮村的頂級酒園，一共有四個：蒙哈榭、巴塔・蒙哈榭（這兩個酒園各一半位於普里妮村與夏桑村）、騎士・蒙哈榭，以及比文女・巴塔・蒙哈榭。只有少女・蒙哈榭是屬於一等酒園；另外克里歐・巴塔・蒙哈榭（只有一公頃半的園地而已）則完全位於夏桑酒村。因此，整個蒙哈榭的家族，主要是位於普里妮酒村之內。

不明白法語的人一定為上面這些用語感到糊塗，因為這些美酒居然使用「私生子」（巴塔）、「歡迎」（比文女）或「喜極而泣」（克里歐）的奇怪用語。

在二十世紀初，透過當地最有名的兩個酒商Jacques Prieur及Vincent Leflaive加以譽揚，有一個傳說可以向讀者們解釋這個神奇的白酒為何產生的故事。

話說有一位年老的貴族蒙哈榭，在布根地這片荒蕪的山區，買下了一片莊園，成為當地的顯貴。蒙哈榭爵士的愛子，可名為「蒙哈榭．騎士」，隨著當時貴族子弟參加十字軍東征，老爵士思念愛子，經常走到村外探聽消息。有一天遇到了一位純真「少女」（Purcell），不久少女便暗懷珠胎，產下一位「私生子」（巴塔）。不久爵士聽到愛子陣亡的噩耗，便迎娶少女。

少女正名後，光采地回到村莊，當然受到村民的「熱烈歡迎」（比文女），少女當時「喜極而泣」（克里歐）。果然，故事與名稱環環相扣，這個傳說不說是真的也難！

這一片片酒村都接連在一起，價錢是與產量的多寡、酒商的名氣、口感濃郁高雅，而有極大的不同。大致上，是以蒙哈榭遙遙領先；「少女」最後，其他四個小酒村居於中間，彼此在伯仲之間。

在這一片家族所環繞的酒村，你才可以發現什麼叫做「風土（Terroir）」。以號稱「白酒天王」之首的蒙哈榭而言，這個總共只有八公頃的頂級產區，各分一半在夏桑村與普里妮村。但這一片連綿不斷的蒙哈榭，位處於一個面向東方的緩坡，而分別由十七個酒莊所擁有。其中在普里妮村有五家，都是國際知名者。其餘十二家分散在夏桑村，儘管品質也不輸於普里妮，例如派克大師便持這種見解。但究竟少了國際上的知名酒莊（唯一例外為拉夢內酒莊Domaine Ramonet），所以被普里妮村之蒙哈榭酒佔滿了光環。

蒙哈榭酒莊每個酒莊平行地分割，而唯一分辨之處是在坡地的路邊，會用簡單的石頭門或石牌標示其地界。換句話說，這一片八公頃的坡地上，幾乎有著同樣的葡萄種、風土，採收期及幾乎一樣的挑選標準（每公頃法定產量為三千公升，但經常維持在兩千五百公升。酒精程度至少要十二度以上），加上大同小異的釀造方式，但這十七家酒莊釀造出來的蒙哈榭，口感與品質上卻會有數倍的差異。以最高價位的羅曼尼・康帝酒莊（DRC），也就是剛才傳言所說到御廚在涼天所想品嘗的那一款蒙哈榭，二〇〇四年份一上市市價便高達一瓶四千美元，而最便宜的其他酒莊之蒙哈榭大概只有十分之一的四百美元。所以，曾經有人形容過：「羅曼尼・康帝的蒙哈榭，誠然是百萬富翁買的酒，但卻是千萬富翁所喝的酒。」甚至有人還挖苦說，全世界這種酒消耗最多的是在美國邁阿密，因為那裡的毒梟最多，黑心錢也賺最多，但是最重要的是：他們也不知道命還可以活多久！

普里妮・蒙哈榭酒村中心的葡萄酒農銅雕像。

而最「騷包」的酒宴，不僅只喝一款蒙哈榭，還要同時比較普里妮村與夏桑村的蒙哈榭。前者可以推出DRC

二〇〇一年份蘇希酒莊的蒙哈榭。本酒莊位於普里妮村的北邊，僅有零點一二公頃年產量只有二十箱，約三、四百瓶左右，樹齡平均四十歲。前頁所列蒙哈榭餐廳酒單上第一款蒙哈榭酒即出於本酒莊。二〇一〇年初我品嚐本款酒時，感覺入口微酸、淡太妃糖及濃厚烤土司香氣，久久不散。不過，仍然屬於「中型厚度」的蒙哈榭。背景為著名雕塑家許禮憲的〈獅頭〉銅雕。獅頭強勁有力，蒙哈榭的威力，豈非同樣？

及拉貴歐侯爵園（Marquis de Laguiche, Joseph Drouhin）；後者夏桑村代表自然是拉夢內酒莊了。這個拉夢內酒莊的蒙哈榭，園區不過零點二五公頃，年產量只有七、八百瓶，豐收時才有破千瓶的可能。如要出手炫耀，這種「寥若晨星」級的「夢幻逸品」，當是最符合資格的了！

蒙哈榭一般認為上市到了第五年或第六年就會達到成熟期。不過對於一流酒莊的蒙哈榭，應當儲放十年以上，才能真正發揮其「第二度生命高峰」的魅力。

而另外四款中等的蒙哈榭家族，也支支都可稱為是口味濃郁、具有鮮奶油、烤土司、太妃糖的香味，價錢也很驚人。以最近台灣剛報價的夏桑村拉夢內酒莊所生產的二〇〇五年份巴塔蒙哈榭及歡迎蒙哈榭，每瓶約莫一萬六千元新台幣；而蒙哈榭就要高達五萬元新台幣；至於同樣年份，名氣也大的普里妮酒村的Leflaive酒莊，同年份，「巴塔」與「歡迎」，價錢和拉夢內酒莊一樣，而「騎士」近兩萬元、「少女」則在三千至八千新台幣不等。

這幾款蒙哈榭每個酒莊的產量，多半在幾百瓶，最多不過兩、三千瓶分配到全球，到台灣的配額，最多也不過數十瓶而已。

所以比起波爾多頂級酒莊都是以整片大坡地或是大園區做範圍，產量動輒以萬瓶，甚至十萬瓶計算。可以

夏桑．蒙哈榭城堡地下酒窖極為壯觀，女主人法蘭欣女士得意地向作者介紹酒窖幾百年的歷史。

一九九〇年份吉拉丹酒莊的夏桑．蒙哈榭紅酒。我在二〇一〇年初品嚐這款已有二十年歲月，不屬於頂級而屬於一級酒莊的美酒，沒有頂級布根地酒具有橙黃近磚紅的色澤，以及濃烈的梅子味，酒體雖然極為輕穎，仍能強烈感到優雅、絲絲不絕的水果香味。對一瓶一級酒莊而言，這二十年的陳年功夫，也仍不可小覷。

讓人理解對種葡萄有極重要的自然環境，會有地理上明顯的區分。而布根地這種小地理環境的「小區風土」，就顯得更為細緻，又不可思議！一公頃間的差距，足以有數倍價值的差異。這應該絕大的因素要歸於這些布根地的頂級酒莊，在過去經過兩百年來消費市場的嚴酷檢驗以後，才形成了這種風土與酒園決定酒價的市場定律。

這也要感謝整個布根地區，包括紅酒聖地的馮．羅曼尼酒村，都尚未變成觀光客的造訪之處。當我前年八月初有幸拜訪這個奇妙的家族園區時，整個園區靜悄悄地沒有其他路人，頂級的夏多內正可以靜靜地結出綠色的小果實。特別當我懷著頂禮膜拜的心情，步過種植蒙哈榭葡萄的園區時，園區只圍著及腰高的石牆。中間不少地方也留下出入空間。偶爾也可以看到酒農拉著一匹老馬在犁園，這真是標準的「自然動力法」，所以本酒村仍然維持著老傳統的耕作方式。

而一株蒙哈榭的葡萄，剛好可以釀成一瓶蒙哈榭酒。聽說在葡萄成熟，酒農會如臨大敵般地嚴加看守。不過還在這個青果時期，卻也一片寧靜安祥詳。法國酒農居然沒有一家為這些珍貴的葡萄加上鐵絲網或高牆，也沒有豢養惡犬，來嚇阻可能摘食的遊人。而偶爾經過的酒園工作人員，也個個笑容可掬地向我們這幾位異鄉人打招呼。

那時我們離開下榻的夏桑．蒙哈榭的酒堡，到隔壁幾步之遙的夏桑酒村的中心，去逛逛走走，去吃午餐及晚餐。酒村中全是住宅，別無商店，只有一個餐廳，名為「夏桑餐廳」。這個小餐廳只有五、六張桌子，門口櫥窗上陳列四十八張整個蒙哈榭的酒區的頂級酒標籤，氣勢不凡。餐廳水準甚佳，已列入米其林一顆星的觀察名單。主餐精緻但不甚昂貴，飯後甜點及乳酪則極精彩，光是乳酪即有二十幾種之多，點上一瓶普通的一級夏桑．蒙哈榭（這裡共有四十一個這種等級的酒園），也令人其樂融融。

另外夏桑村還有一個優點是普里妮村所沒有的：也釀製一級酒的紅酒。夏桑黑皮諾的紅酒產量約是白酒的九成，所以夏桑紅白酒比例接近五五波，每年各有接近一百萬瓶的產量。一級紅酒的酒精度居然比白酒低零點五度，為十一度。所以屬於淡口味的紅酒。基本上應當趁年輕喝。因不是頂級酒，沒有夜坡的黑皮諾酒具有陳年實力。

蒙哈榭地區最好的餐廳「蒙哈榭」。

至於想要品嚐更完整的各種蒙哈榭酒，還有一個更好的選擇，到鄰近開車只有幾分鐘的普里妮．蒙哈榭酒村。酒村的中心有一個叫做「馬龍尼勒」廣場（Place de Maronnieres）的小公園，旁有一個「蒙哈榭」的旅館（只有二十個房間）十分高雅寧靜，另附有一間米其林一顆星的餐廳。這間本地最典雅且堂皇的餐廳，提供十分可口

LE MONTRACHET

			Euros
MONTRACHET	(Domaine Sauzet)	2002	480,00
MONTRACHET	(Marquis de Laguiche)	2002	480,00
MONTRACHET	(Comtes Lafon)	2002	600,00
MONTRACHET	(Guy Amiot)	2002	390,00
MONTRACHET	(Domaine Ramonet)	2001	410,00
MONTRACHET	(Domaine Sauzet)	2001	450,00
MONTRACHET	(Marquis de Laguiche)	2001	410,00
MONTRACHET	(Comtes Lafon)	2001	600,00
MONTRACHET	(Domaine Bouchard)	2001	460,00
MONTRACHET	(Olivier Leflaive)	2001	360,00
MONTRACHET	(Fontaine-Gagnard)	2000	420,00
MONTRACHET	(Domaine Sauzet)	2000	440,00
MONTRACHET	(Domaine Bouchard)	2000	450,00
MONTRACHET	(Marquis de Laguiche)	2000	400,00
MONTRACHET	(Fontaine-Gagnard)	1999	420,00
MONTRACHET	(Domaine Bouchard)	1999	450,00
MONTRACHET	(Comtes Lafon)	1999	600,00
MONTRACHET	(Louis Jadot)	1999	500,00
MONTRACHET	(Guy Amiot)	1999	420,00
MONTRACHET	(Marquis de Laguiche)	1999	400,00

MONTRACHET	(Fontaine-Gagnard)	1999	420,00
MONTRACHET	(Domaine Bouchard)	1999	450,00
MONTRACHET	(Comtes Lafon)	1999	600,00
MONTRACHET	(Louis Jadot)	1999	500,00
MONTRACHET	(Guy Amiot)	1999	420,00
MONTRACHET	(Marquis de Laguiche)	1999	400,00
MONTRACHET	(Jacques Prieur)	1999	600,00
MONTRACHET	(Guy Amiot)	1998	395,00
MONTRACHET	(Domaine Leflaive)	1998	ÉPUISÉ
MONTRACHET	(Marquis de Laguiche)	1998	400,00
MONTRACHET	(Domaine Bouchard)	1997	450,00
MONTRACHET	(Domaine Leflaive)	1997	ÉPUISÉ
MONTRACHET	(Marquis de Laguiche)	1997	375,00
MONTRACHET	(Pierre Morey)	1997	500,00
MONTRACHET	(Jacques Prieur)	1996	600,00
MONTRACHET	(Château de Puligny)	1996	350,00
MONTRACHET	(Chartron & Trébuchet)	1996	350,00
MONTRACHET	(Marquis de Laguiche)	1996	425,00
MONTRACHET	(Louis Latour)	1996	395,00
MONTRACHET	(Domaine de la Romanée Conti)	1996	3000,00
MONTRACHET	(Pierre Morey)	1994	430,00

蒙哈榭餐廳的酒單，光是「蒙哈榭」等級的酒就有超過五十種以上，讀者可以比較一下價錢，酒錢絕對超過飯錢數倍！

的四道菜的午餐，只索價五十歐元，接近兩千五百元新台幣。在此處我們居然遇到一位來自台灣、在此學習作侍酒師的女孩（剛巧是我兩本葡萄酒書的讀者），真是難得的經驗。但精彩的是，酒單足足有幾十頁之多，光是各酒村的蒙哈榭酒就超過五十種以上，折合台幣每瓶至少都要兩萬元。果然，在歐洲頂級餐廳用餐，酒錢可能往往貴上餐費數倍以上！

住在這個典型且不無單調的小酒村，飯後的散步會令人十分愉悅地發現，路旁盡是各種野生的黑莓、覆盆子、李子與西洋梨。看到我們忍不住想要摘摘嘗嘗，笑嘻嘻路過的酒農也會告訴我們，哪裡還有比較成熟的果子可以去試試。

在這裡，我不禁深深地感動：這些樸實的布根地酒農，果然是上天為這塊葡萄酒寶地挑選出來最忠實可愛的酒僕！我們雖然「痛恨」布根地酒被炒出來的高價，但對這些純樸的酒農，還是應當抱以最大的崇敬。

22

蒙哈榭家族的「小姐妹」

普里妮一級酒的「三朵花」

上文提到普里妮酒村，除了四個列入頂級的酒園，還有總共多達一百公頃的「一等酒莊」（Premiers Cru），釀製較為便宜，且口感有時不遜於其「富貴姊姊」們的一級酒，這是可以給想要一窺頂級蒙哈榭奇妙者，最好的「解饞替代品」。

這些一等的普里妮酒中共有十四個酒村，其中有三朵「姊妹花」最為人所稱頌，分別來自：「普塞兒」（Les Pucelles）酒村；康貝特（Les Combettes）酒村；以及卡勒黑（Le Cailleret）酒村。

普塞兒的法文意義為「少女」，酒如其名。「少女酒」十分清新，較諸蒙哈榭這些「貴婦」酒的層次感少些，一下子就能讓人體會到它的淡雅素樸。

少女酒村位於比文女．巴塔．蒙哈榭的正北方，連接在一起。基本上其兩者風土沒有太大差別。也因此，許多專家如派克也認為普塞兒的酒勝過比文女．巴塔．蒙哈榭。而且幾乎所有的酒學著作都把本酒評為頂級資格。總年產量也不過三萬五千瓶至四萬瓶上下。少女酒村只有六點七公頃大，村中小園密佈，其中最大、也最看到這一大串龐然巨物銅雕葡萄的作品，就知道已經踏入了普里妮・蒙哈榭酒村。這個銅雕是本酒村與夏桑・蒙哈榭酒村的界標，十分引人注目。

重要的是「樂弗萊夫」酒莊（Domaine Leflaive）。

樂弗萊夫家族於一七一七年就在此地從事釀酒業，至今已傳承八代，總共在村中擁有三公頃的園地，幾乎佔了全村的一半，另外還有分散在十二個園區近二十二公頃的園地，當中最令人欽羨的是在四個「蒙哈榭族」中都有園區。在蒙哈榭只有零點零八公頃；在巴塔及騎士・蒙哈榭各是一點九一公頃；比文女・巴塔・蒙哈榭之內有一點一六公頃，算是頗具規模的酒廠。每款蒙哈榭酒都是代表作，本酒莊儼然成為蒙哈榭酒的「天王酒莊」。

本莊產品從一九三三年開始直銷美國，至今盛況不墜。本園的成功除了天時地利皆一時之選外，也應深慶得人。本世紀初至中葉係由工程師出身的約瑟夫當家，一九五三年約瑟夫去世後，由從事保險業的喬（Jo）與其弟文森（Vincent）繼承父業，文森有一流的企業手腕，終於使本園能居少女村的首位。

本酒莊光是在少女村就佔了將近一半三公頃的園地。幾乎壟包了少女酒產量的一半。其坡度、風土條件和蒙哈榭及巴塔・蒙哈榭等大致相同。樹齡平均約三十幾歲。每公頃的產量約四千公升左右，和本園的其他頂級蒙哈榭酒一樣，年產量可達一萬五千瓶上下。

雖然說少女酒天真無邪，需要

略短於蒙哈榭的成熟期，至少要八至十年。少女酒成熟後，在攝氏十三度（此是地窖最佳溫度）試飲一口，那黃澄帶綠光的液體使人彷彿漫步在楓紅滿天的秋山，不禁會想起浮士德那句話：真美！時光請留步！

另外兩個也是接近等級水準的一級酒莊卡勒黑酒村及康貝特酒村，卡勒黑酒村位於普塞兒村的正西方，坡度較高，南方緊接著天王酒區蒙哈榭，所以當然地理環境一流，風土條件也接近兩者，面積較普塞兒少三分之一，約三點五公頃上下，產量自在一萬瓶左右。卡勒黑的西南角緊鄰著騎士・蒙哈榭酒區，所以在二次大戰前，卡勒黑名為「小姐園」（Demoiselles），二次世界大戰後才更為此名，但有的酒莊，例如路易拉圖等在此處有一公頃的園地，便仍沿用此名，釀造出騎士・蒙哈榭的代表作。

至於為什麼要有這種改名？依據一個已經快要被酒界遺忘的酒學大師歷辛（Alexis Lichine）在美國派克等新派酒學大師出現前，這位俄裔美國人，後半生立根於波爾多的酒莊（著名的Lichine及Lascombes酒莊）主人，著作頗豐，被公認為歐美最有名酒學大家。在其一九五一年出版的大作《法國酒》（*Wines of France*）的說法，這是當地人討厭一、兩百年來騎士與小姐之間有風風雨雨的傳聞，「會令人美酒變成酸醋」，所以才改為這個意為「凝固」（卡勒黑）的新名稱。

歷辛大師的經歷，讓我想起了發揚泰國絲於國際的推動者——金・湯姆森（Jim Thompson）。兩人都是在二次世界大戰時，在美國情報單位服役。戰後各自在國外兩個領域開創革命性的事業。金・湯姆森在泰國曼谷寓所（Jim Thompson's House on

Siam），位於湄公河邊，是將四、五座老佛寺併裝而成。泰式建築物內滿置中國、泰國及其他東南亞之古董，庭院花木扶疏，珍禽時鳴，真是天上人間之翻版！現在成為一個紀念館，我曾三度在此流連忘返。

至於康貝特酒村則立於普里妮酒村最北方，接近美瑟（Meursault）酒區。這裡的夏多內酒也非常的濃郁，也獲得廣泛的好評，甚至認為如果出於此地最好的酒莊，例如樂弗萊夫酒莊或是蘇希酒莊（Domaine Sauzet），則至少有巴塔・蒙哈榭以上的水準。也必須存放五年以後，其酒質才容易軟化，變得更為可口。

即使是普里妮一級酒的產量，以每公頃法定標準為三千五百公升，但如以豐年時的好景來論，平均收穫四千公升的標準，可灌裝兩千一百五十八瓶，總共一百公頃園區年產量約二十一萬瓶左右，遠不敷全球美酒界所需。由名酒莊出產者品質較有保證外，其他較不出名的小酒莊，就必須賭運氣，同時，要照顧自己的荷包。

布根地酒之和波爾多等酒區最大差異處，是在其小農制，也因此每個酒莊在各個酒區擁有一公頃上下者不知凡幾。例如列入頂級的比文女・巴塔・蒙哈榭，僅有三點六八公頃，卻分屬於十五個小園主。便可知其分割問題之嚴重了。所以每年各個酒區釀製不過數百瓶的規模，無法有效的宣傳與行銷，所以都交由酒商掛牌來行銷之。這種「統包」的比例高達所有布根地酒的八成以上，也造就出布根地幾家大酒商的金字招牌。

在台北最近我發現一個名為克雷・比柔（J.Coudray-Bizot）酒莊生產的康貝特酒。克雷・比柔酒莊位於邦

沒有風韻，沒有野心，只有璞玉美質的樂弗萊夫園的少女酒。背景為旅法油畫大師陳英德教授的〈秋色賦〉。

內鎮（Beaune）。在十八世紀有一位貴族德・保佛（David de Beaufort）由邦內著名的慈善醫院，購得了一些葡萄園，並興建起一棟酒莊。由於此時慈善醫院名下皆是一時之選的良田，故德・保佛酒品質也獲得一定的保證。一九二〇年代，一位名為比柔醫生購得了德・保佛酒莊的產業，延續至今。

比柔酒莊目前在布根地到處都擁有小園區，例如屬於頂級的大伊瑟索、馮・羅曼尼、日芙海・香貝丹及普里妮等一級酒區，連同若干聖喬治的鄉村級，一共擁有八公頃的園區，算是中等規模的酒莊。由於產量很少，例如大伊瑟索年產一五〇〇瓶；馮・羅曼尼年產一千瓶；日芙海・香貝丹年產一千四百瓶；至於普里妮則年產一千三百瓶。鄉村級則各在六百至八百瓶不等。除非國外訪客親自上門，否則很少外銷。台灣當是首見其產品。我很有興趣的嘗試其二〇〇二年份的康貝特。

此款酒顏色呈現極淡的黃綠色，酒體十分地柔和，感覺得出淡甜與酸味，也可嗅出不知名的花香。同樣是

兩款平實的普里妮一級酒，左為比柔酒莊的康貝特酒；右為比羅酒莊的香乾酒。

由夏多內葡萄釀出，康貝特沒有美國加州夏多內那麼咄咄逼人的濃烈太妃糖與烤土司的肥美味，也沒有其他蒙哈榭「貴姊姊」們的富貴橡木與太妃糖味，掛杯殘留的花香十分幽雅迷人。

我攜帶此酒與美國返台的David劉教授共品，佐搭神旺飯店拿手的潮州滷水鵝片與鵝血。潮州滷水向來強調溫潤、不重醬色與濃味，康貝特的內斂平衡，反而使此潮州第一美味，渾然天成的發揮出來。

另一款我攜帶與會的也是最近發現的，出自位於緊接康貝特酒區右鄰的香乾區（Chanp Gain）的一級酒，這瓶酒的酒莊—比羅酒莊（Jean-Marc Boillot），也在本地頗有名氣。莊主比羅早在一九六七年就和祖父學習釀酒，日後在樂弗萊夫園幹了五年的釀酒師，所以是由實務中學到了釀酒的手法。比羅本來是在北方夜坡的佛內

相較於其「貴姊姊」的蒙哈榭酒，最適合獨飲，普里妮一級酒較為清淡，宜佐海鮮，由冷盤到油煎海鮮，都可謂絕配。圖為法國南部最受歡迎的什錦海鮮，攝於法國馬賽港邊。各式海鮮經橄欖油輕輕煎過，鮮美異常。此時最適合冰鎮的白酒，由最標準的夏布列，到最頂級的普里妮，都是行家的選擇。

（Volnay）及波馬（Pommard）酒區釀製紅酒，一九九三年很幸運地繼承了四塊普里妮一級酒園的繼承權，開始跨界釀製白酒。這也是因為其姊姊嫁入了前文提到本地著名的蘇希酒莊家族之內，才獲得此繼承權也。

比羅酒莊也因此在整個布根地擁有十公頃多的園地，但分成二十一塊小園區，其中只有三個園區面積有超過一公頃（但不到一點五公頃）。四塊

這在歐洲地中海周邊各國都流行的淡菜（台灣稱為孔雀蛤，香港稱之青口），是一般平民家常菜。不論用蕃茄或白酒拌炒，或是橄欖油輕微翻炒，都是佐酒的美食。能夠用普里妮來搭配，就已經太過奢侈了。這也是我在德國當窮學生時，每當上義大利餐廳打牙祭時，必點的一道「奢侈菜」。

普里妮一級酒園的面積，約兩公頃而已，年產量低於一萬瓶，只有七千至八千瓶之間，樹齡接近五十歲。

此瓶二〇〇六年的比羅酒，也是走清淡口味，比上一瓶的康貝特的酒，更形飄逸，若不是有較明顯的奶油香與橡木香氣，我會誤認為這是頂級的夏布利酒（Chalis），搭配潮州菜也毫不遜色。我們以之佐配清蒸筍殼魚、冬菇燜鵝掌，都能與鮮味較濃的蒸魚與口感豐腴的鵝掌產生「不奪味」的互補。潮州菜除了德國萊茵河新潮的葡萄酒外，對於不嗜甜味的朋友，普里妮酒當是不二的選擇。

在普里妮酒村我曾經度過兩天的美麗時光，當時，我曾刻意去找尋普里妮酒村難得一見的「普里妮．蒙哈榭」紅酒。夏桑酒村也產一級以及鄉村級的紅酒，其產量和白酒接近五五波，但口味我嫌太淡而不吸引人。至於普里妮村的紅酒，則較稀罕。原來普里妮酒區的最北部的香呂末（Les Chalumaux）及香乾區，也有種植黑皮諾釀酒，但產量甚少，每年不過五、六千瓶左右，其稀少的程度，比同屬一級酒的伏舊園白酒，還要稀少。我曾在《酒緣彙述》中，提到這款白酒的優美。無獨有偶，一般人觀念認為只有生產白酒的法國羅瓦爾河（Loire）大名鼎鼎的「普伊．富美」（Pouilly-

Fume）酒區，也生產極少量的紅酒，並不外銷，酒客們除非親訪此酒區，否則無緣享用此款酒。我也是在當地布爾日（Bourges）市一個普通法國餐廳的酒單上，發現這款鄉村酒，索價二十歐元，才首次開葷。這種標準「嚐鮮」，只覺得味道平平、沒有普羅旺斯玫瑰酒（Tavel）來的強烈，但也沒有令人不悅的酸澀味。作為消暑解渴的佐餐酒，價廉也是優點，夫復何求？

基本上我對普里妮紅酒的品質信心倒是很高的。但我遍尋各酒店都沒獲得一瓶。如果依俗語：「出處不如聚處」，在生產地找東西不如在銷售地找還來得快。看樣子我得到巴黎或倫敦才有可能尋得此「紅少女」乎？我卻在這兩地從未發現此款酒。希望讀者朋友們下次如有布根地之旅，不妨留心此佳麗之芳蹤！

〔藝術與美酒〕
唐佩里農神父：這是法國來的畫家荷西．佛拉帕（Jose Frappa, 1854~1904）在十九世紀末所繪之〈唐佩里農神父〉，一批身著聖本篤教會袍服的神父圍坐著一名老神父，老神父手中拿一串紅葡萄，即唐佩里農神父。本畫現藏於木宜、商冬（酩悅）香檳公司，作為鎮店之寶。

23

匈牙利酒莊行旅

黴菌的天堂

提到匈牙利，愛酒的人士馬上會想到由寶黴菌葡萄釀成的阿素（Aszu）酒，以及強勁有力的「公牛之血」。這兩款紅白酒，是標標準準的匈牙利國寶酒。今年陽春二月，我前去德國，路經奧地利，順便去拜訪了匈牙利盛產阿素酒的拓凱區（Tokaj），讓我領略到匈牙利釀酒的習俗、執著與改變。

匈牙利傳統的醬料：紅辣椒粉。

匈牙利這個位於中歐古戰場的老國，正位於亞洲與歐洲的門戶，因此歷史上東來的軍事強權，由漢朝時代的匈奴，元代的蒙古人以至於明代的土耳其阿拉伯人入侵基督教的世界，都會在此「東西大戰」一番。更不要說到北歐的蠻族勢力入侵中南歐必經之處，使得匈牙利兩千年來便是充滿兵戈之氣的地方。

流風所及，匈牙利民風強悍，連飲食都是重口味。男男女女喜歡吃紅辣椒粉（Paparike）烹調的食物（這種洋式的辣椒粉，只是中國四川的「微辣」而已，連小辣程度都不到）。最有名的，莫如紅辣椒粉煎多瑙河鯉魚。這一道匈牙利國宴名菜，是用新鮮的多瑙河鯉魚魚排以橄欖油煎香後，加入紅辣椒粉，再加上已炒好的紅或青或黃椒片、蒜頭及火腿肉。多瑙河的鯉魚，和萊茵河的鯉魚一樣，是屬於肥胖型，而和中國鯉魚瘦長型不同。每尾鯉魚長不過三十公分，圓鼓鼓的身材，使的肉質極為肥美，加上河底多為卵石，沒有泥土味。因此，雪白的肉片配上鮮紅或橙黃的彩椒，夠勁的辣味，頗有四川回鍋肉的氣勢。

不喜歡吃魚的朋友，熱情的匈牙利人會奉上他們得意的高麗菜肉捲。這是將巴掌大的高麗菜，捲上春捲大小的碎豬肉，而後與紅辣椒粉共煮，再加上若干酸菜。果然是一道既飽胃、又辛辣與芳香並存的好東西。尤其是肉捲內已經加入了好幾味的香料，以及西歐人避之唯恐不及的肥豬肉丁，對我們中國人而言，只食瘦肉而棄肥丁，簡直是不可思議的糟蹋美食。所以這款高麗菜肉捲，一定能在中國的美食界獲得知音。

匈牙利的名菜：紅辣椒粉燴高麗菜肉捲。

另一道國宴名菜「匈牙利牛肉湯」（古拉西，Goulashi），是用牛骨湯熬煮碎牛肉，再加上厚厚的紅辣椒粉，用月桂葉調味，也是一股強勁的湯菜，匈牙利人一手撕下硬麵包，沾上古拉西，一口喝酒，頗有山寨大王的氣慨。

另外，匈牙利人也由古拉西牛肉湯，發展出另一款無辣的牛肉湯。這是相當於我國的清燉牛肉湯，只見切的如拇指般大小塊狀的牛肉，用牛骨湯熬煮後，加入紅蘿蔔及月桂葉，湯頭濾得清清的，口感豐腴，這是專給不喜歡辣味的食客所做，也是最受外國遊客歡迎的一道湯食。

而葡萄酒方面，首先應當先試試世界聞名的阿素酒。在離布達佩斯約兩個鐘頭車程，不到兩百公里的東北角一個名叫拓凱的地方，因為早上潮氣重，雲霧瀰漫，中午陽光普照，晚上冷風襲襲。使得當地葡萄很容易感染一種灰白的黴菌。以往酒農都把這些葡萄丟掉，直到一六一七年有一個拉可契（Rokoczi）貴族的酒園，因為土耳其軍隊的入侵，工人四散，使得酒園沒有採收，以至於整園葡萄都爛透了。園主把死馬當活馬醫，沒想到這些葡萄能夠釀出另一種風味的甜酒，阿素酒於是誕生。這個典故也在德國約翰尼斯堡上演過，只不過是「匈牙利版」罷了！

整個沙皇時代，阿素酒也變成了皇室的御用酒，每一餐後的甜點，都以阿素酒作為配酒。整個斯拉夫地方也早熟知了阿素酒的盛名。

阿素酒給落後的匈牙利酒業，捧來了亮晶晶的銀子。匈牙利酒農也自己摸索，由實踐中總結了經驗。創造出截然不同於德國與法國甜酒的另一套甜酒系統。這套系統，困惑了許多愛酒人士。想當年，我也是好費了一大勁，才摸清楚了匈牙利複雜的阿素酒體系。

匈牙利人把他們視為國寶的阿素酒，視為貴賓的款待。阿素酒的登峰造極之作為「艾森西亞」（Essencia），也可稱為「精華酒」。酒農把長了黴菌的葡萄放進一個大桶內，這個大桶可容納一千公斤至五千公斤不等。然後利用上面葡萄壓擠下面葡萄自然的出汁，收集起來，變成為「精華液」，將此汁液在經過三至四年的自然發酵後，才成為「艾森西亞」，出汁率大概為百分之二至百分之五不等，至於最頂級的，也可能只出汁百分之一而已。而德國最頂級的枯萄精選，出汁率則達十分之一。

而絕大多數留在大桶內的阿素葡萄，已成為爛糊狀，留下不少汁液及醣份，也不可拋棄之，酒農再用來釀酒。由於濃稠度太高，酒汁不夠，酒農會把新鮮、沒有阿素葡萄的酒汁摻入，計算的辦法是一個釀酒大桶（一百五十公斤上下）以使用多少小桶（Puttonyos，可裝二十至二十五公斤）的阿素葡萄爛糊為準。一般最起碼的阿素酒，至少要三桶；而進入行家品賞層次的則是六桶（6.Puttonyos）。如果再全部以阿素葡萄來釀成，不添加任何酒汁，實際上為八桶或十桶，但名稱提升為「阿素．艾森西亞」，這相當於德國的枯萄精選。

匈牙利國寶酒莊：佩佐斯酒園。

精華酒的自然出汁，沒有機器壓榨，就要花去好幾年的功夫，這種標準慢工出細活，流出的汁液糖度高得嚇人。依照匈牙利釀酒法，每公升酒汁的糖度必須要達到四百五十公克，才能釀成精華酒。這是全世界品酒最高的標準，而德國的枯萄精選法定標準也只有三百五十公克，相差達一百公克之多。

「慢工細活」的代價便是高價。一

瓶上好年份的精華酒，要經歷將近十年才上市。早在十八世紀以來，就被認為是春藥，也只有王公貴族才買得起。而酒窖中庫藏多少精華酒，也是整個奧匈帝國時代權貴人士「比炫」的標準。

一九九三年除了佩佐斯酒莊出產的精華酒外，另外一個重新翻修成功的迪斯諾克（Sisznoko）酒園也釀製的精華酒，總產量也僅有三百七十四瓶，本瓶編號為第四十七號。我對此款酒的評價為：濃稠度、果香都較佩佐斯酒淡、酸度較高，均衡至極，絕對是極品精華酒！

第二次世界大戰結束後，蘇聯佔領東歐的一九四七年，被認為是精華酒「告別酒壇」的最後一年。一瓶（半公升裝）的本年份酒上市後，紐約行情一路飆到四〇〇美元。而後，匈牙利只生產阿素．艾森西亞。但價錢也不便宜，一九五七年份，也要兩百五十美元，本地上根本消費不起。

直到一九九〇年以後，匈牙利改革開放，造成精華酒的「文藝復興」。許多酒廠及酒評家（英國的Hugh Johnson）都前往投資。匈牙利的酒業一片興旺，精華酒重出江湖。最引人注目的是當年由佩佐斯（Pojzos）酒園所生產的精華酒，在一九九三年釀出了全世界品酒家睽違達四十六年之久的第一支精華酒。這支酒光是自然流汁便超過三年，而後四成在新的橡木桶、六成在不鏽鋼桶內再經過長達四年的發酵後，才上市，佩佐斯九三年份精華酒立刻舉世震驚。其平均糖度已經高達每公升四百九十七克，超過法定標準近五十克，但是其若干葡萄甚至高達六百克至八百克的糖度，簡直不可思議。難怪德國最有名的酒評家蘇理曼（Mario Scheuermann）

在一九九九年出版一本《本世紀最偉大的酒》(*Die grossen Weine des Jahrhunderts*),把二十世紀每一年份選出一款最精采的酒作為「年份代表酒」,一九九三年,便選中了佩佐斯的精華酒。佩佐斯精華酒無疑成為匈牙利精華酒的天王。

二○○八年四月春寒仍重時,我有幸造訪了這個聞名世界的酒莊。派佐斯酒廠位於拓凱鎮以東四十公里處的一個名為沙羅史巴塔克(Sarospatak)的小村莊。在這個人數僅有數百,顯得孤寂、停滯的小村莊,幾乎沒有什麼商業的活動。位在一個擁有近九百年的老教堂旁,佩佐斯酒莊是一個外表樸實、且像是歐洲一般酒莊的現代化建築。一道小門,帶領我們進入到地下一公里長的地下酒窖。

到這裡我們才內心一動:好一個黴菌的天堂!在歐洲我也看到不少酒莊的老酒窖中會佈滿蜘蛛網或黴菌,例如:德國萊茵河的歷史名園約翰尼斯山堡(Schloss Johannisberg),以及法國布根地著名的布查園(Bouchard Pere & Fils)。但比起佩佐斯酒園,那些酒窖內的黴菌,簡直是小巫見大巫。佩佐斯的黴菌,簡直是可以以「目中無人」的方式在滋長。

只有在佩佐斯的地下酒窖,才可令人一睹黴菌的千奇百怪,或是千姿萬態。先以色澤而言:一般寶黴菌長在葡萄上是以灰、白色出現。但地窖中的黴菌,卻有綠色、乳白、黃色、琥珀色,甚至是紅色。再以形狀而言,有呈現片狀、絲狀、絨毛狀、整串葡萄似的球狀,也有呈現鐘乳石的下垂尖形狀。

更令人不可思議的是,當我看到地窖角落有一片光亮的水狀,我暗想地窖仍不免滲水。好奇心驅使我用手觸探了一下，居然是黏稠（令我不覺想起電影《異形》）的膠狀黴菌，當然不無噁心之感。幸好眼中處處有黴菌，鼻中卻嗅不到令人心悶作嘔的腐臭味，而是輕柔葡萄般的窖氣，因此不覺步伐有何沉重與加快的慾望。

走在這完全自然滋長的黴菌隧道之中，我其實感受到了什麼叫「歲月」！這些黴菌和他們的祖宗們，在此潮濕、黑暗的處所，伴隨著一代代人所釀出的美酒，度過了五百年的漫長歲月。

參觀完了黴菌隧道，走到了盡頭，赫然看見走道中排好一張長桌，桌上鋪好白布、酒杯及麵包，原來好客的莊主已經邀請了酒區十五家酒莊主人一起品嚐十五個酒莊各式得意作品。同時酒桌旁特別安排一個當地知名的小提琴家馬加（Zoltan Maga）演奏李斯特的匈牙利舞曲。這位小提琴家馬加恐怕真有吉普賽人血統，燦爛的演奏技巧不說，演奏時情緒的高昂，高潮時甚至把琴弦都拉斷了，還在冒煙的斷弦，能不把氣氛High到最高？

最吸引人的，當是九三年份精華酒，有蜂蜜、柑橘、蜜餞、鳳梨等等的香甜，也可嗅到不知名的花香，但入口極度的黏稠，帶有明顯的酸味，也正是這種酸味可以讓精華酒更陳年，且絕對保證可以陳上一百年之久。酒精度只有四點七度，當年產量只有五千瓶（半瓶裝），市價超過四百歐元以上（法國巴黎拉法耶百貨公司美食部定價為四百一十二歐元）。

除了一瓶難求的精華酒外，佩佐斯酒也推出了冰酒，令我大開眼界。本來拓凱地區只生產阿素酒為主，但園區還是有部分地方，只有兩公頃的葡萄長的又好但又沒黴菌。而天氣在一月初也會下雪，因此園方在一九九八年開始釀出極少數的冰酒。一九九八年釀出第一批後，立刻受到重視，鼓舞了園方的信心。

二〇〇三年是迄今第二次的釀造。當年一月九日清晨，拓凱氣溫一下子降到零下九度，因此這才是釀造冰酒的絕佳氣候。二〇〇三年總共只釀成一千五百公升，裝瓶成標準的小瓶裝（375ml）四千餘瓶，也達到一瓶難求的程度。我懷著極大的好奇心品嚐了這款由富民葡萄（Furmint）所釀成的冰酒。稻草黃色、入口的蜜餞香味，頗似由麗絲玲葡萄所釀成，雖然仍不及萊茵河的冰酒之飽滿與複雜，但和市面上，尤其是各國機場免稅店內氾濫的加拿大偉達葡萄（Vidal）一比，高雅飄逸的特色，便可立分高下。

造訪了拓凱區後，我在返回布達佩斯的路上，順道拜訪了匈牙利另一重要酒區馬特拉山（Matra）的馬特拉酒莊。馬特拉山不過一千零一十四公尺，但也是整個匈牙利地區最高的山地了。山區也早已佈滿了葡萄園達五百年之久，隨著近十年匈牙利私有經濟化的繁榮，帶動了外銷酒業的興盛，本地區也大規模的開採荒地，種上了一片片的葡萄，至今，已達七千公頃。然而，釀酒廠不過百家而已，

佩佐斯酒窖中還珍藏有一八六八年的阿素酒。

匈牙利的酒窖中，到處黴菌蔓延，連桌上的佐料瓶都不放過。這個精采的黴菌瓶攝自馬特拉酒莊。

馬特拉地下酒窖的黴菌與酒桶。

其中絕大多數都是年產在兩千至三千瓶的小酒農，稱得上規模的也僅有三、四家之數。

我拜訪了本地第二大的馬特拉酒莊。這個成立在一七二五年的老酒莊，位於馬特拉山的南方，因此，遭受不到冬天的寒風，向陽坡度甚佳。使它能夠達到年產量一千萬瓶的規模。

當我從酒窖進入後，綿延一公里潮濕且長滿黴菌的老酒窖，處處是巨大的橡木桶；走上二樓，開始佈滿不鏽鋼、可裝納數以千計公升的酒桶；再走上第三層樓後，我們簡直進入現代化工廠：一連串可容納五十萬公升的巨無霸不鏽鋼酒桶，乍看之下，不讓人以為是太空火箭才怪！而且所有設備都是全自動的裝置，顯示出本酒廠巨大的釀酒產能。原來，在冷戰的計畫經濟時代，匈牙利每年要提供蘇聯老大哥一億瓶的葡萄酒。本酒廠便被指定需提供十分之一，也就是一千萬瓶的「生產指標」。因此匈牙利政府才會投下鉅資，把這個老酒廠更新為工業化的大酒廠。

隨著匈牙利的自由化，本酒廠失去了國家的經濟支持，以及蘇聯固定的訂單，經營當然十分困難，也難怪十年間轉了五手之多。酒窖的負責人馬可先生指著酒窖一整排空的地方，笑著告訴我這是他準備將來要釀製專銷給台灣的酒桶預定地。我估算了一下，每大罐至少可以裝五十萬瓶，看樣子馬特拉酒莊的志氣果然不小。當然我心中也替他捏冷汗！這位老兄把台灣紅酒市場的前途估算太樂觀了！

我在酒莊中一共品嚐了十四款不同的紅白酒，由最傳統的本地卡法藍科司葡萄（Kekfrankos）種紅葡萄、塔蜜麗白葡萄（Tramini，這是阿爾薩斯香特拉民葡萄Gewurztramini的親戚），到新潮的外國葡萄，例如德國的米勒．土高、夏多內、灰皮諾（Pinot Gris）、梅洛、卡本內．蘇維濃葡萄等近十種之多，顯示出本酒莊已打算進軍國際市場。大致上這些酒的口味平順、香氣宜人，是頗佳的佐餐酒。尤其是出廠價價錢都可望在五歐元左右，相信可以在外銷市場占有一席之地。

在布達佩斯，我當然會品嚐傳統的「公牛血」（Egri Bikaver）。公牛血產自馬特拉山東邊的伊格爾（Eger）小鎮。這一個擁有十七座巴洛克教堂、無數溫泉的小鎮，也是一個釀酒區。公牛之血乃標準的土酒，用當地色深、皮厚、可耐寒的卡法藍科司葡萄為主，再參雜許多當地其他葡萄釀

酒瓶中儲藏的陳年美酒，
也長滿了黴菌。

釀造公牛血的釀酒師之特別臂章。臂章中的人物為一中古時代的騎士，訴說出「公牛之血」的歷史來源。

成，是標準的「雜釀酒」。

這種「雜釀酒」，正如同隆河地區的「教皇新堡」可以用上十三種不同的葡萄來混釀，這絕對不是為了品酒行家口味，而是為了酒農的生計：有什麼葡萄就釀什麼酒。因此，在「公牛血」中聞不到橡木桶的幽香，也沒有頂級酒醉人的花香。他像燒刀子般，讓人一飲而盡，也讓酒精充滿全身。

公牛血的誕生也和十五世紀匈牙利人與土耳其人征戰的歷史連在一起。在一五五二年當六萬土耳其大軍由巴爾幹半島殺到伊格城，匈牙利將領伊斯凡（Dobo Istvan）率領兩千將士死守了三十八日後，準備突圍。由於敵我懸殊，決死突圍前，伊斯凡將軍將所有軍民窖藏的所有的酒，主要是卡法蘭科司酒，蒐集起來，混在一起分給軍民飲用，來提高士氣。果然，強勁的酒力，鼓舞了軍民的鬥志，一舉突圍成功。如今，釀造公牛之血的釀酒師都配上一個令人驕傲的臂章，臂章上的人物則是一個馬上的騎士。這讓我想起戰國時代田單的「火牛陣」出動前，田單不也是將全城收刮而來的酒食分諸將士，將士酒足飯飽，面塗紅彩狀似妖魔，才突破敵陣？原來「背城一戰」的史實，中外皆不缺也！

在整個冷戰時代，公牛血是做為蘇聯共產集團的「戰略用酒」，供給全東歐以及蘇聯勢力所在之用，所以總共有二十二個葡萄酒產區，十四萬公頃葡萄園，年產量可達到近六億瓶的匈牙利，只生產這種粗獷廉價的紅酒，無暇再顧及「專給權貴階級」享用的高級阿素酒。

但在一九九〇年代以後，匈牙利的自由化之風也吹進了酒園，酒莊的外來投資使得匈牙利已經將所有國際品種的葡萄引進，卡本內·蘇維濃葡萄、梅洛、黑皮諾、夏多內、麗絲玲……無一不備。而現在所有新種的葡萄都已經達到十七年的黃金樹齡，匈牙利酒開始走上了新生命。

即使，傳統的卡法藍科司葡萄也被賦予了新生命。「超級公牛血」，是將優秀的卡法藍科司葡萄精選後，放到橡木桶來醇化。公牛之血擺脫了貧窮的命運。

我嚐到的這款頂級的「超級公牛血」是二〇〇五年份的美崙可公牛血，出自一個野心勃勃的新酒莊聖安德列斯（St. Andres）。看中了國際市場喜歡波爾多式的混釀法。聖安德列斯酒莊推出頂級的美崙可（Merengo），這是以百分之五十的卡法蘭科司葡萄，另外混入梅洛、卡本內·蘇維濃葡萄，以及少數的卡本內·弗朗葡萄。釀成後會在全新的法國橡木桶陳年達十五個月之久，具備了問鼎頂級酒行列的本錢。

果然，光從外表就可看出本酒的高貴氣質，已經完全告別公牛之血「鄉巴佬」的過去形象。依我品嚐二〇〇五年為例，顏色深桃紅近紅寶石色，優美至極，很容易和新年份的布根地相混淆。入口後的淡淡梅香味，也易被誤認為黑皮諾所釀，但中等的平衡酒體與柔和的單寧，便類似波爾多的口味。果然這款這瓶在匈牙利定價約為四十美元的「超級的公牛之血」，已經使匈牙利酒蛻變為「浴火鳳凰」。我們應當祝福匈牙利的美酒前景，並加以喝采！

匈牙利最頂級的「公牛之血」：聖安德列斯酒莊的美崙可。

佩佐斯二〇〇三年份的冰酒。背景為清中期楊柳青版畫〈造酒仙翁〉，中國神仙多半慈眉善目，這個「酒仙」貌狀土地公，鄉土味十足。比較起目前藏於日本早稻田大學圖書館的另一件同名版畫，這幅我在蘇州收藏到的版畫，色彩更為鮮豔。

24

進入香檳的綺麗世界

克魯格的奇妙香檳

紅酒、白酒及香檳，構成葡萄酒這幢大廈的「三根支柱」。而在品酒的次序上，香檳一定是走在最前面。沒有一個正式的品酒會，不以香檳為前導；也因此，沒有一位品酒家不會忽視香檳的重要性。

比起紅酒與白酒，香檳是容易上手，但卻極為「難精」。我記得在不久前，台北一個品酒會上，巧遇一位極著名的女作家，她最近開始沉迷葡萄酒。她自言：「只愛上香檳酒一款而已！」在旁多位資深的品酒客聽到這句話，莫不啞然失笑：「好一個迷途的羔羊！」

進入美酒世界的次序（以難易度而論），先是甜白、後是乾白、而後乾紅；再以產區來講，又可先由新世界、波爾多、義大利、布根地……一路喝起，年份則由新年份再喝到老年份的比較品賞，最後一關才進入香檳的領域。

為何要把香檳放到品賞的最後階段？理由很簡單：香檳在絕大多數的品牌，口感相差不多，正如日本清酒一樣。但是，進入頂級的香檳領域後，就是各家酒莊的看家本領的天下了。不要看在這數以萬計的小泡沫中、夾帶細膩的香氣、小水珠、小泡衝擊口腔，帶來的纖細觸覺感的不同，分辨出這些最細緻的差別所在。所以，香檳酒莊動輒上百萬瓶的產能，而能有各家絕活，沒有歷經多年紅、白酒的歷練，是無法分別出來的，結果必然導致感覺每款香檳的口味都是一樣的結論。

品到香檳，已是品酒的最後階段。但，要攀上品酒金字塔，那就非要陳年老香檳不可。我在台北有一位品酒同好的老弟，不久前告訴我，他已愛上了「老香檳」，我只能夠恭喜他：「邁上破產的第一步！」果不其然，幾個月後，他的熱度果真降低。香檳是乾白中，少數能夠在酒窖中存活超過半個世紀者，乾白中比較能耐藏者，當屬法國隆河馬姍以及羅沙內葡萄釀出的白酒，特別是由大酒廠夏波地（Chapoutier）所釀製的羅蕾（L' Oree），可以存放六、七十年。但是，卻沒有辦法提升其香氣及口感。但，陳年的頂級香檳反而會在彷彿新烤出的麵包香氣中，聞到淡淡的花香、細緻的泡沫，以及略帶太妃糖的淡淡甜味，絕對令人入口難忘。要愛上老香檳、又不會拚得荷包瘦了，是很難的事呢！

談及香檳，不能不提到獨領香檳風騷的克魯格（Krug）香檳。三款克魯格構成了現今香檳世界三顆巨星，竟然不可思議都獲得「獨包」的稱號：分別囊括了「無年份香檳第一」、「頂級香檳第一」、以及「奢華級香檳第一」的桂冠。

早在一八四三年就有一位來自萊茵河地區的德國人，約翰·約瑟夫·克魯格（Johann-Joseph Krug）來到香檳區，一頭栽進了香檳酒的行業，一代接一代，直到五、六年前，才被國際時尚集團LVMH收購。LVMH目前已擁有酩悅香檳，儼然已成為香檳界的天王了。比較起其他的香檳年產多達百萬瓶計，克魯格僅有二十五公頃左右的葡萄園，每年生產六款、近五十萬瓶各式香檳，款款都是香檳迷不願意錯過的。克魯格也向其他果農收購香檳，釀造一般沒有年份等級的普通香檳。

在「無年份」香檳中（雖然酒標自稱為「特級」〔Grand Cuvée〕，但都是普通、而非「頂級」香檳），克魯格香檳便是以醇厚的口感取勝。普通級的克魯格，有令人著迷的綠色瓶子及金色的瓶頂封籤，外表高貴，價錢也是所有非頂級香檳中最高者，市價經常達一百美金以上，與木宜・商冬（台灣稱為「酩悅」）香檳最頂級的唐・斐利農（台灣稱為「香檳王」）的市價差不多。這是本酒莊「大師出手」的代表，正如同川菜大師露一手「麻婆豆腐」的功力。

現仍在酒莊擔任釀酒主任的第六代傳人Oliver，曾以「教宗本人既是神父，也是教宗；勞斯萊斯廠也能製造一般中價位的汽車」的理念，堅持釀出所謂的無年份「一般香檳」。這款香檳的特色有三：

是在小橡木桶中發酵，所以可以獲得較多一點的橡木香氣；使用極高比例的「陳年基酒」。一般酒莊釀造香檳酒多半以當年酒為主，只摻雜部分陳年酒，以獲得濃郁酒體。遇到好的年份，其酒品質好，就留下作「年度香檳」。導致年份越好，留下供作日後一般（沒年份）香檳中的陳酒就越少。但克魯格酒廠卻反其道而行。年份越好時，酒廠反而留下絕大比例作基酒。以一九八五年及一九八八年

號稱「香檳中勞斯萊斯」的美尼爾園「白中白」香檳。

兩個最佳年份而論，克魯格分別留下百分之四十九及五十九的比例留供基酒用。本酒莊一般香檳基酒會由二十至二十五個園區採收葡萄，分別釀成五十幾種酒調配而成，再摻雜至少百分之三十五至百分之五十以上的陳酒，如此高比例的優質甚至「頂級」陳酒，且皆為六至十年的成熟酒，無怪乎會有極濃稠烤土司、太妃糖及乾果芬芳的香氣。

陳年甚久才上市。一般克魯格最快也要六年才上市；而其他一般酒莊的香檳多半在一年半至二年即熟成上市，口味的豐腴度自有極大差異。

在「年份香檳」部分，克魯格年份香檳被譽為是最長壽的年份香檳。這在小橡木桶中發酵、且在最好的年份才生產、平均每兩、三年才能有遇到好年份，所釀出來的香檳，必須在酒窖中熟睡十年以上才上市，因此一上市後幾乎馬上被搶購一空。上市價當然反映出其稀有性，平均約兩百美金以上。例如最近一九九八年份在十年後（二〇〇八年）年底才上市。美國市場即定價三百五十美元。

克魯格的年份香檳有極為細緻的泡沫與濃郁的酵母香氣，一般認為已經超越了佐配輕淡食品的層次，可以佐配紅肉等濃郁口感的食物，但仍以空飲細品為宜。

在釀造香檳三款葡萄中，只有一款葡萄夏多內是白葡萄，另外兩種葡萄黑皮諾及粉皮諾（Pinot Meunier）都是黑葡萄。黑葡萄取其果味濃郁、酒體實在厚重、芬芳且具陳年實力；夏多內則取其花香氣、較酸的輕穎口感，冰鎮後會產生宜人的夏日氣息。香檳的釀酒師便是能夠巧妙調和三種口感的葡萄口味，使其徹底互補，而每年不論葡萄的收成如何，基本上口味不會相差太遠。可以想像，由數十至數百桶葡萄發酵汁，以不同的比例勾兌出一定口味的香檳，這是神奇的工作，而其中最神奇的一種便是「白中白」。

將全部香檳由昂貴的夏多內所釀成，便稱為「白中白」（Blanc de Blanc）。這種香檳保存了夏多內的果香以及較高的酸度，沒有較重的口感，非常令人著迷的飄逸氣息。

白中白香檳最受人歡迎的則是本園的「美尼爾園」香檳（Mesnil）。美尼爾園如同所有布根地酒園都是天主教會的產業，直到一七五〇年才由民間買走。克魯格酒園在一九七一年買下了這個僅有一點八公頃的夏多內酒園，於是在一九七九年推出了第一個年份的「白中白」。只有一萬五千瓶的「白中白」立刻征服了法國的品酒界。儘管售價高達五百美金以上，但幾乎很少外銷。

我猶記得第一次購得美尼爾園時，是在一九九七年的夏天在香港尖沙咀的人頭馬專賣店購得一瓶。據店主稱：一年才配售一瓶而已。當時一瓶八三年份的美尼爾園，售價可以買上接近半打的波爾多「五大」酒莊。每瓶美尼爾園都裝在一個巨大的木製盒中，顯示出高貴不凡的身價。美尼爾園被稱為是「香檳中的勞斯萊斯」，也是奢華級香檳中最貴的一種。

克魯格近年來看準了國際奢華市場的前景，也看到了M型社會以後驚人的消費能力，因此在一九九二年又買下一個比美尼爾園更小的頂級酒園：「丹波內」酒園（Clos d'Amdonay），這是一個生產黑皮諾的老葡萄園，克魯格因此推出一款全由黑皮諾所釀造出來，號稱「黑中白」（Blanc de Noir）的頂級香檳。這款香檳由於園區只有零點六八公頃，最多只能釀造出三千瓶。一九九五年份遲至二〇〇六年才上市，結果真的是「一瓶驚人」！價錢每瓶高達三千三百美元，已經創造了世界新上市香檳酒的紀錄。

克魯格的「黑中白」以如此高昂的售價，已經不是「奢華級」香檳所可比擬，也不是巴黎及歐美時尚界派對所飲得起，難怪有人挖苦：「邁阿密的毒梟們很高興又多了一種選擇：他們已經喝膩了布根地的蒙哈榭，謝謝克魯格給他們送上了『黑中白』！」這個挖苦當然不會影響歐美社會金字塔最頂端人士的選擇吧！

儘管如此，我十分欣賞「黑中白」酒瓶設計的高雅，一襲深藍色的設計，果然富貴逼人。

我在《艾麗榭宮的餐桌》上，發現有關克魯格香檳有趣的記述。原來法國總統府艾麗榭宮舉辦國宴時雖然必備香檳，但唯有重要國家、且法國有意表現最高誠意時，才會以克魯格香檳招待。例如一九九三年一月三日法國為布希總統最後一次以元首身份造訪英國所舉行的國宴；一九九二年六月九日最隆重為英國女王舉行的國宴，以及一九九四年十月三日日本平成天皇及皇后與法國總統的三人午宴，都是以克魯格伺候。

注意：這些克魯格仍只是「無年份」等級，沒提供「年份香檳」！只是以「二瓶裝」（Magnum）代表更

全世界最昂貴的克魯格「黑中白」香檳。

〔藝術與美酒〕
在美心飯店裡的酒吧：這恐怕是關於香檳奢華文化最有名的一幅畫。作者為嘉蘭（Leon-Laurent Galand），繪於一八九九年，為典型新藝術風格。畫中描寫衣裝筆挺的中年紳士，在巴黎最頂級的美心飯店（Maxim）的酒吧間向一輕佻美女搭訕。美心餐廳正是英國戴安娜王妃出事身亡前最後造訪之飯店。酒架上陳排酒瓶，整幅圖片散發出十九世紀末慵散浮華的氣氛。可惜美女手中握著香菸，倘能握著手下的香檳，那就更優雅了。

大的敬意也。法國國宴的「大小眼」又可以此次之天皇國宴來看出：同一次國是訪問，艾麗榭宮給整個代表團舉辦時，提供「唐佩里農」（Dom Perignon）香檳，但在只有兩國元首三人午宴時，即改用克魯格，即可知其待遇之差別也！

克魯格香檳的高貴品牌聲譽，理應可以維繫至少二、三十年不墜；且每年只產五十萬瓶，是其他名廠十分之一不到。即使「無年份」的克魯格也具有十足的陳年實力；而「年份香檳」則具有十足的「增值潛力」，所以任何款式的克魯格香檳都值得收藏。酒友們何不「分散投資」？勇敢蒐集各款之克魯格，讓您對未來的「不知何日何時」的開瓶享用，也多幾分期待？

25

徽菜嘗新
黃山石雞佐酒記

二〇〇七年三月一日，我有一趟上海之行。此行是應邀赴華東政法大學作一場學術演講，剛好上海召開了一個世界葡萄酒展覽會。蒙秘書長郝鳳英女士的邀請，邀我擔任大會貴賓，並與上海最著名的葡萄酒專賣店：葡園貿易公司董事長、來自台灣的闕光倫先生，共同主持一個在中國開展葡萄酒文化與市場的演講會。趁著這個機會，我拜訪了數十家來自世界各國的葡萄酒商，遍嚐了這些想要進入中國消費市場的各式葡萄酒。令我一驚的是：其中九成以上的酒，在台灣都沒見過，且多半屬於中低價位者。看來這些酒是搶攻大陸人民幣一百至兩百元消費市場，成為世界酒業的新希望。

好客的闕光倫兄，特地為我召集了一個美酒餐會（美饕會）來洗塵。與會者都是在上海進口葡萄酒的業者及酒評家，包括了一位很有正義感、敢於揭發某大葡萄酒莊「造假」年份的獨立葡萄酒評家吳書仙小姐在內。參加者照例每位攜帶一瓶美酒，以供大家品賞，且也負有講解的義務。

我個人最欣賞這種聚會。在台北

葡萄酒的風潮還沒有成形的一九九〇年前後，我便參加了台北「唯二」的品酒會：一個是由孔雀洋酒公司曾彥霖召集的「孔雀騎士團」，另一個是由名酒評人劉鉅堂所召集的「玫瑰人生」。每個月的例行聚會，可以讓我們至少品嚐二、三十種以上不同產區、品種、年份的葡萄酒。享受到了美味，也開展了我們對葡萄酒天地廣闊的視野。

當我問到也是位美食家的光倫兄晚宴座落何處？他回了我一個神祕的笑容：您在台北絕對嚐不到的美味。結果，他領我到了一家門口雕了典雅精緻的徽式石雕，我當即心中一動，好一個「徽菜館」！門上果真懸著斗大的「貴人石府」。這是一家精緻的徽菜館。

的確，闕兄沒有說錯。我在台北吃不到正宗的徽州菜。話說當年，蔣中正撤退到台灣時，各省人士都有。所以台灣到處都有大陸南北口味的大小飯館。而其中江、浙、皖人士來台甚多，甚至佔了所有台灣「外省人」的最大部分，江浙菜也就自然成為台灣餐廳的主流菜色。甚至到現在，不少美食家認為在台北仍然可以吃到絕對正宗老式的上海菜或杭州菜。

但是，號稱為中國八大菜系之一的徽菜，就似乎從來沒有在台灣露過面。自從我來到台北讀書，至今早已超過三十五年，從未聽說過台北有家徽菜館。同樣屬於「偏門菜」的湖北菜，至少也曾出現過唯一的一家「湖北一枝春」，提供珍珠丸子、黃豆豬肘、韭菜螺絲等家鄉口味，給「湖北佬」的老鄉們解饞。但徽菜館，則絕無僅有。

我為了擔心自己年少見識淺，便特別把美食家前輩們的著作找出，

提到徽州，就會令人想起徽州精美絕倫的石磚雕藝術。能夠將磚雕精細雕琢得和木雕一樣，簡直是鬼斧神工。

看看有沒有徽菜落腳台灣的蹤跡。不論是由號稱為台灣有史以來最了不起的美食家唐魯孫先生十餘本的著作，或是二〇〇六年才去世、既好吃又擅長美食史的逯耀東教授，以及近年來在台灣寫餐廳美食最著名的朱振藩等的著作，都沒有任何一字提到徽州菜館。所以，台灣實際上不能稱為是中華美食的天堂。至少，「中華美食」八大棟樑，在台灣就少了這麼重要的一根。

台灣來自安徽的名人也不少，至少我所服務的中央研究院前院長胡適便是來自徽菜大本營的徽州。對這位當時代表台灣學界的「世界級」大文學家，為何沒有帶起台灣享受徽菜的風氣，甚至「造就」出一家徽菜館？可惜余生也晚，來不及在中研院內親自請教這位「院內大家長」了！

我只在書上知道徽菜有「三重」：重油、重醬、及重火候，所以徽菜是一個費時「要等待」的菜。貴人石府是上海最有名的徽菜館，品酒會的朋友們便特地交代餐廳，為我準備了道地的拿手菜，包括了燉工一流的「合肥燜野鴨」、屬於一品鍋之流的「李鴻章大雜燴」、「紅燒雙味丸」、「徽州鱔糊」等，都是鮮嫩軟滑，令人回味無窮。不過最令我舉箸再三、甚至還使「眾主人」請廚師給我再炒一盤獨用的菜，則是黃山石雞。提到石雞，也勾起了我甜蜜的回憶。

黃山石雞，也就是生長黃山壁巖樹叢中的青蛙。由於黃山地勢險峻，蛙族們需要強勁的腳力，才能翻山涉水，當然練就了強勁的後腿，才變成了美食家們盤上的珍饈。而一般在平地水澤中成長的青蛙，蛙腿就少了這一口勁兒。我還很清楚地記得初次品嚐到這一種「山神」的恩賜，是在一九六六年的夏天。那時，先父剛好調升到新竹縣的尖石鄉擔任警察分駐所所長的職位。我們全家人住在新竹市，讓父親單身前往這個台灣著名的山地鄉任職。一個颱風過後的假日，父親回來探親。手上提了一袋父親屬下山地籍警員送給我們嚐鮮的特產——尖石山蛙。這一隻隻圓碩碩、身上布滿紅、褐、青、黑及黃色的條形或斑點，十分美麗。每隻且足足有三、四兩之多。尤其是蛙噪聲特強，原來山蛙就是靠著宏亮的蛙聲，才能夠引得配偶，一代一代不息地繁衍下去。

來自中華美食之鄉的廣東潮州，父親燒得一手好菜。當晚，他只用簡單的老薑、蒜球油爆後，把蛙腿大火快炒，起鍋前略放紹酒、白蔥條及九層塔，及一點老抽醬油，剎時，一整盤芬香噴鼻的「火爆山蛙腿」便完成。父親這前後只花三分鐘的手藝，令我至今整整四十年，彷彿口齒餘香至今。為什麼我能準確地記得這是在一九六六年？那是因為我們全家在大快朵頤之時，收音機播放的「大陸情勢分析」新聞節目，所報導的正是中國有史以來最大的變革之一「文化大革命」風起雲湧的消息。每次我與大陸朋友提到文化大革命時，也常提起當時我們在「啃小蛙腿」的故事。

黃山的石雞，我已經品嚐數次。我曾經四上黃山，且分別在春、夏、秋、冬四季登過黃山。每次都品嚐石雞與石耳，可能是沒有與廚師熟識，不過爾爾的感覺。直到千禧年後，我陪同國畫大師歐豪年教授一起登上冰封住的黃山。遊客已走，封山後的黃山到處雪樹銀花，果然是一個晶瑩世界，夾著不畏寒的松木，美妙極了。歐教授留下了一首詩：「黃山信美玉屏峰，此日重遊迷遊踪；看山觀雲三百里，更欣迎送有喬松。」由於有當地旅遊局長的陪伴，讓我們吃到最好手藝的黃山石雞。果然香嫩盈口，妙不可言。

後來我也偕家母遊歷湖南張家界，二度品嚐當地的「竹筒岩蛙」。好一個另一版本的「湖南石雞」！此味和台灣「竹筒蝦」意思相同，屬燉煮口味。儘管「香、嫩、鮮、滑」，但蛙肉已經湯羹過水，鮮香肉質已打了一大折扣，不復黃山石雞之鮮滑可比矣！

去年我曾經在台北吳興街附近的一個江浙館滿順樓，和著名的美食家逯耀東教授，一起品嚐該館拿手的「霸王別姬」（鱉燉老母雞）。當逯老教授得知我不僅已拜讀他所有關於美食的文章，尚且還有他年輕時熱心時政的作品，例如《躍馬長城》等，顯得十分高興。我特別提到他在民國八十一年由圓神出版社出版的《已非舊時味》中，有一篇讚譽黃山石雞美味的小文，表示我也有類似的同感。逯老當時頗有巧遇知音之感！可惜，我雖與逯老同校教書超過二十年，卻未有緣更早結識：且一飯之後不到三個月，在我們履行再約的飯局前，逯老便飄然仙逝，無法再與「食仙」分享其覓食經驗，令我悵然極久也！

此次上海「貴人石府」重逢了石雞。由於「美饕會」成員個個都是美食家，經理特別再三保證，石雞絕對是黃山石雞。同時，也是大廚親自下手調理，讓二、三廚在旁見習，所以我們都嚐到了真正的徽菜手藝。

在啟程來上海之前，我總會想想帶兩、三瓶上海不易購得的美酒，來和同好們分享。我第一個想到的便是：找一瓶能搭配河鮮的白葡萄酒。上海美食餐廳處處有，價錢也節節高。這也難怪，上海經濟的迅速發展，以及上海人的海派作風，都造成上海美食漸漸高不可攀。不過可喜的是，只要有心，還能夠找到價廉且絕對值回票價的「本地鮮」。

近年來每次到上海，我一定會央求一位台灣藝術科班出身的老友：創揚設計公司林董事長壁章兄，替我在虹橋區桂林中路一家「千島湖魚館」訂張桌子。台灣吃活魚的場合極多，不管是草魚、黑鰡或鯉魚「幾吃」，都有一定的水準。但說到大鰱魚頭，台灣就比江浙要遜色許多。原因很簡單：台灣欠缺深澤大湖。大鰱魚需要極大的生存空間。以千島湖而論，這個當年淹掉淳安縣等三個縣城的人工大湖，至少使數百萬棟民宅沉落湖底。這些牆角屋壁形成第一流的人工魚礁，也讓魚族們可以躲避天敵、漁網，所以千島湖的大花鰱動輒三、四十斤，這種尺寸的大鰱魚頭，台灣只有在颱風過後，石門水庫洩洪時，才可偶一捕獲之。

千島湖魚館每天都可提供來自千島湖生蹦活跳的大鰱魚。只要用簡單的豆腐、鮮筍片、若干五花肉片、新鮮淡水魚肉打成的軟魚丸等，把魚頭燉煮得牛奶般的色澤，即可香氣四溢，美不可收。

而此時，想要搭配這種鮮度與嫩度都無可挑剔的魚肉，唯有德國的麗絲玲乾白葡萄酒。行前我收到了德國朋友給我寄來的一本《德國葡萄酒導覽》。此《導覽》每年將各種德國酒分門別類的加以評分。以二〇〇六年份為例，就給了七百七十八個酒莊及六千八百三十九款酒打了分數。選出最高榮譽的九家（五串葡萄）每酒莊外，並統計了從一九九四年至二〇〇四年得獎紀錄，我們可從中挑出五款表現最佳的酒莊。

名列「德國葡萄酒五朵金花」首獎是萊茵黑森酒區（Rheinhessen）的「凱樂」酒莊（Keller），共得獎七十一項；其次分別為萊茵溝（Rheingau）的羅伯．威爾園（Robert Weil）得獎四十七項；來自薩爾（Saar）的依貢．米勒園（Egon Müller）得獎四十一項；弗利茲．哈格酒園（Fritz Haag）來自莫塞河區（Mosel），得獎三十九項；最後為來自納河區（Nahe）的鄧厚夫酒莊（Dönnhoff）得獎二十七項。巧合的是，這五朵金花分別來自德國最重要的五個酒區，沒有重複，可以說是各個酒區的代表作。

第一朵金花的「凱樂」酒莊，產

自德國十三個葡萄酒區中，最大產區的萊茵黑森酒區。佔全德國葡萄酒總產區面積四分之一（兩萬六千公頃）的黑森酒區，近七成是白葡萄酒。萊因黑森酒長年是橫掃德國市場，因為本產區的酒品質甚優且價格合理。凱樂酒莊則是本地區最頂級的酒莊，這一個由凱樂家族在法國大革命爆發的當年（一七八九年）所購入的老園，傳承至今，已是第八代人，共有十二點五公頃。每年可以產出十幾款紅、白酒，達十萬瓶之多。

凱樂酒莊的得獎數最高的，當屬寶黴酒（逐串精選及枯萄精選）、以及麗絲玲的精選級及遲摘級，及麗絲玲乾白。

令人擊節讚賞的，當屬麗絲玲乾白。本園位在達司海姆小鎮，有一個很小的胡巴克園區，生長的麗絲玲葡萄糖份極高。園方比照法國AOC的品管限制，每公頃不超過五千公升，且嚴格控管釀製過程，不添加任何化學物質及酵母等，黑森邦法特別創設一個等級，稱為「大年份級」（Grosses Gewächs）。凱樂酒莊的「大年份級」麗絲玲乾白「達司海姆的胡巴克園」（Dalsheimer Hubacker），便是獲得了《德國葡萄酒導覽》高達九十四分的佳績，德國售價接近三十歐元。所謂的「乾白」（Trocken）是指每公升葡萄酒的「殘餘醣度」不能超過九公克。這和夏多內的醣度是一樣。但不喜歡這種乾白，而希望有帶一點點甜味者，則可選擇「半乾」（Halbtrocken），每公升「殘餘醣度」不能超過十八公克。喝起來果香味足，又不至於太甜，非常適合佐拌清淡的海鮮或白肉與紅肉。

和一般外國人喜歡德國甜白不同，一般德國的品酒客，卻喜歡乾白。就我品嘗過的二〇〇一年及二

○○四年胡巴克園而言，其金黃色的美麗色澤，有一點乾果的香氣，及淡淡的橡木桶味，入口後如絲綢般的感覺，且後韻的回甘十分明確、清澈，令人不禁想起了法國頂級夏布利（Chablis Grand Cru）的神韻。凱樂酒莊改變了世人對德國人只會釀造甜白酒的誤解。一個酒園能夠左手釀出頂級甜白；右手釀出頂級乾白，能不叫人佩服？

第一朵金花的凱樂園已如此不同凡響。另外一款名氣在海外顯得沉寂，不過在內行的德國，卻是難得一見的逸品，這是墊尾的第五朵金花：鄧厚夫酒莊。

鄧厚夫酒莊得獎的數量雖然只有二十七項，但因為它來自於比莫塞河谷更小的納河區，僅有四千公頃之大，約是前者的三分之一左右，但酒莊只有一千五百家，則只有前者的

鄧厚夫酒莊2004年的麗絲玲遲摘級。

五分之一。比德國另一個優良的葡萄酒產區萊因溝（著名的約翰尼斯堡酒莊便位於此酒區），稍微大一點。萊因溝擁有約一千四百餘酒莊，以及三千三百公頃的產區。

納河的酒泰半供為國內消費，並未注重外銷，國外多半不知其品質。此酒區，除了編輯高米樂《德國葡萄酒導覽》的阿敏・迪爾自家的酒園「迪爾城堡園」（Schlossgut Diel）享有盛名，這是因為莊主為了避嫌起見，自家產品不列入德國酒每年的評比。但

其產品，幾乎都可以列入五串葡萄的等級之內。

由納河當地的迪爾率領團隊挑出的號稱「納河第一」的這鄧厚夫酒莊也是成園甚早的歷史名園。在一七五〇年，鄧氏家族便入主這個十六公頃大的酒莊。如同絕大多數德國頂級酒莊，本酒莊在頂級酒部分（寶徽酒及冰酒），全部交由拍賣。例如二〇〇四年份的麗絲玲冰酒，屬於金頂級的絕活，半瓶裝，拍賣價便達兩百五十歐元；至於普通級的冰酒也是半瓶裝，也要九十八歐元。不僅是冰酒，本園也挑出最好的遲摘酒及精選級，列入金頂級，且全部做為拍賣之用，價錢是一般普通級的一倍。例如：二〇〇四年份的普通級遲摘酒，上市後為十五點五歐元，但精選級則為一倍的三十二點五歐元。

但以十五點五歐元的遲摘酒而言，都算是平實的價格。至於其他產量更多的乾白，往往價錢在十歐元以下。所以，頗受麗絲玲愛好者的歡迎。每年約十萬瓶的產量，幾乎都保持一致的水準，也因此幾乎每年都獲得了《高米樂》雜誌最高「五串葡萄」的美譽。

因此，我便攜帶兩瓶二〇〇一年份的達司海姆的胡巴克園；一瓶二〇〇四年份的鄧厚夫遲摘級麗絲玲赴上海。一瓶胡巴克準備與魚頭共享，一瓶胡巴克則試試與貴人食府拿手的「徽式炒石雞」—拌炒著鮮筍、木耳的石雞滋味如何？果然，胡巴克乾白並不奪味，微酸、低酒精度及水果香氣，與廣東人所指的「鑊氣」（鍋鼎氣）正濃的石雞，搭配極為完美。而鄧厚夫稍甜的遲摘酒口感，佐配稍帶些醬味及濃厚脂肪的「合肥燜野鴨」，可以推翻「紅酒必配紅肉」的定律！

而凱樂酒一瓶將盡，主人闕兄拿出了兩瓶狀似法國布根地的白酒，原來是新從智利進口的「阿麥娜夏多內」（Amayna），供大家嚐鮮。

作為新世界酒最耀眼的一個地區，智利酒已經成功地攻佔了過去二十年澳洲酒所霸佔的歐、美中價位以下的市場。智利利用先天低廉的工資能夠發揮專長，賺飽了智利酒升級的本錢。近年來，若干酒園已經心懷壯志的摩拳擦掌，準備進攻高級酒的市場。例如：Errazuriz（Don Maximiano）及Vinedo Chadwick（Sena），都是具有挑戰法國波爾多美多區五大酒莊的實力。

我不經意試了一下這個新冒出來的「阿麥娜」，馬上被濃郁的熱帶水果香氣如芒果、檸檬及鳳梨的香氣所吸引，還有淡淡的花香，十分優雅的尾韻，跟隨著相當札實的橡木味，一看就是走法國布根地夏多內、而非美國加州的路線。不過，正當我感覺為何本酒如此豐厚澎湃？原來酒精度高達十四點六度，比一般的白酒還要高達一至兩度多，南半球陽光的威力，也反映在釀酒師的味蕾之上。搭配上口味屬於較重的黃山石雞，簡直天衣無縫，美極了。

回到台灣，我馬上找尋這個由西瓦（Garces Silva）酒莊出產的好酒資料，原來這個由經營飲料、房地產及投資事業出身的西瓦家族，近年才在智利中部的聖安東尼．萊達河谷（San Antonio-Leyda Valley）一個優美的谷地落腳。由於距離太平洋僅有十四公里，海風帶來足夠的冷風可以使葡萄長的更為健壯。西瓦家族由於資金雄厚，所以不打算進軍中價位市場。故在品質上力求完美。收穫期會比周遭的葡萄園晚兩週，使葡萄盡量成熟，產量控制在每公頃七噸，雖然比歐陸頂級酒園的五噸高些，但仍也比周遭園區少了至少三分之一以上。因此，每一年推出僅有一萬箱左右，屬於中智利區品質最優良的好酒。例如其夏多內酒在不到七公頃的園區年產不過四萬瓶（三千五百箱）。二〇〇三年份為例，美國的派克大師，便給予了九十二分的高分。這個佳績，大概只有加州的「白酒王」奇斯樂酒莊（Kistle）才容易獲得的。一上市的出廠價為僅只有二十五美元，但在市面上已經貴上幾倍。

阿麥娜夏多內白酒。

除了夏多內外，本酒廠還有兩款，包括黑皮諾及白蘇維濃都是值得一試的好酒。智利酒在台灣是以紅酒著稱，白酒甚少。希望有遠見的進口商，為台灣的酒友們多多發掘這個美酒的新天堂。

自從清末以來，便有人說：「上海灘是冒險家的天堂」。也就是在上海，你容易看到各種大驚奇、小驚奇。此次上海，我邂逅了久違的黃山石雞、千島湖大鰱魚頭，以及驚豔到智利的美妙夏多內。上海果真是食客飲家們的「驚奇之地」也！

26

中國大陸頂級葡萄酒的希望之光
波龍堡

挑在零下六度的寒冬造訪酒廠，的確不是一個明智之舉。酒莊是一個浪漫的名詞，尤其是葡萄酒莊，它讓人立刻在腦中蘊化成一個美麗的景象：一片望眼盡是翠綠的果園、葡萄枝蔓下垂掛著纍纍的果實、到處是蜂兒、蝶兒的亂竄，以及令人馬上會哼上幾口流行的〈葡萄成熟時〉的歌句。但是這些都是在夏秋之際的葡萄園才會有的景象。

然而，在葡萄園最美麗的時刻，也就是葡萄酒農最要擔心的時刻。葡萄在結果邁至成熟的階段，酒農要擔心的是雨水是否過多、霜害與冰雹、以及最令人頭痛的蟲害。因此打從葡萄抽穗結果，酒農不會有心情來欣賞果園美景，當然也不會有心情來招呼客人。

特別在收穫時期，事關一年的辛勞是否白費，每個酒莊莊主莫不神經緊繃，嚴陣以待。直到酒汁送入發酵槽，完成發酵，送入醇化桶後，才能夠真正喘一口氣。

所以，冬天不僅是葡萄園的土地能夠休養生息，以備來年。對酒莊的莊主與工作人員而言，也正是可

中國頂級葡萄酒的希望：波龍堡。

以外出拜訪客戶、開拓市場，並在酒莊接待訪客的時刻。

提到波龍堡，中國大陸的酒市似乎並不陌生，它是少數能夠在大陸免稅商店購買得到的國產葡萄酒。至於其品質如何，我只聞其名而未有嚐試的機會。終於，在今年一月中旬，我趁著到北京大學參加一個國際法律研討會的空檔，與波龍堡鄒福林總經理取得聯繫。

來到位於房山縣周口店旁的波龍堡。我們從小在教科書中就知道中國人老祖宗是北京猿人，而猿人的化石，正是被發現在距離波龍堡僅有四公里的山穴之中。想當年，中國人老祖宗們已經在波龍堡的土地上狩獵覓食，好一個具有歷史與考古意義的葡萄園。

這也讓我想起了我曾拜訪過，位於義大利拿波里非常著名的瑪士托柏蘭弟諾酒園（Mastroberardino）。這也是一個「考古酒園」，是在兩千年前義大利維蘇威火山爆發後將龐貝古城埋沒，而後考古學家發現羅馬時代酒園，才經科學家對比基因，找到六種近似的老葡萄種，在移到此處重新栽種釀酒。

由於僅有一公頃多，分為四個小區。其中最頂級的「神祕莊園」(Villa dei Misteri)，年產僅有一千七百二十一瓶，珍貴異常。我所品嚐第一個年份二〇〇三年份的本酒。強勁略帶苦味的酒體、揮之不去的獸皮味、咖啡夾雜著漿果氣息，讓這款「老羅馬酒」充滿了陽剛之氣。

我也不禁懷疑，是否當年尼洛皇帝是否牛飲了過量的這種強勁紅酒，才會想出以「火焚羅馬」，作為佐酒之娛的瘋事？

當我進入了波龍堡，我很驚訝地發現這是一個「專家」釀酒的酒莊。年已超過耳順之年的鄒教授，曾經長年擔任援助非洲的農業專家，因此以極科學的方法栽種葡萄。我看到他在品管室中有一大堆排列整齊的試管，一問之下才知道，鄒老在葡萄酒發酵的過程，每天早上六點與晚上六點，便在十二個發酵槽中，取樣分析一次，同時將分析結果一一列入畫表。同樣的，在葡萄成長過程也詳細紀錄。我參觀過不少酒廠，從來沒有看到一個酒廠是以實驗室的方式來監控釀酒的過程者。當我以此詢問滿頭白髮的鄒老時，他笑道：「這是用研究分析來累積經驗。」

在我離開波龍堡時，剛好旁邊村民正在燒山。冬天草乾地燥，正是各個酒莊最擔心火災發生的時刻，沒想到，房山的村民仍然不知此大忌。看來波龍堡倒是要提防這個危險，也顯示出大陸農村人民對於釀酒這個行業，仍然欠缺概念！

這句話讓我頗為感慨，一般說來：歐洲的酒莊，特別是義大利酒莊，是以藝術感及直覺感來釀酒；而德國則以科學的方式來釀酒，至於法國則在硬體方面仿效德國，追求品管及釀酒衛生方面的科學性。

但在軟體方面，則以經驗與藝術為主導。而新世界，例如美國或澳洲，因為欠缺長年的釀酒文化及經驗，便以科學的方法來創造出新世界的葡萄酒產業與文明。

波龍堡無疑是新世界釀酒潮流的一支。也唯有如此，才能夠在毫無葡萄酒釀酒傳統的中國，開創出燦爛的一片天。

白髮蒼蒼的莊主鄒教授與作者暢談釀酒與品酒心得。

波龍堡的第一個特色是「有機酒園」。當我行經房山縣時，第一個印象不免失望。道路交通雖順暢，但來往運貨卡車之多；高壓電纜之交錯，說明了此地仍為一個開發中的工業區。工業必然帶來污染，所以我對波龍堡的環境捏了一把冷汗。

未料，波龍堡卻毅然以「有機酒園」的方式，來栽種葡萄釀酒。這是一個大膽而前瞻的決定。不使用化肥與殺蟲劑的缺點，當然就是使葡萄的成長速度與根莖的深入地表，打了折扣，一句話：不能使葡萄迅速茁壯。但是，這正是波龍堡可以戰勝周遭環境，使美酒欣賞者安心品嚐的一大保證。我對波龍堡懷了第一個敬意。

同樣的驚訝也發現在釀酒房與酒窖的整潔之上。在帶領我們參觀釀酒房時，每位都發給一個塑膠的鞋套，來排除外來灰燼。而在酒窖中更是一塵不染，連地板都沒有一絲水份。

這讓我想起了去年夏天我去拜訪布根地最有名的酒窖布查園及匈牙利佩佐斯。酒窖已有數百年之久，不僅潮濕，屋簷屋頂到處蜘蛛絲網及黴菌叢生，所以波龍堡更像食品製造廠。然而，這卻是能夠保證本堡酒品不至於過早腐敗的一大保證，也看得出來莊主對其產品的細心呵護。

而酒窖醇化用的橡木桶，共有三百多個，其中絕大多數是全新的法國橡木桶，難怪我聞到了在歐洲頂級酒莊才會散發出的那一種橡木的特殊香氣。

鄒老決定絕大多數的波龍堡都要在全新的橡木桶中存放一年以上才裝瓶。而我也注意到其酒窖的牆壁都隔成一塊塊，每塊可平放三百瓶酒，剛好是一個標準橡木桶（兩百二十五公升），所灌裝的瓶數。也因此由哪一桶釀出的酒，以及還剩下多少存量都可以一目瞭然。莊主的心思之細，可見一斑。

在釀酒室中，鄒老向我介紹一個「去酒石」機，這是專門除去酒中的酒石酸所用。鄒老並告訴我，依政府規定，也必須將酒汁的殘渣去除，易言之，最後必須是清澈的酒汁方可。

有三百個法國新桶的酒窖，以及分桶排放水泥的酒櫃，頗有歐洲酒窖之古風。

我聽後，不禁啞然失笑：好一個外行領導內行！酒石酸是酒中自然產生之物，看起來雖不舒服，但在歐洲，例如德國，如有出現酒石酸（Weinstein）就是好酒的表現。當年我們在德國當窮學生時，就知道要特別找有酒石沉澱的好酒。另外歐美許多頂級酒莊也流行裝瓶前不再「去渣」酒，來贏得豐沛的果味。

山西怡園「深藍級」紅酒，酒質極為優美，雖然口味稍淡些，陳年實力也不樂觀，但是外表極為典雅、高貴，我認為所有大陸國產酒中包裝最迷人、且印象最深刻的一款當屬此也。

記得在幾個月前，我和美國最頂級之一的加州「牛頓酒莊」（Newton Vineyards）主人林淑華女士（Dr. Suhua Newton），共同品酒。林女士便是在加州第一位提倡「不過濾夏多內」的健將，連派克大師都在大作 *The World's Greatest Wine Estates* 中，特別強調林女士對於加州頂級夏多內的貢獻。

參觀完酒窖之後，我迫不及待想嚐試波龍堡的佳釀。鄒老拿出一白三紅。波龍堡在去年首次嘗試栽種極少數的夏多內，總共只有兩公頃之多，釀成不過二、三十瓶，所以屬於「試釀酒」。

我看到夏多內的顏色極為清澈，略帶黃青色。入口一股極為清爽、甘冽的感覺，稍帶酸味。像極了法國布根地的夏布利白酒。這是在較寒的布根地北邊所釀造的白酒。氣候和北京差不多寒冷，同時也沒有經過橡木桶的醇化，難怪口感極為類似。我建議鄒老可以大膽的釀造這款「北京夏布利」，讓北京流行的川菜或湖南菜，多一款可以搭配「去火」的白酒。

三款紅酒，分別是第一個年份的二〇〇三年、以及二〇〇四年與剛裝瓶的二〇〇五年份。所使用的葡萄，是以卡本內·蘇維濃為主。三款酒無疑的都顯現出使用昂貴、全新法國橡木桶的特點：極度強勁的單寧、芬芳的橡木桶味，以及透露出來的花香及沉重強大的酒體。

然而，橡木桶的確是一個容易「奪味」的雙面刃。它如果遇到葡萄本身不夠雄壯、強健的話，很容易把葡萄的果味壓過，而使葡萄酒欠缺了葡萄果天然的果香與甜度。波龍堡成園不滿十年。我看到酒莊的葡萄藤，只有六、七年的年紀，枝幹也不過拇指寬，因此屬於幼年期，葡萄還未達到成年期。因此，使用全新的橡木桶不免可惜。

當我嚐到二〇〇四年份的波龍堡，突然感覺到酒體十分的均勻，果香相對比二〇〇三年濃郁的多，而橡木味也不突兀，入口後在口腔散發的絲絲甜味，讓人覺得二〇〇四年的波龍堡可以達到適飲期，而二〇〇三與二〇〇五年還得至少放上三年至五年後才可達到適飲期。

我懷著好奇詢問鄒老，是否二〇〇四年使用了一部分的舊桶？

答案果然是正確的。二〇〇四年使用了一批二〇〇三年用過的橡木桶，因此是一半全新一半一年新的橡木桶，無怪乎有果味與橡木味相互平衡的優點。這也是歐美許多一流酒莊在年份不好時，減低全新橡木桶的用量，來中和果味，發揮果味之長。另外在好的年份，既然葡萄結構很好，所以在釀造副牌、或所謂的「二軍酒」時也會使用一年新的木桶為主，而搭配少量新桶，來取得質量以及成本的均衡。

品試了三個年份的紅酒，我必須很快樂地稱讚鄒老，他已經成功地踏出了釀出頂級酒的第一個大步。由嚴格限制每畝產量不超過五百公斤的「減果法」，便是保證成功的第一步，這也符合了法國A.O.C的法定標準。在採收果後會進行二輪至三輪的篩選，將是成功的第二步。釀酒的橡木桶願意不惜成本的採用全新橡木桶，也將是保證成功的第三步。當然，個人的建議是能夠酌加舊桶的調配，可能更能濟長補短。

也因此，波龍堡的成功，只要持之以恆，將是無可置疑的事。而且隨著葡萄的年歲增加，馬上卡本內·蘇維濃等就要進入十年的成年期，所以波龍堡的「黃金年代」將是指日可待。

本來我以為山西有一個怡園酒莊，由一位有心的華僑所設立，並以波爾多的嚴格釀酒規格，釀出頗為順口，並且在衛生與品管方面都令酒友們放心的優良葡萄酒。我曾在上海品嚐過一款怡園的黑皮諾酒，這是酒評家吳書仙女士特別提供，怡園酒莊已不再釀製的試驗酒，我對中國難得一見的黑諾酒留下頗深的印象：有濃厚的加州李、蜜餞及稍微帶酸的口感，也略帶混濁的中等酒體。但對於怡園旗艦級的「深藍」紅酒，印象頗為深刻，已經可以屬於中國第一級的美酒。

無獨有偶，我在這家比怡園酒莊規模小得多、共有七十公頃，但採行更精密栽培與釀造方式的波龍堡，看到了中國大陸釀製頂級葡萄酒的一線光明。酒莊的大方向掌握住了，成功是必然的結果。

當我離開波龍堡時，心中充滿了喜悅，當然也不無酩酊之感，我突然看到酒莊門口，國畫大師范曾的「北京波龍堡葡萄酒園」筆跡竟然寫成「北京波龍堡萄萄酒園」。將「葡」寫成「萄」，看樣子范曾大師也是在本堡飲得小醉之餘才下筆，難怪會寫出此別字矣。

有圖為證：范曾大師的題字，用了一 個別字：易「葡」為「萄」。

再記

再訪波龍堡

本文發表後兩年，我再訪波龍堡時，特別品嚐兩款二〇〇七年份的夏多內。一款是自用，不上市自用的未過濾夏多內；另一款為過濾的夏多內。未過濾夏多內的果味豐富，層次極多層、礦石味突出夾雜在杏子、酸梅及花香，極像口感豐厚的法國頂級夏布利。可惜依中國大陸官方外行法令而不能上市。而已過濾之夏多內甘洌可口，風味純正，果香亦足，但不可否認其多彩風貌已被過濾設備「折磨」殆半了。但我仍願意將之列入中國最佳的乾白之林！

27

「櫻吹雪」夜談酒錄

睽違東京櫻花節（花見）已有十年。今年四月初我陪侍家母舊地重遊。箱根、伊豆、新宿御苑、上野公園……對我都引不起太大的新鮮感。反正年年茂櫻如雪、歲歲遊人如織，櫻花樹下的小販每年一樣的特產，日本的櫻花季和秋天的紅葉季是作為我去拜訪日本老友、把盞憶舊的藉口而已。

今年去參加櫻花祭的另一個理由：應好友日本品酒大師木村克己的邀約，他想向我鄭重推薦幾款日本清酒，讓我體會頂級清酒的口味。

記得今年三月初，我為上海世界葡萄酒博覽會秘書長郝琰明女士代邀木村克己，擔任評審委員。這位在一九八五年獲得日本葡萄酒侍酒師第一名、一九八六年代表日本參加巴黎第一屆世界侍酒師大賽獲得第四名，並且開辦東京葡萄酒學校，在日本培養出無數侍酒師。木村也是日本第一位世界級品酒師，一九九六年田崎真也繼之而起，獲得巴黎大賽第一名，這兩位前後輩大師，可說是日本葡萄酒的天王級教父。而近年來兩人且將品賞的觸角伸及清酒及燒酎，這當然也是謀生的一個方法。究竟日本目前一千六百個清酒酒莊，經濟產值極高，生產三、四千款酒，都需要專家來品審與推薦。

在上海五日，我們朝夕與共、品酒論食。我記得旅日美食家邱永漢曾提到：「日本酒的口味，不論貴賤，都沒太大差別。」便請木村先生推薦他認為最好的五款酒，我相信以一位世界級的葡萄酒專家來替我們介紹純粹日本口味的頂級清酒，當是無可置疑的權威。木村毫無猶豫地給了我下述幾個名字：

1.黑龍（福井縣）；2.龍力（兵庫縣）；3.開運（靜岡縣）；4.夕張鶴的「霧」（新潟縣）；以及5.磯自慢（靜岡縣）。

這由木村選出來的「清酒五大」，當然不可能在上海買得到，甚至台灣這個日本清酒外銷第二大的地區（僅稍次於美國），也很難看見。我僅試

日本品酒大師木村克己（中），右為酒莊主人大原；左為作者。

過夕張鶴的普通大吟釀，還不到「霧」的級數，但芳醇可口，入口後有股清新果味，杯底留香。「普通級」的大吟釀已如此水平，「霧」級的精彩即可想像了。因此木村才與我有「東京之飲」的約定。

木村在晚上六點不到，就很熱情地邀請我到一個專門品試清酒的小餐廳「大吉本」。這個在西新宿鬧區巷子內的小酒館，雖然創立不到四十年，卻提供各式合時鮮魚及多達三百種的清酒著名，同時是日本清酒品酒會經常舉辦之處。小小的類似居酒屋中，

掛滿了各式清酒品試會的照片與信息，果然是一個品酒的好地方。

看到木村大師的造訪，年輕熱誠的第二代主人大原慶剛拿出看家的本領來招呼，並口口聲聲稱呼木村為「大前輩」，恭敬之情溢於言表。

黑龍酒莊的「吟之雫」，是屬於「一夕滴」的傑作。

木村指定的第一款酒是他個人最喜歡的「黑龍」之「一夕滴」。這是用最傳統的釀造方法，採「自然動力法」，由酒糟的自然重量，一滴一滴的榨汁出來，日本話稱之為「金之雫」。由於黑龍酒莊位於極冷之處，在寒夜所壓榨出的酒香味極濃。我試後感覺有極為濃厚的香菇、草菇、橡木及一點點山楂味，酒莊也不客氣的稱之為「酒王」。果然口感極為強勁，而不失均衡。木村告訴我由於每年只有幾千瓶，昭和五〇年代現今明仁天皇弟弟德仁太子曾公開讚賞這款酒。不料卻引起業界反彈，所以日本開始不准公佈皇室的用酒（御酒），避免造成不公平的競爭。所以木村推測「很可能」今日日本皇室所飲用的御酒，正是此款。

接著，店主拿出了馬肉刺身，我們初以為是鮪魚，沒想到是來自福島郡山所產的馬肉。中國人向來不食馬肉，歷史上提到馬肉多半是圍城糧盡之時，「屠戰馬而食」，已寓有英雄末路或孤注一擲之悲壯。但日本則否，故本來我對日本料理店奉為至寶的馬肉刺身並無太大興趣。幾片切得飛紙薄般、凍得冷滋滋的肉片，入口冰麻，一點也感覺不出肉香與刺身應有的甜美。但此次的馬肉小碟上，配上磨得細細的嫩薑，幾段幼細的青蔥，以及幾粒紅色的小辣椒，色澤迷人。店主再三向我們強調這不是普通馬肉，而是出自最寶貴的馬頸肉，所以沒有像一般馬肉的粉紅色，而是像霜降牛肉的鮮紅色，所以特別鮮嫩可口。果然入口即化，絲毫沒有肉類刺身不可免的腥臊味。

馬肉因是桃紅色，故古有「櫻花肉」之美稱。為何有此稱呼？有認為馬肉色如櫻花；有謂櫻花綻開時，正是馬肉最豐腴可口之時。但我聽到最動人的說法，是源自日本之民歌〈馬背上的櫻花〉，落櫻與奔馬的邂逅（多美妙的比喻），真太有詩意了！

第二款奉上的「貴仙壽」酒莊的「吉兆」，產於新瀉的名酒。比起黑龍，自然口味較淡，但入口的口感比較活潑，屬於中等酒體的大吟釀。木村很得意地向我介紹這一道佐菜「冰頭」。這是一小碟類似醬瓜、浸泡成深藍色的小菜。原來這是北海道鮭魚的頭皮。將中間透明、軟骨的部分連魚皮浸泡在醋中達四十八小時，所以會有較酸的口感，但極脆，屬於爽口小菜。

第三款上來的是「夕張鶴」的「霧」。夕張鶴恐怕是木村介紹「五大」中最容易找到的，但「霧」則甚少。來自新瀉的酒，香氣比黑龍更為突出，以至於酒入喉後，香氣停留在酒杯不散，彷彿酒杯變成了聞香杯。木村建議不必試大吟釀，因為大吟釀太強烈，口感及香氣有時候不比純米吟釀來得高雅、平順。

第四款「磯自慢」的「中取段35」，這有一百五十年以上歷史的老酒莊，口感和夕張鶴相差不大，但酒精度極明顯，日本人稱之為「酸」。木村使用一招絕技：將酒懸空（約三十公分）倒酒，靜置至三分鐘後，酒精度便會明顯降低。果不其然，酒變得好喝起來。這款「中取段」（相當於「二鍋頭」）取精米合百分之三十五的等級，也是許多日本評酒家認為可以評上「日本第一」，也是最昂貴的大吟釀，標準瓶（零點七二升）出廠價便高達一萬四千日圓，約合新台幣四千五百元上下。

這時店主送出一味小菜「雪之苔」。這是一小碟類似海苔醬的東西，原來此乃埋在雪下三十公分左右的青苔，拌上一種酢味噌。吃起來有一股類似芥菜的苦味，但回甘甚香，是一種極好的爽口醒酒小菜。此道菜讓我想起日本的雪猴，常在大雪皚皚原野挖掘雪下的青苔吃，大概便是此一口味也。

再接下來是「開運」的「波瀨正吉」，使用兵庫縣的山田錦精米釀成一瓶清酒大瓶（一點八升），出廠價為一萬日幣。典雅、華麗、豐沛感，但我感覺與磯自慢沒有太大的差別，只不過是酒精感較柔順罷了。

最後木村介紹一款「龍力」的「秋津」大吟釀。入口極為飽滿，微甜，回甘甚長，毫無酒精味。也是精米合百分之三十五，出廠價（零點七二升）高達一萬六千日幣，直追磯自慢了！

酒局已到尾聲，店主特別奉送一款「初孫」酒莊的「祥瑞」大吟釀，這是一款雖不太出名，出自山形縣頗具規模的酒莊，但當地以米好、水好著稱，特別是本款酒沒經「入火」（加熱殺菌），故酒味極軟、圓潤，很適合作「尾酒」，讓之前較激昂的「酒氣」，稍稍平靜下來。

木村提到喝頂級的日本酒，應當

「入心」，而非「上身」，他認為絕大多數的日本人喝清酒只為「身」，而不是用心來體會釀酒師的用心，所以他認為日本大吟釀的精妙之處必須要細心體會才可。

當然話鋒至此，也不無感慨！日本清酒廠去年一年便倒了六十家，並且每年都會以類似的速度倒閉，最後日本存活的酒莊將不超過三百家。他們都是啤酒與威士忌的犧牲品，看來日本千年的清酒文化不免走上沒落之途。

客氣的店主每隔幾分鐘就來上菜上酒，我注意到店主給貴客上酒的「小動作」：日本上酒是以一小盅為計價標準，小盅下托一個木盒子，當店主給我們斟酒時，會將酒滿溢而出，直到木盒到頂為止。而溢出部分剛好可以再斟出兩小杯，等於增加了二分之一的份量，原來這正是店家的「敬

龍力酒莊另一款傑作，是由一種特殊酒米「光彩」（Sasayaki）釀成，精米合40％，口味較清淡。本款相較於大吟釀稱為「米之光彩」。

一九九六年我偶然在倫敦一家小古董店遇見此幅水彩畫。署名ITO，應是伊藤或佐藤之意。店主只說是十九世紀末之作品，我的直覺認為或許是日本當時被稱為京都洋畫派創始人的伊藤快彥。這幅可名為「夕櫻」的畫作，兩位著和服婦人在櫻花與泛著黃光的塔燈，散發出迷人的朦朧之美。

意」！即使受過日本五十年教育、遍佈台灣各地的日本料理店，似乎還沒學到、體會到這點。

兩個小時的酒局，我與木村談性甚濃。每人喝下近十盅清酒，不覺已醺然。這是有緣故的：原來日本的飲酒聚會很少像中國人酒宴，會「重食」甚於「重酒」。中國酒宴主人不會讓自己或客人把肚子裝滿美酒而已。所以今晚的清酒宴，日本美食入我口腹者，也僅足於「止飢」而已。難怪賓主醺然甚快。告別後他陪送我回飯店，我目送他在一片落櫻之中逐漸隱沒了身影，腦中突然想起了日文漢字「櫻吹雪」，正是這種情景：一片強風吹來，引發櫻花如雪片般的落花。由「大唐文化」薰陶下 的日本人祖先把漢字的優美，「寫」在如此優雅的情境！同樣地，例如今日食用的粉絲，日本漢字稱之為「春雨」；茼蒿稱之為「春菊」；去觀賞楓葉，稱之為「紅葉狩」，還有「落櫻馬背」之櫻花肉之美名……「字以言景」，簡直是王維「詩中有畫」的翻版——「名中有畫」。若問我喜歡日本什麼？我必須坦承，就是喜歡日本漢字所留下，可以令華夏子孫回味再三的「盛唐之美」了！

28

酒畔談茶錄

《中國葡萄酒雜誌》來電，邀請我以品酒的角度，撰寫一篇品茶的文章，我思索了一下，便答應寫稿。

我雖不是一位喝茶癡人，但從小卻是在濃郁茶香的氛圍中成長。先父與家母都來自廣東潮汕地區。潮州人每天最重要的一件事，恐怕便是燒水沏「功夫茶」。父親當時擔任小鄉鎮的警察巡官職務，沒有如此的閒情雅致。但是只要每逢潮州鄉親來訪，父親便會慎而重之地把儲放在當時日本式宿舍中「簞笥」(日語「櫃子」之意也）中的茶具取出。只見得紅泥、紫砂做成的小功夫茶壺，以及四個蛋殼薄般的白瓷小杯放在一個漂亮的鬥彩白瓷盤中，真是素雅極了。在二十世紀五〇、六〇年代，台灣尚未流行喝「功夫茶」(台灣稱「老人茶」)，當然沒有生產功夫茶具。而大陸的物品更是不准輸入來台。父親手上的「寶貝」，正是朋友由海外返台所饋贈，因此平日不輕易示人。

茶具擺設後，家父轉身回簞笥取出一個由麻繩與白紙纏成的小包，倒出一小瓢朋友帶來的家鄉「單叢茶」。接著燒一小壺水，等到水滾沸，由魚

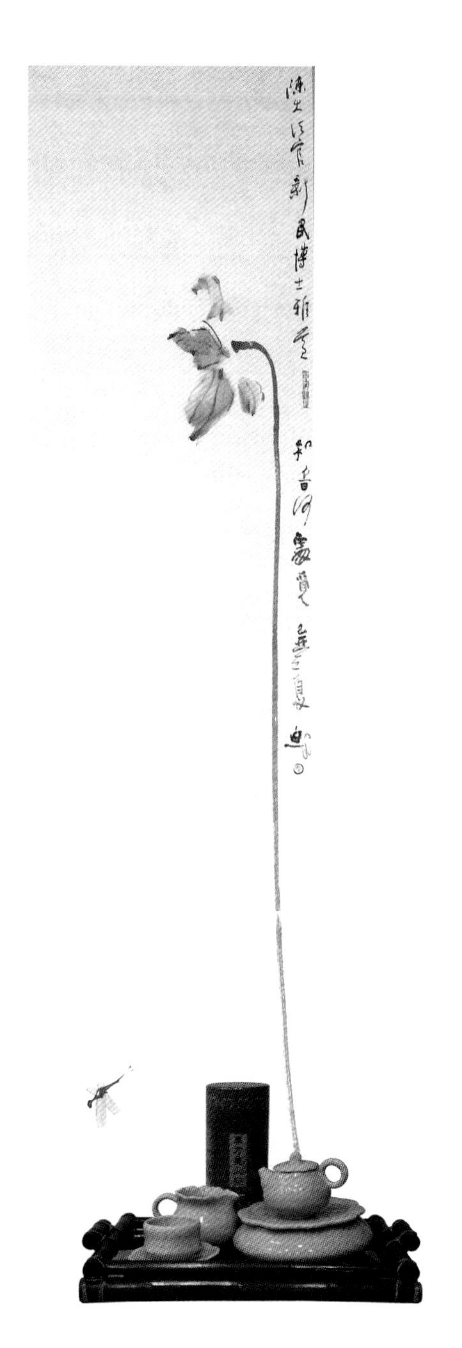

品茶可以靜思、滌除凡慮。茶具也應當高雅脫俗，才會先「清眼」，而後「清心」。圖中黃釉茶具組出自彰化天才陶藝家鍾敏建之手。年屆四十不惑的敏建兄，長年來雖成功地在台灣各地、上海及法國巴黎舉行個展，讓人驚豔到其直追宋人青瓷工藝的陶藝天分，但卻半隱居式的住在台灣最美麗的小鄉：彰化縣田尾鄉，每日與火紅的窯爐、成堆的陶瓷土、各國葡萄美酒與臺灣高山茗茶為伍，真是天上神仙似的生活。

如何找一幅背景，讓我費盡思量。終於想到書房中還藏有一幅被稱為台灣「禪畫」第一人李蕭錕教授的〈知音何處覓〉，簡筆一畫成紅荷，再點上一小隻紅蜻蜓，果然禪意十足，令人望之即彷彿荷香，也隨蜻蜓纖纖四翅的拍舞，飄到眼前。

眼轉成蟹眼時，標準的潮州倒茶程序，例如：關公巡城、韓信點兵……便會一次次上演。父親也都會把得之不易的潮州戲唱片，例如當時潮州戲名旦姚璇秋所主演的《陳三五娘》（在香港的實況錄音）播放給同鄉欣賞。

來自童年的薰陶，至今我對潮州喝茶的功夫，以及《陳三五娘》的戲曲歌調，早已可用「滾瓜爛熟」四個字來形容。

二十五年前，我自德國學成返回後，恰逢台灣經濟的起飛，台灣民眾生活富裕後，也興起喝老人茶的風潮。一時間，本來就是產茶重鎮的台灣，立刻冒出許多頂尖的茶莊，各茶區每年春茶與冬茶都舉行茶賽。各公私機關、行號的招待室幾乎都備有漂亮的老人茶具，來招待顧客朋友，把台灣的茶文化推到歷史上的頂峰。

而我當然也有更多的機會品試到了各地方的好茶。再加上我又因寫葡萄酒文章，「酒名」在外，朋友之間不免有餽贈時，轉而「以茶代酒」，也使我有了更多品台灣茶的機會。大陸的茗茶也隨著台灣在八〇年代末的開放，大批地湧人台灣。在去大陸許多次的旅遊講學中，熱情的大陸友人也莫不向我推薦當地的茗茶，讓我大飽茶福之癮。

的確，品試茗茶與美酒都有極大的共通點，我的經驗可與各位分享：

第一，「茶茶酒酒」都有特色；葡萄酒的品牌，全世界已達數十萬種之多。儘管品嘗者都有特別的鍾情對象，但每款酒都有值得品賞的地方。莫說只有貴酒才有值得一喝的價值，價廉的葡萄酒，可能會以清爽的口感、薄弱的酒體，讓飲者生津止渴。同時也讓阮囊羞澀者，能夠暢快淋漓的享受「醉樂」！諸君只要看看歐洲各大美術館館藏文藝復興時代以來，各大師關於酒神的畫作，都是一批醉態可掬的酒神及其徒眾。這批酒徒全都是歡飲廉價、新釀成的葡萄酒。

茶的情況也是如此。作為開門七件事的茶（酒倒不列於此「七件事」之一），本來便是日常用物。最廉價的茶，甚至窮人使用茶粉末（美其名為「滿天星」）沖泡出來的茶湯，也可帶來飲者感覺上的舒適。而各種各類的茶，由強調花香的花茶；到品其體力結構的普洱茶；由強調清淡的龍井綠茶，到尋其複雜層次的半發酵凍頂烏龍……都如同各種葡萄、各個產區所釀製的葡萄酒一般，讓品賞者分辨出、喜歡各種不同的口味。所以，酒酒迷人，茶茶也迷人。

第二，品賞的功夫也極為神似。品試葡萄酒不外是以色澤、口感、香氣來作判斷。色澤，不論紅、白酒，講究的是清澈無雜質、讓酒液泛出閃亮的油光。香氣則以雅致、高貴，以及複雜為上品。頂級的葡萄酒會令人嗅出花香，特別是紫羅蘭，昂貴菌種如松露，以及漿果等香氣迷人的果味。而一般品味不高的香味，也多半從較差的葡萄品種，才會散發出的類似廉價脂粉味，這種如白詩南（Chenin Blanc）及麝香（Muscato）所釀成的廉價酒，往往為品酒者所不喜，便在於香氣的俗豔。

至於口感，則在於酒體的飽滿、複雜的果味、單寧的溫和以及最重要的，要有迷人的「回韻」。

這些也完全顯現在茶的品試之上。就以色澤而論，茶色更成為品茶最重要的判斷標準。喝茶講究水，清朝袁枚在《隨園食單》中提到：「欲治好茶，先藏好水」，目的雖然是茶香能夠透過清澈的好水傳達出來。但好水也才能夠把好茶的顏色顯露無疑，所以水被稱為「茶之母」。茶色是最先進入品茶者的鑑識範圍，和酒一樣；甚至有過之而無不及。

綠茶，如碧螺春，強調如雨後竹葉般的翠綠，類似麗絲玲及白索維昂白酒；烏龍，強調類似波特酒的琥珀與棕紅；普洱則強調深紅近墨，類似澳洲希哈葡萄酒，而更高貴的陳年普洱，其美妙的紅磚色澤，又令人聯想到陳年布根地酒與義大利孟塔西諾酒及巴洛洛酒的迷人色澤。

在香味方面，茶香更是一大門學問。除了日本的抹茶，鮮濃的綠色挾伴著清草的腥味，我個人認為不免俗豔，毫無可取外，中國的茗茶更是香味各擅其長。這裏也就看各種茶客們的口味。北方人喜歡茉莉花茶的薰香味；江浙人歡喜綠茶的清新，令人想起雨後青翠大地的田野氣息；而台灣、福建及廣東人喜歡武夷山岩茶，例如鐵觀音、水仙等，則取其味如幽蘭的高雅。

台灣在八〇年代以後，經濟奇蹟造成台灣喝茶的文化，「後發先至」的台灣茶道」比起廣東潮州功夫茶道更精進的一項改進，便是研創出比一般功夫茶杯高一倍、但較細長的「聞香杯」。這個創舉彌補了傳統品茶所欠缺「匯集香氣」的器具。

西方飲用葡萄酒不可或缺的便是各樣的葡萄酒杯。由香檳、白酒、以至於布根地或波爾多酒，都有專用的酒杯，可以把纖細的酒香忠實地傳達出來。所以西方飲食界斷定一個餐廳的水平，光以其葡萄酒杯來作判斷，便可以八九不離十了。所以台灣發明「聞香杯」了，並作為品茶的最重要的一個步驟，真是推動中華茶飲茶文化的一大功臣。

其次口感方面，茶作為高尚的飲品，也強調了「喉韻」，正是葡萄酒品賞中與香氣並重的兩項審查標準。清朝有位文人梁章鉅寫過著名的《歸田瑣記》，把品茶的功夫分為:「香、清、甘、活」。後兩者便是形容茶味的「回甘」，以及飲茶後，殘留在舌根產生「喉韻」。頂級的葡萄酒也強調酒體的飽滿和回味的長久，如果回香不長（行話說「斷掉」），那必定會被排除在頂級酒外。同時頂級酒莊在不好年份時，其酒味也會不長而斷掉，也是引起品酒客悵然遺憾的理由。

我個人還認為美酒與美茶另一個共通點，可以是「勾兌的功夫」。除了少數頂級酒莊強調少量的「單園」釀酒外，許多酒莊都會用勾兌的方式來調配。在強調年份的葡萄酒，會以各個園區以及不同葡萄種來調配外，香檳、波特及雪莉酒，以及中國的紹興黃酒，也會妥當運用幾個年份酒來調配勾兌。這使得釀酒師也必須具備「香味魔術師」的本事。在茶的方面，也可如此。如果品茶人認為某一種單一茶種味道過於突兀、稜角太銳，大可中和若干年份老茶，以獲得更豐富的香氣與味覺。

先父在世時也經常會把新購來的烏龍、或大陸老家捎來的單叢水仙，和老茶混在一起。也屢屢在調配過程，邀我試喝，交換心得。今年三月中，我應邀赴上海參加國際葡萄酒博覽會，巧遇到知友、也是日本最有名的品酒師木村克己。這位在一九八五年獲得全日本第一名的品酒師，並在次年巴黎舉辦第一屆世界盃品酒師大賽中，獲得第四名的大師，是日本評鑑美食與美酒的最著名人物。我遂邀請他品試我從台灣帶來先父所調配的單叢水仙。木村大師抿了一口、閉上眼睛，片刻後，他拿出紙筆，寫出了「有古寺的感覺」。他感覺到彷彿進入到一座古老的廟寺，嗅覺到來自於木頭、檀香的古雅味道。好一個講究美食、美酒的作家，有多麼令人驚訝的聯想力！

另外品賞美茶還有一個特色是美酒所欠缺的「賞形」。茶葉必須由沸水沖泡。乾燥的茶葉在沸騰茶水中，開始「活過來」，展現出它的生命高潮。茶葉一開始在水中翻滾，舒展以及最後奔放出來，歷經三種最後生命的蛻化。不一樣的茶種茶葉也就伸展出不同的體態：有如「雀舌」（陽羨茶）的兩葉一芽；有如「旗槍」般的一葉一芽（雨前茶）；有如螺旋般的「碧螺春」；有如一團小牡丹的「綠牡丹」。

我雖不甚喜歡西湖龍井，但我喜歡看沖泡西湖龍井。每當熱水沖進杯中後，片片細長又光滑的茶葉，彷彿受驚的群鶯亂竄，頓時茶葉由上舒展而下，在水杯中的漫舞，好似「天女散花」，真是美極了。每當我想起西湖勝景，我無不聯想到在跳「水中芭蕾」的龍井茶葉。

但是在普遍還不太強調「茶具之美」的中國大陸，各產茶區都不講究杯具。連沖泡頂級「雨前龍井」的杭州茶寶，都使用一般的水杯。假如茶商、茶客能夠花點心思，設計出若干款式雅致、高挑及透明的玻璃杯，則必能使「龍井舞姿」跳躍生輝。西湖用普通水杯沖泡頂級龍井，讓我想起了這情景彷彿安排俄國頂級芭蕾舞星努連諾夫在通衢鬧市中，大跳其著名的「十三轉」旋轉舞技也。

國家圖書館出版品預行編目資料

揀飲錄 / 陳新民著；一初版.一台北市；積木文化出版：
家庭傳媒城邦分公司發行，民99.08
288面；20＊21公分.一飲饌風流：33

ISBN978-986-6595-44-8（精裝）

1.葡萄酒 2.文集

463.81407　　99003157

VV0033C

揀飲錄

作　　者／陳新民
責任編輯／陳琡分

發 行 人／凃玉雲
副總編輯／王秀婷
版　　權／向艷宇
行銷業務／黃明雪、陳志峰
法律顧問／台英國際商務法律事務所　羅明通律師
出　　版／積木文化
104台北市民生東路二段141號5樓
電話：(02) 2500-7696　傳真：(02) 2500-1953
官方部落格：http://cubepress.com.tw/
讀者服務信箱：service_cube@hmg.com.tw
發　　行／英屬蓋曼群島商家庭傳媒股份有限公司城邦分公司
台北市民生東路二段141號2樓
讀者服務專線：(02)25007718-9　24小時傳真專線：(02)25001990-1
服務時間：週一至週五上午09:30-12:00、下午13:30-17:00
郵撥：19863813　戶名：書蟲股份有限公司
網站：城邦讀書花園　網址：www.cite.com.tw
香港發行所／城邦（香港）出版集團有限公司
香港灣仔駱克道193號東超商業中心1樓
電話：852-25086231　傳真：852-25789337
電子信箱：hkcite@biznetvigator.com
馬新發行所／城邦（馬新）出版集團
Cité (M) Sdn. Bhd. (458372U)11, Jalan 30D/146, Desa Tasik, Sungai Besi,
57000 Kuala Lumpur, Malaysia.
電話：603-90563833　傳真：603-90562833

美術設計／空心磚
製　　版／上晴彩色印刷製版有限公司
印　　刷／東海印刷事業股份有限公司

城邦讀書花園
www.cite.com.tw

2010年（民99）8月24日初版
售價／680元
版權所有・翻印必究
ISBN：978-986-6595-44-8

Printed in Taiwan.

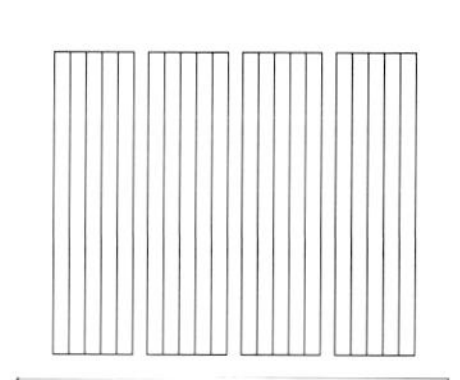

廣告回信
台灣北區郵政管理局登記證
北台字第000791號
免貼郵票

積木文化

104 台北市民生東路二段141號2樓

英屬蓋曼群島商家庭傳媒股份有限公司城邦分公司　收

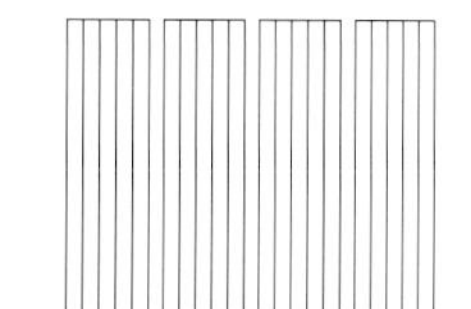

地址

姓名

請沿虛線摺下裝訂，謝謝！

積木文化

以有限資源，創無限可能

編號：VV0033C　　書名：揀飲錄

積木文化　讀者回函卡

積木以創建生活美學、為生活注入鮮活能量為主要出版精神。出版內容及形式著重文化和視覺交融的豐富性，出版品包括珍藏鑑賞、藝術學習、居家生活、飲食文化、食譜及家政類等，希望為讀者提供更精緻、寬廣的閱讀視野。

為了提升服務品質及更了解您的需要，請您詳細填寫本卡各欄寄回（免付郵資），我們將不定期寄上城邦集團最新的出版資訊。

1. 您從何處購買本書：________縣市________書店

 □書展　□郵購　□網路書店　□其他________

2. 您的性別：□男　□女　您的生日：________年________月________日

 您的電子信箱：______________________________

 您的身分證字號：____________________________

 您的聯絡電話：______________________________

3. 您的教育程度：

 □碩士及以上 □大專 □高中 □國中及以下

4. 您的職業：

 □學生　□軍警/公教　□資訊業　□金融業　□大眾傳播　□服務業　□自由業

 □銷售業　□製造業　□其他________

5. 您習慣以何種方式購書？

 □書店　□劃撥　□書展　□網路書店　□量販店　□其他________

6. 您從何處得知本書出版？

 □書店　□報紙/雜誌　□書訊　□廣播　□電視　□其他________

7. 您對本書的評價（請填代號1非常滿意 2滿意 3尚可 4再改進）

 書名________內容________封面設計________版面編排________ 實用性________

8. 您購買本書的考量因素有哪些：（請依序1～7填寫）

 □作者　□主題　□攝影　□出版社　□價格　□實用　□其他________

9. 您希望我們未來出版何種主題的美食或酒類書籍：

____

10. 您對我們的建議：

____

____